走进

六横

邬中明 著

经济日报出版社

图书在版编目（CIP）数据

走进六横 / 邬中明著. —— 北京：经济日报出版社，
2022.9
ISBN 978-7-5196-1161-3

Ⅰ. ①走… Ⅱ. ①邬… Ⅲ. ①散文集–中国–当代
Ⅳ. ①I267

中国版本图书馆 CIP 数据核字（2022）第 143641 号

走进六横

作　　者	邬中明
责任编辑	孙　椺
责任校对	蒋　佳
出版发行	经济日报出版社
地　　址	北京市西城区白纸坊东街 2 号（邮政编码：100054）
电　　话	010–63567684（总编室）
	010–63584556　63567691（财经编辑部）
	010–63567687（企业与企业家史编辑部）
	010–63567683（经济与管理学术编辑部）
	010–63538621　63567692（发行部）
网　　址	www.edpbook.com.cn
E – mail	edpbook@126.com
经　　销	全国新华书店
印　　刷	成都兴怡包装装潢有限公司
开　　本	710mm×1000mm　1/16
印　　张	15.5
字　　数	200 千字
版　　次	2022 年 9 月第 1 版
印　　次	2022 年 9 月第 1 次印刷
书　　号	ISBN 978-7-5196-1161-3
定　　价	78.00 元

编作指导老师及协助人员名单

林海峰　　唐更华　　王　玲

侯庆之　　刘全云　　刘爱燮

虞兵科　　乐欢挺　　姜继栋

乐科年　　王建军　　唐海宏

李汉科　　刘云辉　　唐　挺

王博华　　叶　明

序　言

　　刚走进六横，正是疫情防控最吃紧的时候。恰在此时，收到了邬中明老师传来的《走进六横》一书。工作之余，本想先看个大概，好写序言，没想到捧起此书，却被书中内容深深吸引，舍不得放下。

　　走进六横，回首六横往事，曾经发生在黄公山、双屿港、佛渡岛等传奇故事，使人回味良久，敬岛爱岛之情也随之浓烈起来。"六横往事"道出了六横的过去，"海洋产业"则诉说了六横的现在及将来。现代六横人继承并发扬"崇文尚义，争优图强"的六横精神，在海洋船舶修造、港口物流、海水淡化等方面开拓进取，从跟着走到领着跑，成为新时代的弄潮儿。从古至今，勤劳智慧的六横人，创造了许多独具六横特色的海岛文化，如要紧关头停一停的翁州走书、"哎格楞登哟……"的佛渡马灯舞、石骨铁硬（硬邦邦）的六横话，等等。如此看来，不由得感叹：六横不愧是一座文化飞扬的岛城！

　　《走进六横》是六横的一部乡土教材，用它来传承六横优秀的区域文化，对激发青少年学生的爱国恋乡之情、促进新居民更好地融入六横社会生活都有很大帮助。书的第二部分为"海洋产业"，可让广大青少年学生从中获取相关的科普知识，如海水是怎样转化成淡水的，风电、光伏电是怎么来的，如何提高海水养殖产量，怎样保护海洋环境，等等。确实，一本好的乡土教材，不仅可以挖掘他们内心深处对于家乡的爱，更能借此增长知识，并以此激发他们服务家乡、报效祖国的热情。

　　《走进六横》也可作为宣传六横的导游书，或是一本招商引资的辅助书。书中对六横的风土人情、民俗文化、优势资源、特色景观等内容表述得较为详尽，这对激发岛外游客的游览热情和增强投资者的信心都很有帮助。

从编写此书的邬中明老师及其合作者口中获知，他们编写此书的初衷便是赞美六横、宣传六横。为更好地实现此目标，早在3年前，他们就开始合作编写此书。为使书稿内容有更强的可读性，邬中明团队广泛收集资料，实地考察印证，专访当事人或见证者，深挖文化内涵，重新唤醒沉睡的六横历史和民俗文化，使其散发出独有的魅力。

读完《走进六横》这本书，我由衷地为他们那份求真务实精神以及拳拳爱乡之情所感动。

透过此书，我也深切感受到了在六横日新月异的开发进程中，不论是曾经生活工作在这里的人，还是正在投入热情建设六横的海内外朋友们，大家都不约而同地把力量凝成一股绳。我相信，有了这股力量，六横的明天一定会更加美好。

2022年4月于六横

六横精神 内涵
LIU HENG JING SHEN

　　六横精神——崇文尚义、争优图强，是由六横镇党委、政府于 2007 年 5 月广泛发动岛内外六横籍人士，从六横丰厚的人文积淀中提炼归纳而成的。它确切地表达了六横人的价值追求。

　　崇文尚义。六横人尊重知识，崇尚文化，自清道光年间创办私塾，到光绪年间已有 5 家，至民国前期增至 17 家。其中，贡生魏锡章办私塾声名卓著，吸引了一批定海、宁波等地学生前来求读。解放初期，因当地群众学文化与技术的氛围日益浓厚，六横兴办成人教育，成为当时舟山地区成人教育的先行者。1956 年六横设立中学，为舟山乡村第一家。此外，六横人创造和孕育的文化艺术遗产民间画多次在国内外展出，部分作品被中国美术馆收藏。正是这样的文化氛围熏陶和造就了一批艺人文士，六横也因此被授予省"民间文化艺术之乡"的称号。六横人讲道义、明大义、重情义，古有王大绥团结民众，勠力同心，抗倭退敌，保家卫乡，"泥鳗"神威为山河增色；近有农民揭竿而起，反抗苛捐杂税，暴动义举气冲斗牛。新中国成立以来，六横人积极响应党和国家的号召，69 位热血青年义无反顾奔赴抗美援朝、抗美援越和对越自卫反击战前线，谱写了一曲曲英雄赞歌。

　　争优图强。志存高远、勤劳智慧的六横人，敢于争先，不甘落后。农耕渔技名声远播，经济社会比翼齐飞。古有"海闸门开鱼贩多"溢词，今有"地中番薯十斤多"佳句。"神枪手"王阿莲、"坑道姑娘"杨春仙，巾帼英雄美名传扬，受到毛主席等党和国家领导人的接见；"番薯大王"胡成友、胡成恺为世人称颂的"富六横"增光添色。改革开放以后，六横人抢抓机遇，大力发展海洋产业。40 多年来，六横船舶修造业发展迅速，已开始成为全球绿色修船的引领者。港口物流、临港石化和海洋休闲旅游等产业也都后来居上，声名远扬。

在新形势下，六横人将继续发扬海纳百川、敢为人先、勇立潮头、创新争优、奋发图强的优良传统，坚定信念，同心同德，努力把六横建设成一个智能化、现代化、国际化的临港产业岛和宜居城市。

走进六横，让六横精神在新时代绽放更加耀眼的光芒。

目 录

MULU

第一篇　六横往事　跨海梦想

黄公山与鹿横传说 / 003

明海禁与十三祖宗 / 007

佛渡岛与观音大士 / 010

古丝路双屿港传奇 / 014

六横往事　岛城记忆 / 019

一、历史沿革 / 019

二、大事记 / 021

三、奇闻轶事 / 029

区位优势　跨海梦想 / 041

第二篇　自然资源　海洋产业

六横岛海洋自然资源 / 046

一、岛礁、岸线 / 046

二、港口、港湾 / 047

三、水道、锚地 / 048

四、潮汐、潮流 / 049

五、海洋生物　　　　　　　　　　　　　　/　051

六横岛各种海洋产业　　　　　　　　　　　/　052

一、海洋船舶修造　　　　　　　　　　　　/　052

二、六横小五金　　　　　　　　　　　　　/　064

三、港口物流　　　　　　　　　　　　　　/　068

四、海洋运输　　　　　　　　　　　　　　/　076

五、远洋渔业　　　　　　　　　　　　　　/　078

六、海上风电场　　　　　　　　　　　　　/　086

七、海水淡化　　　　　　　　　　　　　　/　090

八、海水养殖　　　　　　　　　　　　　　/　095

九、岛上光伏　　　　　　　　　　　　　　/　105

十、海洋环境保护　　　　　　　　　　　　/　110

第三篇　美丽六横　海上休闲

图说美丽六横　　　　　　　　　　　　　　/　116

一、标准海塘　　　　　　　　　　　　　　/　118

二、美丽码头、车站　　　　　　　　　　　/　119

三、美丽公路　　　　　　　　　　　　　　/　124

四、美丽农庄（果园）　　　　　　　　　　/　126

五、美丽村落　　　　　　　　　　　　　　/　129

六、文化礼堂　　　　　　　　　　　　　　/　133

七、星级酒店　　　　　　　　　　　　　　/　135

八、特色小镇　　　　　　　　　　　　　　/　139

六横旅游景点（景区）　　　　　　　　　　/　142

一、龙头跳景区　　　　　　　　　　　　　/　143

二、悬山岛景区 / 145

三、砚瓦岛（假日岛） / 152

四、黄荆寺 / 154

五、里岙民俗风物馆 / 156

六横岛海上休闲项目 / 159

一、陈老大休闲渔业 / 159

二、台门港海上渔家乐 / 161

三、海平面上的"文房四宝" / 163

四、悬山岛海上漂流（漂流木之家特色游） / 165

五、悬山海洋牧场渔旅项目 / 167

六横岛旅游攻略 / 169

第四篇　六横特色　海岛文化

翁州走书 / 174

佛渡马灯舞 / 178

渔民画 / 181

一、傅誉杰：舟山渔民画的首作 / 181

二、刘云态：文化站长与渔民画 / 184

三、郑红飞：渔民画里的金凤凰 / 185

六横人的习俗 / 188

一、生产习俗 / 188

二、生活习俗 / 189

三、时令习俗 / 192

四、人生礼俗 / 195

六横精品海鲜 / 203

一、六横精品海鲜为什么这么好吃？ / 203

二、六横精品海鲜加工制作方法 / 205

六横方言 / 210

一、六横方言及其特点 / 210

二、六横方言常用词及短语 / 215

三、六横歌谣 / 227

后 记 / 233

第一篇 六横往事 跨海梦想

六横，以岛建镇，隶属于浙江省舟山市普陀区，为舟山第三大岛，第一大镇。地处浙江沿海东北部、舟山群岛南部海域，长江、钱塘江、甬江入海交汇处。六横实则六横列岛，由六横岛（主岛）、佛渡岛、悬山岛、凉潭岛、对面山岛等5个住人岛和一批无人岛组成。境域地理坐标为东经121°59′~122°36′，北纬29°33′~29°48′。全岛东西长65千米，南北宽17千米，总面积约654平方千米，其中海域面积514平方千米，陆地面积140平方千米，户籍人口约6.5万，常住人口约10万。

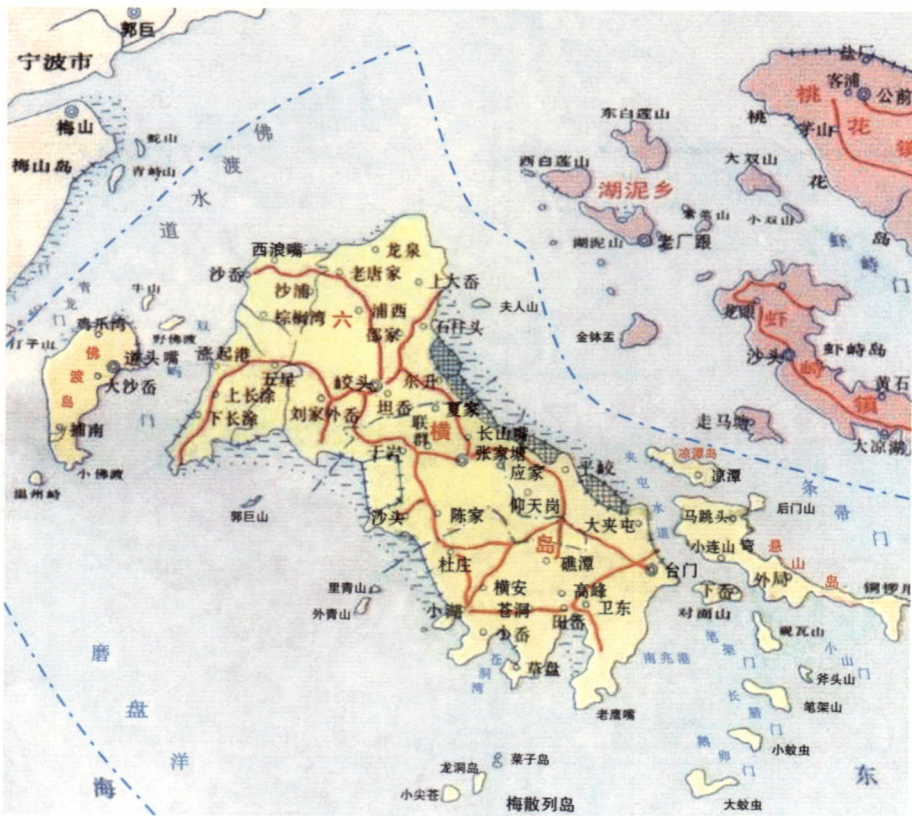

图1-1　六横行政区划图

六横在春秋战国时期已有人类活动，这里有数千年的历史人文积淀，有说不完的传奇故事……

黄公山与鹿横传说

如有人问：六横有黄公山吗？你将如何作答？

实则，六横岛先后曾有两个不同的地名：元代以前称为"黄公山"；明代开始起改名"六横山"。两个地名都有来历，我们可从中读取一些鲜为人知的地理、历史信息。

"黄公山"一名，因"商山四皓"之一的黄公而得名。

"商山四皓"是秦始皇时宫廷中的 4 位博士官：东园公唐秉、夏黄公崔广、绮里季吴实和用（lù）里先生周术。他们都信奉黄老之学（黄帝学派和老子学派的合称）。后因不满秦始皇的"焚书坑儒"暴行，遂在秦末汉初同时隐居于陕西的商山，出山时都 80 有余，眉皓发白，故被称为"商山四皓"。

史载，刘邦曾多次相邀 4 人出仕，但都被拒绝。刘邦登基后，立长子刘盈为太子，封次子如意为赵王。后来，见刘盈天生懦弱，才华平庸，而次子如意却聪明过人，才学出众，有意废刘盈而立如意。刘盈的母亲吕后闻听，非常着急，便遵照开国大臣张良的主意，聘请"商山四皓"辅佐太子。有一天，刘邦与太子一起饮宴，他见太子背后有 4 位白发苍苍的老人，问后才知是"商山四皓"。"四皓"上前谢罪道："我们听说太子是个仁人志士，又有孝心，礼贤下士，我们就一齐来做太子的宾客。"刘邦得知大家都很同情太子，又见太子有 4 位大贤辅佐，便消除了改立赵王如意为太子的念头。

其实，这 4 位先生并不都是商山人。光绪《定海厅志·仙释传》记载，黄公籍贯东海，他曾隐居夏里修道，人称夏黄公，也不知何时从陕西商山跑到东海六横岛伏虎而隐居山中。故事的真实性有史料为证：

明嘉靖《宁波府志》：在昌国东海中，黄公以幻术制虎，毙于此山，故名"黄公山"。《西京杂记》：东海黄公少为幻术，能制蛇御虎，常佩赤金刀，以绛缯束发，立兴云雾，坐成山河。及老，气力羸备，饮酒过度。有日虎见（现）于东海，黄公以赤刀厌之，术既不行，为虎所食。《会稽典录》：人材则有黄公，洁已暴秦之世，然则黄色四皓之一也（大德志）。今六横山一名黄公山，旧有黄公祠。

此外，《普陀县地名志》也早有记载："六横岛古名黄公，元大德《昌国州图志》记载：黄公山在海之南，峰极崎峻，绝顶有石碣，字漫灭不可读。或云晋时隐者黄公，善神术，制白虎，毙此山，故名。"

古代文人墨客以"黄公山"为诗词创作题材的现象亦是佐证了故事的真实性。如朱绪曾作《黄公山》，诗云：

> 海闸门开鱼贩多，礁潭石柱望嵯峨。
>
> 黄公酒熟扶桑晓，谁补图经细索摩？

朱绪曾又作《黄公祠》，诗云：

> 壶头新息困英豪，老去黄公虎口遭。
>
> 东海至今无白额，威灵常备赤金刀。

张谓作《湖上对酒行》云：

> 茱萸湾头归路赊，愿君且宿黄公家。

此外，"东海黄公"还出现在戏曲艺术中。汉代百戏中的角觝戏就有进宫廷演出的剧目《东海黄公》。

以上种种，足以证明确有黄公来此东海。

而"黄公山"为何会改名叫"六横山"？这可能跟明代洪武年间舟山的海禁有关。

海禁时，岛上的老百姓被迫迁居至大陆，当地的民房、店铺、酒坊等建筑都遭到不同程度的破坏。海禁过去以后，进来的都是新居民，得从头认识这座岛，"黄公山"也因此淡出人们的记忆。

而此岛的地形特点就是有 6 条山脉横亘其间，故称"六横山"。

今天，你若爬到双顶山（海拔 299 米）、嵩山脑（海拔 288 米）、台门炮台岗（海拔 280 米）或大尖山峰（海拔 267 米）上看整个六横岛的地形，依旧可以看到自西北向东南有双顶山——石水岗、大山头——嵩山脑、贺家山、双塘山——毛头岗墩、大尖山——大平岗、炮台岗——老鹰咀6条山脉横亘其间，犹如6条巨蟒趴伏在海上。

关于"六横山"，还有一个传说：

有一天，东海龙王的幼公主在内宫沐浴，水沫溅海，香气溢天，适逢龙王6员神将巡海经过，深被诱

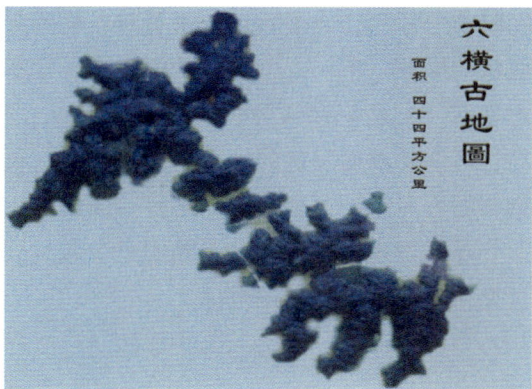

图1-2　六横古代地形图

惑，攀墙窥望。此事被公主侍女发觉，告知内监，转禀龙王。龙王勃然大怒，便把6将捆至堂前，当堂发落，各挨80梅花棍，拔去头角，还复蛇形，逐出宫门，令其自省。谁知6蛇不但不思悔改，反而在东海边上兴风作浪，覆舟楫，溺船民，闹得海边民众不得安生，哭喊皇天。

时值农历九月十九，南海观世音菩萨在赴天庭蟠桃会之后，路过东海上空，忽见双屿港畔瘴气冲天，浊浪翻腾，又闻海边民众哭声动天，求救声不绝。菩萨云驾莲台，来到遭灾的乡间村落，倾听寡母孤儿泣血诉苦。顿时，菩萨慈悲大发，在双屿港畔找到6条巨蟒，柳枝指向，大声斥道："尔等孽障，前科未了，又犯重罪，本当置之非命，念及天年未尽，尚可教化，要么回归龙宫向龙王认罪伏法；要么留在海边为民效劳，将功赎罪！"6蟒计议一番，一齐跪伏在大士座前，呼喊愿意留在海边赎罪补过，恳请大士宽恕。为表决心诚意，相继纵跳触天，化为6道横山，为海边村庄遮风挡浪。

六横古民称巨蟒为"横"，这方言口语至今还保留在部分老人的语汇里："六横六横"，6条蟒之化身。这也是"六横山"名称的来历之一。

明清时期，来岛上谋生定居的先民中，也有人称六横岛为"鹿横岛"。

相传，六横梅峙岙王家（祖籍宁波大碶头），其先祖在来六横岛之前做了一个梦。梦见一头鹿时不时地回头看他，他感到非常好奇就尾随其后紧跟不舍。走着走着，当走到海边时，这头鹿突然纵身一跃跳向大海，瞬

间眼前一片光亮，当缓过神来看时，鹿不见了，而海面上出现了一片形如鹿状的绿洲。第二天，说起梦中之事，家里人都觉得很奇怪。经过一番议论之后，大家一致认为这梦是个好兆头，鹿指点的那片绿洲应该是个海岛，可能是以后发迹的地方，应该去闯一闯。不久，王家的先祖就循着鹿指引的方向来到了梦中的绿洲——鹿横岛。

今天看来，六横梅峙岙确实是个福地，不仅王家出了省部级官员，而且全村还出了 100 多位教师。

图 1-3　六横岛航拍图

从航拍图上看，六横岛形确像一头横躺着的鹿，有头有脚有尾巴，还有角。它头顶双屿港，脚蹬磨盘洋，尾甩条帚门，堪称东海一霸，现被冠名"中国鹿岛"。如今因围海造地和临港产业的开发，这头鹿的背部和腹部都长肥了，但整个鹿岛的样貌还存在。这不得不令人感叹鹿横岛先民的观察与想象能力。他们那种不畏艰险、敢为人先的开拓精神值得后人学习。

明海禁与十三祖宗

一天，陪女儿去上学，路上见两位妇人打招呼很有意思：

甲：阿姐，诺（音 nou）官早东西驼之搭阿里起（阿姐，你这么早拿着东西到哪里去）？

乙：妹子，吾（音 ŋè）搭上庄起（妹子，我到上庄去）。

甲：上庄结唢起（到上庄干什么去）？

乙：上庄拜老三太太起（到上庄拜老三太太去）。

女儿听了很好奇，"爸爸，上庄在哪里？老三太太是谁？"

我微微一笑，告知女儿："囡，这——说来话长。"

图 1-4 六横上下庄以岑山门为分界线

六横岛很早以前在岑山（也叫张家峧）和干岩山之间有条小港，最窄处宽度只有 110 米，管它叫岑山门。落潮时，会露出一片礁石来，人能通过。因此，人们就以此为界，把六横分为上庄和下庄。上庄就是岑山以西的区域，包括峧头、五星、龙山等地；下庄则是干岩以东的区域，包括双塘、平峧、小湖、台门等地。

舟山群岛，因其特殊的地理位置，且境内岛屿众多（约 1390 个岛屿），海域面积 22000 平方千米，陆域面积 1371 平方千米，成为中国的东大门和重要的对外开放窗口之一。

明朝初期东南沿海不太平，外有倭寇侵袭，内有海匪为患，官兵讨伐不力，久难平息。洪武十七年（1384），朝廷以舟山是"东南控海之要地"，命设卫所，驻兵 6000 余名。洪武十九年（1386），又命信国公汤和治理东南海防。因汤和曾于洪武元年攻克福建后的班师归途中，经舟山时遭秀山叶、陈两姓居民袭击，损失过手下徐珍、张俊两指挥，深感舟山民众难以制服，便以"穷洋多险，易为贼巢""昌国宋元遗民巨族甚多"等为由，奏请明太祖实行海禁。明太祖也因元末另一支农民起义军方国珍占据过舟山，"心切忌之"，便下旨对舟山实行海禁，强迁除本岛外 46 岛居民 3 万余人于大陆内地。第二年（1387），废昌国县（今定海）为乡，将其归入定海县（今宁波镇海），规定沿海百姓"片板不许入海"。这是舟山历史上最为严厉的一次海禁。

图 1-5　海禁时，东海岛屿居民被迫内迁时的场景

当时六横尚未分上庄、下庄两岛，岛上的居民不多，只住在靠海边的几个港湾岙口里。

皇帝圣旨下达六横，老百姓怨气冲天。俗话讲：金窝银窝都不如自己的草窝。家里再穷再苦，也不愿背井离乡。可是，皇帝金口一开，谁敢抗拒？

一日，突然驶来好几艘官船，这些官兵一上岸，就活脱脱是"活无常"，用棍打、鞭抽的方式，把老百姓赶上官船。一边赶一边放火烧村，一些年长者，因腿脚不便，还未来得及出门，就被活活烧死了；一些年轻人，因不愿背井离乡，不肯上官船，官兵便把他们绑起来吊到树上，用鞭抽打，直至血肉模糊。见此情形，男女老幼谁人还敢反抗。就这样，暴力逼迫三天三夜，岛上房屋尽毁，不留一人。

可是没过几日，岛上又现人迹。这几人一碰面，"侬咋会还来咚（你怎么还在）？""我逃到老鹰嘴山洞里藏好了，侬（你）呢？""我躲在后山柴篷里。""我让官兵抓到船上，趁人不防，跳海游回来了。"七嘴八舌，讲得火热。下庄的这几人聚拢一数，共有 7 个。他们爬上干岩山头，看见岑山岗墩上也有人，一问，才晓得上庄也留下 6 个人。从此，逢年过节，双方都要爬上岑山、干岩山岗墩，互相打打招呼，讲讲思念之情。

这样过了好几年，有些迁到大陆去的人，实在无法生活下去了，便偷偷摸摸逃回六横。原先留下来的这些人，看见乡亲回来，都非常热心，帮他们搭茅棚，安顿吃住。人多了粮食不够吃，他们就用土豆和咸菜做成羹来给大家充饥。"土豆咸菜羹"除了能填饱肚子，还真的很好吃，从那时起就一直食用到现在，已经成为六横的一道家常菜。慢慢地，逃回来的人越来越多，大家互助团结，重建家园，六横岛又兴旺起来了。

后代人为纪念这 13 位不知身世的先祖，追思他们当初机智勇敢的反抗精神和乐于助人的美好品德，就把他们尊称为"十三祖宗"。直到现在，六横人给自己屋里的大人做羹饭时，都不会忘记要在家门口增摆一桌"老三大人"，上庄人摆 6 双筷 6 只碗，下庄人摆 7 双筷 7 只碗。

佛渡岛与观音大士

在六横岛旁边，有个名叫"佛渡"的小岛。此岛既无庵堂庙宇，也无和尚尼姑，为何叫"佛渡"呢？

图 1-6 六横佛渡岛地形图

佛渡岛，位于六横岛西南海域，距国家级保税港区——梅山保税港区2.4千米。东隔双屿港，与六横岛相邻；南与象山港海域相连；西隔汀子港，与宁波北仑相望；北为佛渡水道，相距沈家门 32.7 千米。全岛呈长形，南北走向，长 5.1 千米，宽 0.6～3 千米，面积约 7.28 平方千米。海岸线长 17.93 千米，其中 20 米深水岸线 3.1 千米。岛上共有 17 个自然村，至 2010 年，共有居民 854 户，2894 人。

元大德《昌国州图志》称佛渡岛为渤涂，清康熙《定海县志》和民国十三年（1924）《定海县志》称佛肚山，现则称为佛渡。

据传，观音大士修炼成佛以后，想找个地方设庙传经。一天清晨，他驾起祥云，来到东海上空，只见万顷碧波的东海大洋中，奇山异岛星罗棋布，像一颗颗翡翠珠宝撒满碧盘，认为是设庙传经的好地方。但是因宝岛众多，一时不知如何选择。观音心生一计，决定找个山头满百的小岛。他舒展慧眼，定神一看，眼下就有一个，山清水秀，静谧洁净，灵岩兀立，足有100个山头。他当即收起祥云，一脚踏上了这个小岛的一个山顶上，盘腿坐下，手握拂尘，认认真真地数起山头来。无论是从右到左数，还是从左到右数，数来数去，只有99个。

观音十分惋惜，只得驾起祥云，另找住所。当他来到紫雾缭绕、金沙铺岸的普陀山上空时，才发觉自己粗心，盘坐下的那个山头忘记数了。这次他慎重了，先从自己盘坐下的山头开始数起，数着数着，最后又将自己盘坐下的这个山头给数进去了，这样，就刚好是100个。

观音在普陀山定居下来，建起了寺宇、庙堂，使之成为"海天佛国"。殊不知普陀山实际只有99个山头，而原先那个真正有100个山头的小岛，却没有被选中。但它毕竟是观音大士渡过的地方，所以人们就称此岛为佛渡岛。

世代以来，观音大士渡佛渡的传说一直在流传。当地老一辈村民说岛上还有观音大士留下的"脚印"。为大力发展六横旅游业，打造舟山"南普陀"旅游景点，六横管委会将佛渡岛这一传说作为旅游文化资源来挖掘。

2019年9月，佛渡村组织身体状况较好的老年村民到山上寻找，经过一个多月时间的努力，村民们终于在公山山顶上找到了观音大士的"脚印"。因为年时已久，加上风吹雨打、山水泥沙的冲击，整个"脚印"石坑基本上被泥沙、树叶填满了。对此，佛渡村组织人员小心翼翼地把泥沙取出，经过清洗，石坑基本恢复了原状（见图1-7）。经过实地丈量，这只"脚印"长2.19米、宽0.8米、平均深度0.3米左右。

图 1-7　佛渡公山顶上发掘的"脚印"石坑

发现"脚印"石坑的公山海拔 183 米，是佛渡的最高峰，由角砾岩组成。佛渡村借开通护林防火通道的机遇，新开辟了一条全长 1.5 千米、平均宽度为 4.5 米的护林防火通道，可以直接驾驶小型车辆到达山顶。

自从有了观音大士渡佛渡的传说以后，整个六横岛就开始成为佛教（观音文化）的信仰之地。岛上，几乎每个村庄都有寺庙，分别供奉着大慈大悲的观世音菩萨或不同朝代爱国爱民的忠魂。至今，仍保留着历朝历代建设的寺院、村庙等民间信仰活动场所 48 个。这些场所均通过浙江省人民政府批准，用于民间信仰活动及传承佛教文化和弘扬爱国主义精神。

除了佛像、菩萨，各寺庙里的一些古建筑、雕刻字画、匾额对联等，也都承载着六横的历史文化和乡愁记忆，同样值得后人敬仰和学习。

图 1-8　六横荷花村王安石庙

尤其是庙宇上的对联，值得一品。

黄荆禅寺（邵家村七峰山）：

如来常往慈光普照七峰增辉，菩萨共持众缘和合六横腾飞。

修百千万行依大悲心救度众生，现三十二身转妙法轮灭诸苦难。

大雄大力大慈大悲人天共仰，宝殿宝楼宝阁宝塔凡圣同登。

金山寺（荷花村后山岗）：

自在自观观自在，如来自见见如来。

十方来十方去十方共成十方事，万人舍万人施万人同结万人缘。

佛灵寺（涨起港金黄岙）：

灵山遍种菩提树，佛苑尽开智慧花。

事在人为休言万般都是命，境由心造退后一步天地宽。

东狱宫（嵩山村）：

静观世界求一是，诚对苍生不二心。

积玉积金不如读书教子，宽田宽地莫若宽量待人。

浙东第一功（双塘孙家东咀头天受宫）：

继光舍身阻棆眼升天，扬香引虎救严父成神。

原子孙辈成栋梁正才，拜送子佛生睿智男女。

双珠山庙（台门奶峙）：

保社稷功垂史册鼎盛人世，救君王威震当代名传古今。

神明之道保庶民海陆平安，圣贤遗风启弟子文武兼备。

太平庙（荷花村范家王安石庙）：

太祖以来荆公改革魁宗代，平讼高后新法推行慰万民。

张府庙（岑山村）：

青史纵垂五百年人人奉香祀张府，大地横贯三千里处处立碑志相国。

田岙庙（田岙村）：

一身正气二袖清风三鳣兆瑞四知儆诫，五经贯通六代侯公七情谨慎八世遗训。

紫石庙（小湖村）：

做个好人心正身安魂梦稳，行些善事天知地鉴鬼神钦。

古丝路双屿港传奇

双屿港，在老一辈人的口中流传着这样一个传说：

明朝年间，郑和七次下西洋，带动了许多商人出海去国外经商。当时有一支船队，由几十个商人组成，为首的商人姓刘。船上载着丝绸、布匹、陶瓷器、茶叶、药材等货物，向南洋进发。途径六横的双屿港，突遇大风，船不能前进，只得靠岸，停泊在港畔的涨起港码头。

风越刮越大，一连六七天不停，大家都有些焦急不安。一晚，姓刘的商人喝了几杯闷酒，便倒在床上。朦胧间，一个白发老人走来，慈祥地对他说："你知道这里是什么地方吗？"商人答道："这是六横双屿港。"老人便道："对！此港叫双屿，就是有商缘，过了双余年，更加有商缘。"商人听了一时不得理解。老人道："所说之言，只可意会，记住这里是个发祥致富之地就好。"商人醒来，原来是南柯一梦。

第二天，天气晴朗，风也小了。姓刘商人把梦中之事告知大家。众人议论纷纷。其中一个人说道："双屿港有商缘，是告诉我们可在这里进行贸易。"对此，大家都摇头反对。认为此港往来尽是渔船，并无商缘，还是开船南下。正在众人议论之间，突然发现东方开来一支船队，其中有一人说："这不是外国商船吗？"因此人去过南洋，见识过外国船的式样。大家都觉得做生意的机会来了，于是各自回船，起锚、拔篷迎了上去。

来者正是葡萄牙商船。他们去南洋各国交易，正好在此遇到中国商船，于是就在双屿港进行交易。据说，后来很多商人还带家眷定居岛上。

16世纪的双屿港是世界上最早的自由贸易港，来自欧洲、日本的商品，南洋的胡椒、香料，中国的丝绸、棉布、瓷器和茶叶等，均在这里汇集交易。中西方文化也得以在此交流，从此，西洋艺术、宗教传入中国内陆。

　　近 500 年前的双屿港之所以能成为世界上最早的自由贸易港，并非偶然。

　　从宋朝至明朝郑和下西洋，中西方贸易主要依靠海上丝绸之路。明初，尤其是永乐年间，中国外海上贸易已初具规模。

　　明朝嘉靖初年，日本在对中国的朝贡贸易中获利颇丰，贡船争相来华。嘉靖二年五月，日本藩侯的两个朝贡使团在宁波因入贡资格爆发了"争贡事件"，使很多无辜的中国军民被杀或被掳。嘉靖帝以"倭患起于市舶"，下旨关闭宁波等地市舶司（相当于现在的海关），并严定律例，禁止一切海上贸易。实行更加严厉的海禁政策。

　　市舶司一关，官方贸易中断，海内外商人为逃避官府稽查，选择在附近的海岛港湾私下继续交易。双屿港国际贸易市场正是在此背景下应运而生。

　　双屿港，又名双峙港，为六横岛与佛渡岛之间的港域，因港内的上双峙、下双峙两岛屿而得名。双屿港地处东海之滨，沿海要冲，港域南北相通，东有六横岛，西有佛渡岛，两山对峙；北有梅山、穿山半岛，南有梅散列岛、象山半岛等岛屿环抱，形成天然屏障。

　　港区南北长约 7.6 千米，东西宽约 1.4 ~ 2 千

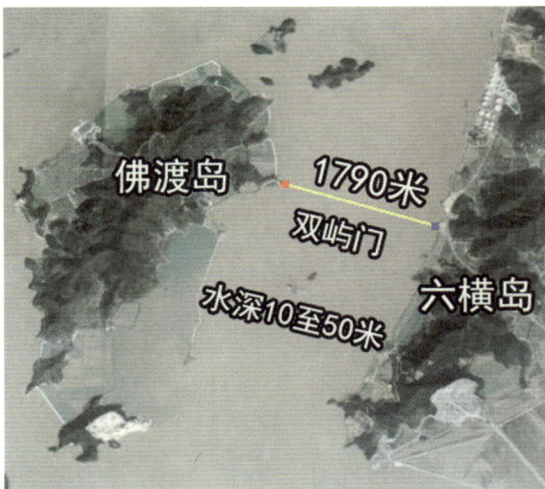

图 1-9　双屿港位置

米，港域面积约 13 平方千米。港道北连佛渡水道，通沈家门、舟山、宁波北仑、上海等港口，西南接象山港，东南为牛鼻山水道，通大海。港水深 10 ~ 50 米，最深处 90 米。港东岸、东北岸 10 ~ 20 米深水岸线长 11.3 千米，西岸 10 ~ 20 米深水岸线长 6 千米，规则半日潮：涨潮流向北，落潮流

向南，流速 3~5 节。

此港因北接佛渡水道与梅山港，东邻条帚门、虾峙门国际航道及桃花洋，故有"梅港双龙伏，桃洋一斧开"之说。形势险要，位置优越，为南北海上交通要道。

起初，双屿港的贸易船只夏来冬去，规模不算大。到了嘉靖十九年，福建、徽州等地一些海商头目在南洋经商，从马六甲等地引葡萄牙、日本诸国大批海商至双屿港。

图 1-10　双屿港海上贸易船

据一些史料记载，在双屿港，做贸易的有 3000 多人，以葡萄牙人、日本人及浙江闽南沿海一带的人居多，其中光葡萄牙人就有 1200 多人。

那时候的双屿港，繁荣无比，被日本历史学家滕田丰八誉为"十六世纪之上海"。

葡萄牙人费尔南·门德斯·平托曾在《远游记》中记载，葡萄牙人每年在双屿港交易额超 300 万葡币。他们从葡萄牙运来金锭、白银、胡椒、檀香、丁香、肉豆蔻、夏布、白棉布等商品，还有从其他国家运来的倭刀、香料、琥珀、水晶、宝石、象牙等与中国的丝绸、布匹、粮食、药材、陶瓷器等商品在此进行交换，展开贸易。

因此，双屿港是16世纪远东与西方贸易的集散地，也是明朝海盗集团的根据地。葡萄牙人曾把双屿港当作长期贸易基地，他们在岛上建造了上千座馆舍，以及市政厅、天主教堂、医院等。中国的商人也在这里建造了10余间天妃宫，20余间铁皮屋和木屋。

在这杂乱的国际贸易自由市场上，各人得利，贸易繁盛。海盗、流氓、政客、武士、浪人亦混迹于此，打家劫舍、杀人夺财也是屡见不鲜。

其中，有一个名叫王直的商人（先后自称五峰船主、净海王等，其实是一个武装走私集团的头目），他与李光头、许栋、徐惟学、叶宗满、谢和等海上走私贸易者曾把一大批日本人引到双屿港来做生意。他们的到来，搅乱了双屿港表面的平静。葡萄牙人与日本人为了互相争夺地盘，烧杀抢掠，无法无天。后来，王直移居日本平户，使平户成为繁荣的国际贸易港。他在日本自称"徽王"，被日本商界视为东方商人的典范，被尊称为"大明国的儒生"。

双屿港私船泊聚交易，完全替代了官方的"勘合贸易"，令明朝廷丧失了东亚海上贸易的主导权，这是朝廷无法容忍的。一桩血案，最终成了双屿港覆灭的导火索。

当时的余姚大族谢氏欲赖葡萄牙人和走私海盗的账，并威胁要报官。葡萄牙人和走私海盗难忍恶气，洗劫了谢家，并掠杀谢氏宗族。这桩血案很快惊动了朝野，嘉靖帝大怒，决定用武力剿灭双屿港这股强劲的势力。

嘉靖二十七年（1548），双屿港之战发生。嘉靖帝派遣军事经验丰富的朱纨前往双屿港镇压。朱纨认为双屿港乃"正门庭之寇也，此贼不去，则宁波一带永无安枕之期"。

朱纨派出36000名精兵、380艘军舰，从海门出发，包围双屿港。趁着风雨晦暗，海雾迷月，实施火攻。5个小时后，双屿港上大部分人毙命，几个主要的海商头目就擒，岛上建筑物全部被毁。

幸存者费尔南·门德斯·平托在《远游记》里写道："此次上苍所予可怖之征戒，几亘五小时之久，凶猛之敌人使境内一无所有……金锭、胡椒、檀香、丁香、肉豆荚、肉豆蔻子，以及其他货物，损失二百余万。"

颠覆双屿港后，因双屿孤悬于大洋之中，难以戍守，朱纨便下令以木石阻塞通往双屿港的南北各水口。这在朱纨的《甓余集》中有记载："六月二十六日，与刘恩至（备倭指挥）同到双屿，看得北港已筑未完，南港尚未兴筑。"

朱纨在港中住了3天，亲自指挥填港之事，最后"两港俱完"。从此，热闹了20余年的双屿港消失于世。舟楫往来、闹猛繁华的场景，烟消云散。

双屿港的繁华虽然短暂，但其历史作用与地位不可小觑。学界普遍认为，双屿港是欧亚航路的起始港，它与东亚已有的"海上丝绸之路""中日贸易""东南亚贸易"等传统的贸易路线相连接，推动了全球贸易圈的形成。

六横往事　岛城记忆

有关六横岛的故事很多，限于篇幅，编者只能割爱，择取更能使读者加深对岛城印象的往事。

一、历史沿革

据境内悬山岛出土的战国时期的铜锛等文物考证，六横在春秋战国时期已有人类活动，历来为舟山的一部分。

春秋时，舟山是越国的东京，称"甬东"（甬江之东）或"甬句东"，即会稽句章县东海中洲。六横属海中洲一部。

秦、汉、晋、南朝、隋时属会稽郡鄞县。

唐开元二十六年（738），舟山从鄞县中划出，另设县治，名为翁山县，隶属江东道明州郡。县内设富都、安期、金塘、蓬莱4乡，六横属安期乡。

唐大历六年（771），废翁山县，六横仍称安期乡，复归鄞县管辖。

五代后梁开平三年（909），改鄞县为鄮县，六横为鄮县一部。

北宋熙宁六年（1073），舟山重设县治，定名昌国县，隶属浙东道明州郡，六横时称扶桑村，属昌国县安期乡。

元代沿宋制。

明朝时属明州府昌国县、宁波府定海县（今宁波市镇海区）管辖。

清康熙二十七年（1688）海内大定，康熙帝将舟山钦命为定海，改原定海县为镇海县，六横属定海县管辖。

清光绪二十六年（1900）废安期乡，始设六横区。三十四年，划分选区，六横划为定海县第七区。

宣统二年（1910），六横改划为东靖乡。

民国元年（1912），六横隶属定海县，分设东乡、南乡两个派出所。

民国二十三年（1934）至三十六年（1947），实行保甲制（10 户为甲，设甲长；10 甲为保，设保长），六横隶属于定海县第五区，下设一甲、二甲、三甲、四甲、北一甲以及佛渡、人柱、平峧、凝波、小苍、田岙、永亨和马跳头等 8 乡，共分 60 个保（含湖泥保），其中上庄片 28 保，下庄片 32 保。

1949 年 7 月，在宁波庄桥宣布成立定海县六横区（含今六横、桃花、虾峙）。

1951 年，重划区、乡，虾峙、桃花另设。

1953 年 4 月，普陀建县。10 月，六横区域设六横上庄（辖 8 乡）、下庄（辖 9 乡）2 区。

1956 年，2 区合并为六横区，原 17 乡合并为 9 乡（湖泥乡从虾峙区划入，次年又划归虾峙区）。

1958 年 10 月，六横 8 乡合并成立六横人民公社，下设 11 个管理区。

1961 年 12 月，调整人民公社规模，复设六横区，下设峧头、五星、龙山、双塘、小湖、平峧、礁潭、元山、佛渡 9 个人民公社。

1984 年 9 月，人民公社先后恢复乡建制。

1986 年，峧头乡、礁潭乡改置为峧头镇、台门镇。

1992 年 5 月，撤区扩镇并乡。龙山、五星 2 乡并入峧头镇，平峧、小湖、悬山 3 乡并入台门镇，六横区撤销，存峧头、台门两镇，佛渡、双塘两乡。

2001 年 6 月，六横政区重新调整，撤峧头镇、台门镇、双塘乡建置，合并设立六横镇，辖 85 个村、2 个居委会。

2007 年 10 月，撤佛渡乡，并入六横镇。调整后，六横镇管辖峧头、五星、龙山、双塘、小湖、平峧、礁潭、悬山、佛渡 9 个社区（包含 45 个行政村、2 个居委会）。

2008 年 5 月，设置舟山市六横开发建设管理委员会，为市人民政府派出机构，统一负责管理域内的开发建设工作，行使相关市级经济管理权限和县级社会行政管理职能。

2013年9月，设立浙江舟山群岛新区六横管理委员会，为浙江舟山群岛新区管委会直属机构，全面负责辖区内经济社会发展事务。其内设机构有：办公室、党群工作部（挂六横镇党委牌子）、经济发展局（挂市港航局六横分局、普陀区六横安全生产监察大队牌子）、社会发展局（挂六横镇人民政府牌子）、规划建设与交通局（挂市规划局六横分局、市国土资源局普陀六横中心所牌子）、财经局（市地税局六横分局与其合署办公）、综合行政执法局〔挂舟山市普陀区综合行政执法局（环保局）六横中队牌子〕、六横综合服务中心（挂浙江舟山群岛新区六横审批服务中心、浙江舟山群岛新区六横会计核算中心牌子）、六横招商局等。

二、大事记

（一）封建历朝大事记

春秋战国时期，六横开始有人类活动。

晋，有名人黄公，为伏白虎而隐居六横。

明，洪武十九年（1386），信国公汤和治理东南海防，以"顽民争利，内相仇杀，外联倭人，岁为边患"为由，迁徙舟山46个岛民入内地。

明嘉靖十九年（1540），海商李光头、许栋、王直等人以双屿港为基地，与佛郎机（葡萄牙）、倭人（日本）进行走私贸易活动，规模日大。

嘉靖二十七年（1548）四月，嘉靖帝派时任浙江巡抚朱纨，进剿双屿港，许栋、李光头等就擒，王直收余众逃遁；朱纨聚木石筑塞双屿港口，海上互市止。

明万历十六年（1588），六横岛七峰山建黄荆寺宇3间。

清顺治六年（1649）十月，举反清复明旗帜的明鲁王退驻舟山，流民涌入，六横人口大增。被鲁王封为兵部左侍郎的张煌言（字玄著，号苍水），以舟山为复明基地，统领义军，坚持长达19年的抗清斗争。后在六横悬山岛被捕，在杭州就义。

顺治十三年（1656），清军攻陷舟山，宁海大将军伊尔德以"舟山不可守"为由，撤兵迁民，六横岛民再遭迁徙。

康熙二十三年（1684），开海禁，六横展复。

乾隆五十八年（1793）七月，英国政府遣乔治·马夏尔尼率使团来华，先登陆六横岛，后去定海城。

嘉庆十三年（1808），东南海上渔民抗清斗争起义军蔡牵所部常在元山、佛渡等岛活动，定海总兵朱天奇率水师击败蔡军张阿治部，提督水师擒陈丁等56人于佛渡岛。

嘉庆十八年（1813），建造六横东岳宫。

道光十六年（1836），围筑千丈塘，六横上、下庄相连。

道光三十年（1850），田岙任仁木幸在本村创办私塾，为六横办学之始。

咸丰二年（1852），高峰村王谋溯开设五福药堂，为六横最早药铺。

同治元年（1862）二月，太平军何文庆派赵大增为统领，发战船42艘，进攻六横，在棕榈湾受阻，改由平峧登陆；又遭当地土豪劣绅张为贤、张继唐所率民团阻击，边战边退，伤亡170余人；又恰逢涨潮，太平军淹溺者众多，其残部退至象山。同治皇帝得知，认为岛上必有神灵保佑，才免遭太平军入境，下诏在六横（东嘴头）修筑天受宫，并令宁波府要员孙诒经为此宫题名为"浙东第一功"（印刻在宫墙外围的岩石上）。该摩崖题记为民团武装歌功颂德，是从反面记述太平军在舟山活动的唯一重要史迹。

光绪十一年（1885），戏文山至定海客货船通航。二十六年（1900），编查户口，六横有5871户，26466人。是年，撤安期乡，设六横区。

（二）民国时期大事记

民国二年（1913）2月，峧头义火祠义塾改办东靖乡第一小学校，为六横新制学校之始。

七年（1918），查六横境内土地27147亩，人口21884人。

十年（1921），设国民党定海县六横区分部，为六横最早国民党组织。

十七年（1928），苍洞村张沛林等购铁壳货客轮"永顺号"行驶戏文山至定海航线。

十九年（1930）1月30日，张和灿、沃阿定、胡大宝等人发起由全岛万名群众参加名为"拔稗草"的行动，声讨当地土豪恶棍王耿奎等人滥收"土地陈报税"等恶行，震动全省。

二十五年（1936），岙头设六横信柜，礁潭设下庄信柜，始有通邮业务。

二十六年（1937）10月，六横成立抗敌后援会分会，吸引爱国青年参加抗日。

二十七年（1938）8月26日上午，佛渡岛居民遭股匪抢劫，200余家无一幸免。

二十八年（1939）3月，海匪百十人登六横，盘踞太平庙，缴自卫队枪械，四处抢劫、绑架岛民，强索法币1.6万元。同年8月，1艘日舰驶抵双屿港，放汽艇1艘向岸疾驶扫射登陆，当地驻军抗击，毙日军8名，日舰逸去。是年，设六桃朱普区，六横上庄乡拆分东平、西安2乡，下庄乡拆分平和、永和2乡。

二十九年（1940）2月8日（正月初一），日军300余人进犯六横岛，当地抗日自卫第四大队在嵩山脑抗击日军，击毙日、伪军30余人。为掩护抗战部队撤退，积峙村刘佐荣等8位渔民被日军残忍杀害。同年8月，日军又抓捕六横无辜渔民钱贵世、刘连云，将他们四肢钉在木板上，用刺刀挑出内脏残酷折磨致死。

三十一年（1942）年夏，日军飞机在六横岛上空投掷燃烧弹，张家塘10余间房屋被烧；黄荆寺、青山庙、太平庙皆被焚毁。是年秋，六横霍乱流行，发病856人，死亡350余人。

三十三年（1944），大旱，清明至重阳无雨，早稻无收，晚稻无水下种，荡田、河底龟裂。农民饥荒，以野草树皮为食，靠卖儿卖女求生，途中时有饿死者。

三十四年（1945）3月，日军14人在佛渡沙峧岗墩扎营驻守，8月投降时撤出。是年，复设六横区。9月，东平乡改称沙浦乡，西安乡改称积峙乡，平和乡改称双塘乡，永和乡改称礁潭乡。

三十七年（1948）5月，突发鸡瘟，下庄3天内死鸡万余只。8月18日，共产党领导的东海游击总队280余人南进天台山，途经六横岛暂驻，21日遭国民军重兵包围，激战10余小时。天黑时分，"东总"分散突围，仅少部分干部战士突出重围。25日，"东总"顽经中队副分队长郑如水（小湖人）在小湖被俘后英勇就义。

（三）新中国成立70年大事记

1. 六横解放

1949年10月7日，中国人民解放军21军61师183团进驻六横，六横解放。是年7月，在宁波庄桥成立的中共六横区委、区公所进岛工作，驻地峧头，辖上庄、下庄、桃花、虾峙、登步5乡。

六横解放后，上、下庄两乡分别于1950年10月和1951年3月进行土地改革，至同年春耕前结束。岛上驻军协助建立地方乡政权，进行海防守备和组织民兵开展剿匪反霸任务。1950年冬至1951年春共抓获匪特413名，其中宽大处理自首投降者260名，公审后枪决罪大恶极分子153名，铲除了六横数百年来的匪患。

2. 兴建六横医院

1951年12月，建六横卫生所，1960年改称六横中心医院，1962年改称六横区卫生院，1985年6月升级为县第二人民医院。2004年区委、区政府决定，区人民医院与区第二人民医院（包括峧头卫生院、龙山卫生院）整体合并，增挂普陀人民医院六横分院牌子，为全民所有制综合性医院，是具有独立处理各类重危急难病人能力的综合性二级医疗单位，承担医疗、健康、保健、120救护等任务。

经先后几次扩建，全院占地面积1.48万平方米，总建筑面积2.08万平方米。住院部设置内科（含儿科）、外科（含骨科、眼科）、妇产科3个病区，开放床位105张。门诊部设有：内科、外科、妇产科、小儿科、骨伤科、中医科、五官科、口腔科、眼科、皮肤性病科、防保科、妇幼保健科、针灸推拿理疗科、骨科专家门诊、消化内科专家门诊等15个临床科室。同时开设检验科、B超室、心电图室、放射科、CT室、脑彩超室、胃镜室等辅助科室，单独设立体检中心、肠道发热门诊。全院医务人员共150名，其中卫技人员112名。卫技人员中具有副高级职称3人，中级职称35人，其他卫技人员19名，管理人员4名，工勤人员15名。

2010年9月，医院纳入全省首个四级医疗会诊系统，可与普陀医院、舟山医院及省级有关医院实现远程会诊和双向转诊，实现了不出岛就能请专家"面对面"诊治的设想。是年12月，利用该远程网络会诊系统挽救了一名严重脑外伤车祸病人的生命。

3. 创办六横中学

1956 年 9 月，创办普陀县第二初级中学，址嵩山大庵（今洪泉寺），共有学生 108 名，设班 2 个，教师 5 人，炊事员 2 人。1957 年迁址东岳宫，1959 年更名为舟山第二初级中学；1961 年又更名为普陀县六横初级中学；1970 年始办高中班，定名为普陀县六横中学；1980 年列为普陀县重点中学；1985 年随着撤地建市，更名为"舟山市普陀区六横中学"；2005 年被确定为浙江省三级重点中学；2018 年，划归市属，更名为"舟山市六横中学"。

学校总占地面积 34652 平方米，建筑面积 13375 平方米，绿化面积 7317 平方米。建有现代化图书实验楼、教学大楼、礼堂、膳厅及学生宿舍，并配备有先进的语音教室、计算机房、多媒体教室、音乐室和设备先进的理、化、生、劳技实验室以及可容纳 280 人的多功能报告厅。另外，校园内还建有标准塑胶田径场（内设 250 米环形跑道）和足球场，安装有现代化标准的有线电视系统、网络系统、广播系统、通信系统和监控警报系统，所有的教室都安装了多媒体设备，此硬件配置就农村中学，已属一流。2013 年学校有教职工 52 人，其中专任教师 45 人，学历合格率 100%。教职工中有中学高级教师 13 人，中学一级教师 18 人，研究生结业 4 人。自恢复高考制度以来，学校每年招收新生 3~4 班，办学规模为 9~12 个班。

2011 年 3 月始，与普陀中学合作办学，合作的主要内容为：高一第一学期末，六中须选送 10 名品学兼优生到普中跟班学习；高三第一学期始，六中须有 2 个班的高三学生到普中学习；普中每年须下派 2~3 名骨干教师到六中任教。近 10 多年来，六中高考上线率达 90% 左右，近几年更是实现 100% 上线率的佳绩。还为空军输送了 10 名飞行员，为国家和社会培养了一大批有用之才。

4. 建造六横电厂

1980 年 12 月，六横电厂在台门大夹屯动工兴建，1982 年 10 月 1 日竣工投产，电力输送全岛。装机容量 1370 千瓦，日发电能力 2.6 万度。1983 年二期工程竣工，装机容量扩至 2750 千瓦，日发电能力 5.28 万度。1985 年电力线路延伸至悬山岛。1986 年建成佛渡电厂，实行全岛统一供电。六横电厂建成发电，彻底改变了六横人"日出而作，日落而息"的生活状态，六横开始步入工业文明时代。

1988 年 12 月 24 日，六横至郭巨 35 千伏输变电海底电缆开始施工，翌年 3 月 24 日竣工，六横与大陆联网供电，六横（大夹屯）电厂停闭。

5. 小郭巨围垦

1983 年 9 月，原六横区委、区公所再次筹建一度停工的小郭巨促淤工程，翌年做水文测绘、地形测量、地质钻探；1985 年小郭巨促淤工程开展平堵，1988 年完工，1996 年 12 月 1 日启动立堵工程，建设弯刀咀至小郭巨山 1500 米大堤，1999 年 10 月底竣工，总投资 295 万元，促淤面积29700 多亩。

2001 年 11 月，六横镇委、镇政府再次决定对弯刀咀—小郭巨—积峙山实施围垦。2003 年 12 月 25 日，小郭巨一期围垦工程动工，闭气加固弯刀咀—小郭巨山长 1460 米促淤堤，新建小郭巨—积峙山长 1640 米的围垦大堤。2006 年 2 月大堤合拢，2007 年 6 月 13 日一期围垦工程全面竣工，围垦面积达 6227 亩。2009 年 3 月 4 日，小郭巨一期围垦工程通过省围垦局的竣工验收。2011 年 12 月 2 日，在一期围垦工程的基础上，六横管委会实施 1488 亩小郭巨—黄风嘴一期续建围垦工程和小郭巨山—外青山—白马礁—小湖炮台岗 23100 亩的二期促淤围垦工程。2017 年 10 月二期工程围垦大堤合拢。

1985 年至 2017 年的 32 年时间里，小郭巨促淤、围垦工程使六横岛新增陆域面积约 20 平方千米，使深水岸线延长至 13.5 千米。

6. 六横至宁波车客渡开通

1987 年建造六横至宁波车客渡码头，经过一年多的努力，1988 年 11 月沙岙至上阳车客渡固定码头顺利建成，于 1989 年 8 月 28 日举行车客渡开通仪式。同年 12 月 1 日，六横至宁波、杭州直达客运班车运行。1995 年又将上阳码头迁址郭巨，把原固定码头改造成浮动码头。

六横沙岙车客渡码头经 2003 年和 2008 年两次扩建，总占地面积已达约 8500 多平方米。有固定码头 1 座，浮码头 3 座，停靠车客渡轮 5 艘，经营六横沙岙——宁波北仑郭巨车客渡码头航线。日航行 33 航次来回，航程

4.2 海里，航行时间约 35 分钟。年车流量在 12 万车次以上。

六横——宁波车客渡的开通，方便了六横与大陆的交往，加快了六横经济社会的发展步伐。

7. "中远"公司落户六横

2004 年 2 月 20 日，中国最大、世界一流的中远集团船舶修造项目正式签约。这是当时普陀乃至舟山引进的规模最大的投资建设项目。该项目选址在六横岛北部西浪咀至东浪咀沿海一带，约占岸线 5000 米，总投资 25 亿元，规划建设面积 200 万平方米，规划坞容 100 万吨、"六坞十泊位"，全部工程于 2010 年前完成。

随着中远落户六横，掀起了六横整岛大开发的热潮，投资 28.5 亿元的浙能煤电一体化项目、投资 24 亿元的凉潭岛铁矿砂中转项目、投资 15 亿元的金润石化转运码头及调和油加工项目、投资 8.5 亿元的海岛世界旅游度假区开发项目及华立集团棕榈湾石化项目、中奥能源项目等相继落户六横。

中远大型船舶修造基地落户六横，引领产业转型，掀开了六横岛大开发、大建设、大发展的序幕，成就六横"以港兴岛"的梦想。

就在"中远"落户六横这一年的 9 月 3 日，当时的省委书记、省人大常委会主任习近平，省委常委、宁波市委书记巴音朝鲁及副省长王永明一行到六横调研加快海洋经济发展情况。调研时，习近平说过这样一句话："六横是个宝岛，腹地这么大，又是一块宝地，深水岸线又这么多，只要我们不懈努力，脚踏实地，埋头苦干，保护、开发和发展好六横岛，白纸上可以绘出美丽的蓝图。"

8. 实行殡葬改革

2005 年 11 月 20 日零时起，按照区人民政府通告决定精神，六横全面实行遗体火化。这是殡葬中的一项重大改革，从此结束了六横长期以来土葬的旧习俗。

为了改变人们头脑中千百年来遗留下来的封建意识，革除丧葬陋习，倡导丧葬新风，建设资源节约型、环境友好型社会，保护生态六横，造福子孙后代，促进六横经济社会可持续发展，根据普陀区政府关于在沈家门和朱家尖等地实行遗体火化的基础上，将火葬区扩大到除东极镇外的所有地区的规定精神，2005年上半年，六横正式启动殡葬改革，着手规划、选址，建造了殡仪馆和布点3所骨灰纪念堂以及生态公墓，共占地面积49340平方米，其中建筑面积12240平方米，总投资1560余万元。完善的设施，带来了殡葬文化的新风。

9. 六横开发建设管理委员会成立

2008年初，中共舟山市委、市政府作出了《关于加快金塘、六横两岛开发建设的决定》，建立舟山市六横开发建设管理委员会。是年5月23日，举行舟山市六横开发建设管理委员会成立大会。市委书记、市人大常委会主任梁黎明在大会上讲话，市委副书记、市长周国辉为六横管委会授印、授牌。

由市人民政府授权，六横管委会在所辖区域内行使相关的市级经济管理权限和县级社会行政管理职能，这标志着六横进入了一个新的历史发展时期。

10. 海水淡化

2008年6月，占地面积85亩、总投资7.4亿元、日产淡水10万吨的海水淡化项目在台门大夹屯棚凳嘴动工兴建。翌年10月，投资1.7亿元、日产淡水2万吨的一期工程建成供水。

2011年6月，投资约1.3亿元、建设规模为日产3万吨淡水的二期工程开始土建施工。分别于2014年4月、2015年3月和2016年3月安装完成一台1.25万吨和两台各1万吨海水淡化机组，并投入运行。海水淡化二期工程与一期工程的出水水质均保持在0.01~0.03浊度，远低于1浊度的自来水国家标准。一期和二期相加，六横海水淡化能力达到日产5.25万吨，不但能满足岛上企业和居民的用水需求，而且还能解决虾峙湖泥等周边小岛的用水困难。

建成10万吨级海水淡化工程，改写了海岛靠天喝水的自然规则，辽阔的大海成为不竭的生命之泉，六横从此不再为水而忧。

11. 建设台门国家一级群众性渔港

台门渔港原是一片沙蟹横爬、水鸟啄食的滩涂。1976年，原六横区委、区公所决定把台门开发建设成为一个新兴的渔港，于1977年报经省水产厅批准，动工兴建，并列为省级项目。1981年，与之相配套的首家区属企业六横水产联合公司所属500吨级冷库在台门建成投产。1990年，台门渔港被列为国家一级群众渔港。

2000 年完成防浪堤工程 1000 米，按 50 年一遇标准设计，港内可避 10 级热带风暴。至 2008 年，台门港区（包括平峧、悬山）有高桩混凝土 1000 吨级码头 4 座（丁船湾、台门客运站、大夹屯、悬山庆海油库），500 吨级浮码头 12 座，港内可泊船舶 500 艘，年进出港渔船 4 万艘左右，货物吞吐量 200 万吨。2009 年 5 月 8 日，台门港列入《浙江省沿海标准渔港布局与建设规划》建设项目，该项目总投资 2842.65 万元。2010 年 6 月实施扩建工程，新建对面山护岸堤 791 米，渔轮厂段护岸 69 米，350 马力浮码头 1 座（1 泊位），高桩梁板码头 1 座（1 泊位），港区道路 1420 米，补网场地 5000 平方米，管理用房 800 平方米，港池疏浚 10 万立方米，新建监控设施及相关配套设施等，总投资 3100 余万元。2013 年 10 月完工投入试运行，2014 年 10 月通过省发改委、省海洋与渔业局等联合验收。二期工程总投资 5500 余万元，完成后，港内可容纳渔船 600 余艘，年水产品卸港量可达 10 万吨以上，年加工量可达 6 万吨。

12. 岛城的荣耀

2007 年，提炼归纳 "崇文尚义、争优图强" 为六横精神。

2007 年，六横镇获评浙江省民间艺术（民间画）之乡。

2007 年，六横镇获评省级科技示范乡镇。

2010 年，六横镇获评第三批浙江省小康型老年体育乡镇。

2011 年 1 月，六横列入省首批 27 个小城市培育试点镇。

2013 年 3 月，六横岛入选 "2013 年中国海洋宝岛排行榜"。

2013 年 5 月，六横镇获评浙江省十佳 "美丽小城"。

2017 年 7 月，六横镇获评国家级生态文明建设示范镇。

2017 年 11 月，六横镇获评全国社区教育示范镇。

2019 年 8 月，六横镇中心小学获评全国教育系统先进集体。

三、奇闻轶事

（一）"泥鳗" 退敌

先得说一说 "泥鳗"，故事中提到的 "泥鳗" 并不是泥鳗鱼，而是泥鳗船。泥鳗船也叫泥马，是一种专供泥涂上行驶的狭长小船（见图 1-11），一头高高翘起，中间是横杠子的扶手，人只要双手紧握中间的横杠子，左脚单跪在船的后部，右脚用力朝后蹬，小船便会飞一样向前滑行。据传，这是戚继光平倭寇时发明的。后被当地渔人用作撮泥螺、捡螺

图 1-11   "泥鳗"

蛤、涨弹胡、抲小串等"靠小海"的代步、运载工具。

旧时，机智勇敢的六横人，擅长用泥鳗船来抗敌卫乡。

相传，清咸丰年间，舟山海域海盗横行，鸡犬不宁。地处黄金宝地的六横难免其害：财物被抢、房屋被烧、滩涂养殖被毁。百姓怨声载道，人心惶惶。清政府曾几次调兵遣将，出海征剿，虽有几次取胜，但海寇昼伏夜出，鬼神不知，效果不大。而且，海寇生性凶残，诡计多端，不仅官兵伤亡很大，还殃及主动请缨、配合官府奋勇参战的义勇。其中台门和田岙的朱诏帮、陈祖康、任元霖、张大发、曹忠友、胡善友等 11 位义勇先后阵亡。

为此，六横人决意与来犯之敌战斗到底。众人自发组织起一支抗御海寇的自卫队伍，并推崇王大绥作为首领，每日操练，日夜防守。

当时，六横分为 8 甲：上庄 4 甲，下庄 4 甲。由于海寇进犯定海，必然要经过双屿港，要经过双屿港，必先到六横。而此时下庄 4 甲已落入贼人之手，因此上庄 4 甲百姓百倍警惕，自卫队个个摩拳擦掌。

一日，上 4 甲人得到可靠消息，海寇会在当日行动。经王大绥分析后断定，此次海寇并非从海上来，而是转从下庄 4 甲即陆地而来。于是，随即遣将，将埋伏在海湾处的义勇调到岙内，且故意放出风声，高调鼓吹一大户人家的一匹好马如何如何。海盗闻此消息，高兴至极，发誓要得到这骏马。其中的 4 个海盗威迫下 4 甲乡民引路，找到王大绥，开口就要他无条件交出那匹马。面对来势汹汹的海盗，王大绥毫无惧色，一句"休想"，

严词回绝。海盗顿时恼羞成怒，挥刀恐吓。只听得王大绥一声"住手"，早已防备的义勇从屋顶四周聚集拢来，个个怒目横睁、持刀执棍，吓得4个海盗屁滚尿流，落荒而逃。这次较量，六横人不仅毫发无损，反而壮了胆、鼓了劲，但也明白，海寇一定不会就此善罢甘休，必须时刻严阵以待。

果不出所料，一天，天刚蒙蒙亮，放哨义勇发现有几艘海盗船停靠在海涂边，有数十个穿着高筒靴的海寇艰难地跋涉着泥涂向岸边过来。王大绥接到报告，登上海塘观察，见海寇动作缓慢，连忙用手势暗示义勇耐心等候最佳突袭时机。待海寇进入泥涂最陷最深地段，一声"杀"，埋伏在海塘弯角处的几十只泥鳗船犹如离弦的箭，快速滑向海寇。猝不及防的海寇，见此阵势，霎时魂飞魄散，晕头转向，掉头想跑。谁知泥涂越陷越深，一只脚刚拔出来，另一只脚又陷进去，越慌越陷，如一个个插入泥地、只会上身摇摆的草人，任凭泥鳗船义勇砍杀。正巧，此时恰逢大潮，汛潮水猛涨，入侵海寇不是被杀死，就是被淹死。而留在海盗船上的几个操舵手，见形势不妙，本想拔蓬起锚，谁知还未调转船头，就见船身慢慢下沉。原来王大绥早已指派了几十名身强力壮、水性较好的义勇，每人脸上戴着红、黄、蓝、黑、白的鬼神面具，手握钢斧铁凿，潜入水中，把每只海盗船都凿了一个大洞，海水很快灌入了船舱。待潜入海中的义勇钻出水面，这几只海盗船都已半沉半浮，哪还能逃跑。加之，在岸上的号角声、鼓声、呐喊声的助威下，钻出水面的义勇挥刀舞剑，装神弄鬼，船上和海涂上尚在挣扎的海寇皆吓得半死，只得举手投降。

这一仗，六横民众借助民间智慧和民众力量击溃了猖獗一时的海寇，有力地打击了海盗的嚣张气焰。"泥鳗退敌"以弱胜强的传奇佳话上报到朝廷，咸丰皇帝龙颜大悦，特批圣旨一道，在王大绥家乡附近的棕榈湾建庙，并亲笔御书"平安庙"匾额一幅。

（二）六横农民"拔稗草"

稗草，是水稻田里一种恶性杂草，它形似水稻，植株高大，强势争夺本属于水稻的生存空间和营养物质。如果不除，水稻就会严重减产甚至绝收。农民对它恨之入骨。

民国十八年，在六横渔农民的眼里，那些横行霸道鱼肉乡里的土豪恶棍、渔霸也都是"稗草"。六横农民"拔稗草"并非传闻轶事,而是真实的历史故事。

那年（1929年）,隶属定海县的六横岛遭受百年大旱,粮食歉收,很多乡民靠吃野菜度日。恰在此时,各种土地陈报税又压了下来。负责土地陈报工作的王耿奎（时任国民党六横分部委员）等人,乘机渔利,激起民愤。当时,六横有首民谣这样写道:

一口风,一口浪,

抲来鱼儿税抽光;

海洋何时姓了王?

王耿奎,王金榜。

人吃鱼脑髓,

侬吃人脑黄,

有朝一日海掀浪,

拳头铁镐送侬见阎王!

是年农历八月十六,沃阿定叔侄两人在田岙唱书,碰到秀才胡大宝先生,无意中谈到六横苛捐杂税多达8种,特别是土地呈报税和住户税。就连猪圈、粪缸、屋弄菜地都要登记纳税,还有清查人口,连未出生还在孕妇肚中的孩子也要纳税……一身正气的胡大宝听后万分气愤,即刻萌生了要与土豪恶棍大干一场的念头。那年沃阿定18岁,正值血气方刚的年纪,听了胡大宝的想法就随即表示赞同。

要干,就必须联络几个带头人。两人一商量,随即想到了大沙浦农民张和灿,此人生性正直,且有骨气。果不其然,三人一拍即合,于是就有了人称的"三角石头"。沃阿定还联络邀请了双塘的顺和车、虞宝顺加入。

光有这几人,定不足以对抗那些土豪恶棍,只有带动全六横群众,方能真正出口恶气,这就需要发展更多的带头人。正在为此发愁时,横皮塘周阿其、山头浦侯金生、岐西邱才根、翁家嘴王小娘、山坑张贵林、梅峙胡阿碗等人竟主动请缨加入其中。而后,又发动了上六庙、下十庙柱首。

民国十九年的正月初五,大伙儿在胡大宝家商讨行动大事,规定16岁到60岁人都要参加,由祈尾庙的柱首带领,于正月十三,以上灯拜菩萨为名,到东岳宫集中。经大家一致同意,将此次行动命名为"拔稗草"。

到了正月十三，天刚亮，各地群众便在各庙柱首带领下，敲着锣，拿着锄头、钉耙、桨橹、鱼叉，浩浩荡荡，潮水般涌进东岳宫。在张和灿等几个头头指挥下，把设在东岳宫的土地呈报、住户税办公室和国民党六横区分部敲得粉碎。没过一会儿，胡大宝乘着轿子从下庄赶来。这时集结了大约1万人，胡大宝上戏台宣布，六横农民"拔稗草"行动开始。

大伙儿在张和灿等几个头头的指挥下，士气高涨，很快把土地呈报承办人、大恶霸王耿奎和王金榜缚到东岳宫，要他们答应立即停止土地呈报。大恶霸早已被这阵仗吓出了尿，连声讨饶："立即停报！立即停报！放我回家！放我回家！"群众怕他虚言，不肯答应。王耿奎便央人请国民党上海法院里的一个书记官邵小玉来做担保。但因时值正月，邵小玉正好在家过年，他自以为见过世面，摆起架子，还威胁群众说造反是要杀头的。群众见其傲慢，并无诚心，索性也把他缚了起来，3人一道吊在大树上。

这边，愤怒的群众正在东岳宫责问王耿奎；那边，滚龙峧村群众冲进劣绅俞渭生家里，把他"请"到东岳宫。俞渭生乃滚龙峧一霸，鱼肉乡里，干尽坏事，群众早已对他恨之入骨。未等张和灿等首领开口，村民们便一拥而上，将其从大殿推下，跌个半死，又把他吊在柏树上，一阵拳打脚踢，送他上了西天。他儿子俞科成一见老子送了命，拔腿就逃，被群众追上，也当场用飞石乱棒打死。群众还不解恨，赶到滚龙峧，点上一把火，把俞渭生的房屋烧成灰烬，以解心头之恨。

这时胡大宝说："一不做，二不休，若放虎归山，必大祸临头。"张和灿说"对"，便下令把绑在大树上3个人也敲死了事。

此事一发生，吓到了滚龙峧乡长刘阿态儿子刘兆林和大教场翘胡子吴文瑞儿子吴阿槐，他俩连夜在涨起港乘小船到定海去哭告县长。

定海县县长吴椿，知道这事了不得，于第二天带着一班警察共22人，乘小火轮船，从西文山上船赶来东岳宫，想平息此事。谁曾想，他们耀武扬威地来却被当地群众拦截，只准吴椿一人进去谈判。吴椿见群众手持木棍鱼叉，个个瞠目而视，便知不可硬来，只好独自一人进去。胡大宝和张和灿态度谦和地将其接进大殿，坐落谈判。吴椿开头还装腔作势说："有话尽管好说，鄙人可呈报上司，切不可胡来……"胡大宝未等他把话讲完，就直截了当地说："我们只有一个要求，取消土地呈报，废除苛捐杂税！"吴椿刁钻狡黠，眨巴着眼睛说："至于土地呈报一事，鄙人职权寡微，不能做主……"在场群众一听，哗的一声喊了起来："你不能做主，要你这个县长作何用？"杀猪屠邱财根拿来一只尿瓶，对吴椿说："如不答应，就喝下此尿！"胡大宝连忙劝住大家："弟兄们，只要他答应，我们就不可胡来。"

大殿里正在讨价还价，突然外面传来一阵叫嚷声："捉奸细！捉奸细！打死这两个畜生！"随着叫喊声，众人拖进来两个警察，大家一看，原来是到定海通风报信的王兆林和吴阿槐，两人假扮成警察，被人认了出来。众人上去剥了他们的衣服，你一拳，我一脚，当场将这两人打死。吴椿一看，吓得脸色煞白。胡大宝抓准时机，厉声呵道："你如再不答应，休怪我们无礼了！"吴椿为了保命，只得顺从。群众喊："打死土豪劣绅不偿命！"吴椿点头哈腰答应，"是，不偿命。"群众又喊："取消土地呈报，免掉一切杂税！"吴椿又连连答应："免掉！免掉！"凡群众所提条件，他皆点头答应。最后，他将自己所应条件，当众写成告示。如此这般，群众才放他回去，由虞和顺带领一队群众送他到西文山下船。

据吴椿的卫士吴琅坤后来回忆，这里还有一个插曲：当吴椿在殿内与胡大宝等几个首领交涉之时，在外警员听到群众在商议，是否打死县长要求签问神，如求得上上签，则让他走；否则，就打死他。吴椿得知，忙叫卫士偷偷地把下下签都拿掉。后来果真求得上上签，这才于第二天下午被放行。

吴椿走了以后，群众怕立即被报复，一时不敢散去，只在3天后的早晨宣布解散。胡大宝、张和灿、沃阿定等首领预估到吴椿不会就此罢休，就与大家商量，签订了一张月亮形的无头合同，表示大家有难同当的决心，并规定一旦有难，家眷和小孩由各庙出资抚养。

果不其然，这里刚一散，吴椿就来了个回马枪，请来了镇海关总兵曹天哥，率领8艘军舰、400多士兵，把六横岛团团围住。吴椿还亲自带兵上岸追捕当日群众。曹天哥下令枪毙了会拳术的周阿其，也趁乱抓走了400多群众。

田岙群众得知吴椿来六横抓人，都到胡大宝屋里，劝他外逃躲避一时。但胡大宝却说："自身做事自身挡，不可连累田岙百姓。"说罢，披上教书穿的一件旧长衫，头也不回地走了。在场的群众见他这样，都泣不成声。

最终，吴椿以发动暴乱为名，将胡大宝、张和灿等18人判了刑，胡大宝坐了7年牢，直至在定海狱中被折磨而死。六横群众千方百计把大宝先生的遗体运回田岙，把他埋葬在田岙沙塘内的一块沙地上。

六横农民"拔稗草"行动虽然失败了，但他们的事迹一直在六横群众中传颂着。

（三）嵩山脑打日寇

面对日寇的侵略，六横热血青年纷纷报名参加抗日武装组织。其中一部分人就在当地抗日自卫第四大队当战士，部队驻扎在嵩山脑下的一座洪泉古寺中。嵩山脑，海拔288米，陡壁矗立，顶平如砥，周边海湾有石柱头、沙浦等多个埠头，是六横岛西北部的一块战略要地。抗战初期，在这里曾发生了一场激战。

据参加过此次战斗的军医忻元寅（1917.10～2005.11，普陀登步乡人）回忆，全队连非战斗人员总共有387人，大队部和第一中队及警卫班共186人。士兵们的武器参差不齐，较优的只有一挺七七式轻机枪和一支自动步枪，其余武器多为湖北造中正式步枪，还有"汉阳造""双套筒""三八大盖枪"等，此外，每人还备有2枚木柄手榴弹。

当时，舟山本岛和岱、衢、嵊各个岛屿，全被日军侵占，唯六、桃、朱、普各岛仍在抗日自卫第四大队控制之中。日寇舟山岛基地司令部来岛茂雄和日指挥官仓贡亮多次密议，欲图这支在六横岛上秣马厉兵的抗日武装队伍。为此，他们特地召集了所属日军、汉奸特务等，召开紧急联席会议，制订围剿六横岛的作战方案。谁知这个方案才决议妥当，情报就传到了六横岛第四大队的机密室里。全队枕戈待旦加强防范，各埠头增加兵士驻守，严密检查商旅及来往人员，以防奸细混入。

1940年2月7日（农历十二月三十）傍晚，全体官兵在东岳宫观看京剧《朝鲜亡国惨》。当日夜晚，两个中队和大队所属士兵集中洪泉寺，士兵每人分到熟肉四两、黄酒半斤。大伙儿席地而坐，欢度除夕。酒饮半酣，大家唱起了《流亡三部曲》："流浪、逃亡，流浪到哪年，逃亡到何方……我们的祖国已整个动荡，我们已无处逃亡，无处流浪……"悲怆的歌声萦绕洪泉古刹，一时群情激愤，慷慨涕泣。政训室主任李伋（共产党员）说："目前形势十分紧张，据可靠消息，敌人早晚要大举围剿六横岛，说不定即刻就有一次大战斗。今晚是除夕，明晨是新年初一，敌人知道我们夜来喝酒欢聚，很可能趁机大举进犯，我们必须警惕戒备。"有几个年轻班长，酒饮到八分，认为李主任是杞人忧天。

不料，大约凌晨3时光景，大殿外吹起紧急集合的哨子，"快快！快！带枪支子弹！"只听到李思镜队长高喊，"快！快上嵩山脑！"年三十夜天黑如泥，伸手不见五指，但战士们行动迅速，不到10分钟就涌上山冈。待大家摆好阵势，安定心神，东方已微微发白。从嵩山脑向下望，隐约能看到日寇两条巡洋舰已停在六横岛大沙浦癞头礁北面海域，泥涂上铺着一块块大木板，约有三四百个鬼子兵和伪军登上了白沙浦塘口。

鬼子强迫村民带路，越过大沙浦岭向太平庙攻击教导队。教导队都是未经严格训练的新兵，武器低劣，又未料到敌人会贪夜突袭，短短一小时，就被敌人击垮，数十人遇难。天渐放亮，敌人的望远镜已瞧见嵩山脑顶峰上的人群，停泊在石柱头海外的敌巡洋舰开炮助威，每隔五六秒放一炮，掩护日伪兵登山。炮弹不是越过山巅，就是在山腰开花爆炸。战士们伏地看着敌舰冷笑："小鬼子，正月初一不去孝敬你娘，反而跑到阿爹家门口来玩火，等会儿叫你有来无回！"

天已大亮，远近山头清晰可见鬼子兵列队直上嵩山脑来，行动迅速，气焰嚣张。队长李思镜命令全部卧倒预备。锃亮发光的刺刀与挂着太阳旗的枪杆越来越近，鬼子们身着白色连衣裤，端着四挺歪把子日造轻机枪，步伐整齐，毫无一点畏惧之情。即便如此，自卫队依旧毫不退缩，战士们凭借有利地形居高临下，等鬼子到了射击有效距离时，队长一声令下："打！狠狠地打！"顿时枪声大作，如农家燃起芝麻秸秆，毕毕剥剥。晨雾与硝烟，交织着弥漫了整个山头，虽能听得大批鬼子兵嗷嗷呼喊，但对于他们能否爬上山岗，大家心中依旧无数。一阵扫射过后，上士班长机枪手沈宝法的枪膛卡了壳，副班长张伯庵在臂上中弹的情况下尚在为其掩护。这时，洪泉寺侧小山忽然出现一群鬼子射击冲锋，子弹落在嵩山脑阵地上，三分队上士班长邵常德背部被击中，鲜血汩汩流淌在岩石上……形势对自卫队而言十分不利，为保存实力，大部队往下庄山顶上撤退。没走多远，鬼子已涌上了嵩山脑。但山岩边还有一个人在瞄准敌人射击，他便是河南籍上等兵张云标。

大部队下山后，先藏好枪支武器，而后其中一部分人向积峙（六横一海边山村）方向退去。剩下的十几个战士则在海塘上奔跑，打算藏匿起来。老百姓同仇敌忾，对抗战部队很爱护，把他们藏在自家阁楼上。但因目标移动过于明显，远处的敌人早已从望远镜上可看到。鬼子直接冲进渔民家中，枪杀无辜渔民。上士侯祥海藏在塘口的草棚中被敌发现，誓死反抗，最终因被敌人的火枪击中而焚死。

日寇退去后，部队特地为其召开小型的追悼会，颂赞并鼓励学习他宁死不屈、战斗到底的精神。此外，尚有8个年轻的积峙村渔民罹难。全村上下，哭声一片。

这次战斗，虽然敌人烧毁了舟山第一大庙——太平庙，捣毁了小岙里的一座无线电台，牺牲了不少战士和村民。但抗日自卫第四大队在与敌兵力和武器装备相差悬殊的情况下能够正面战斗一个半小时，并消灭鬼子16人，击毙伪军数名，迫使日寇退出六横岛，也是一种胜利。

（四）番薯大王

"百斤棉、千斤稻、万斤薯"是当年六横群众引以为豪流传已久的顺口溜。其所指的分别是田岙番薯、西厂水稻、大夹屯棉花。3个高产作物中，最出名的就是田岙番薯，也就是郭沫若《访普陀》中的"地中番薯十斤多"中的那个"番薯"。田岙番薯之所以能够闻名省内外，有两人功不可没，他们便是被誉为"番薯大王"的胡成友、胡成恺。

胡成友（1917～1956）和胡成恺（1911～1976），系嫡堂兄弟，是田岙陈家岙竖起"番薯高产"红旗的人。

1951年，舟山开展番薯创高产竞赛，胡成友互助组种的2.9亩番薯，亩产鲜番薯达3.5吨，实属罕见，当年就获国家农业部奖励。第二年开始，全组20多亩番薯，连续3年亩产鲜番薯都在3吨以上。中国甘薯研究所、浙江省农科院专家专程来到六横进行实地调查，总结得出胡成友种植番薯的主要经验为：冬季套绿肥、深挖地、加生泥、半熟孵育壮苗、浅平插、施足基肥、重施钾肥、适施裂缝肥。1952年，全六横推广胡成友的番薯高产经验；次年推广到全普陀。1954 年，胡成友出席舟山地区劳动模范和技术革新代表会议。1955 年，胡成友当选田岙生产合作社社长，全社番薯大面积丰收。同年 12 月，普陀县委书记张廷贤在省第五次党代会上作"胡成友番薯高产经验"发言介绍。1956 年，胡成友因病去世，但他的番薯丰产经验继续在全县、全省推广。1957 年秋，省农业厅组织全省各地 133 人来田岙参观。同时，省农业厅等部门在田岙多次召开现场会推广胡成友番薯丰产经验。当时，来取经学习的人中北到山东、南到福建。

此后，田岙开始以互换劳动力的形式与外地交流番薯丰产经验。农业社专门确定 10 多名社员常年在外，手把手、面对面传授番薯高产技术，近处有定海、岱山等地，远到象山、临海等地。其中，社员胡景和曾连续两年受邀至岱山县农科所做指导。

胡成恺自幼肯动脑筋、善琢磨。解放初期任农会干部，与堂弟胡成友一块种番薯，后成为田岙农业社农技员。1956 年当选县人大代表，被评为县"劳动模范"。1957 年又被评为省"劳动模范"，并赴杭州出席省劳模代表会议。在当年举行的全省农业展览会上，胡成恺指导生产的株产 40 多公斤和根产近 20 公斤番薯被送往展览，令参观者惊叹不已。

在番薯种植实践中，胡成恺并非一帆风顺，也是经历了曲折反复，花费了极大心血，才摸索出 4 种科学栽培方法：藤苗插种法、藤叶插按法、施肥栽培法、勤护管理法。这些方法不仅名扬浙江，更是引起了国家农业部、农业科研院专家学者的关注，时任中国农业科学院薯类研究所所长的张必恭教授，专程从北京来到六横考察，登山爬坡，在番薯地里一垄垄、一株株察看番薯的种植和生长情况，并对胡成恺番薯栽培方法是否符合科学规律开展探讨并给予肯定。

1958 年，胡成恺任六横公社科委主任。第二年，进入舟山农科所，从事番薯新品种试验、高产栽培试验等项目。他曾种番薯王 13 株，平均株产 25.95 公斤，最高株产达 42 公斤。同年被省农科院聘为特约研究员，与人合撰《番薯栽培技术》一书。1960 年任浙江农业大学实习教师。1962 年回乡从事农业生产工作，任县、区、乡三级农业技术组织成员及县人民代表。1966 年任县人民委员会委员。"文革"期间，他仍然坚持农科试验，并到各地巡回指导，至 1976 年病逝。

（五）巾帼民兵

1966～1976 年"文化大革命"间，大江南北兴起一股大唱特唱革命歌曲的热潮。其中有一首在六横，尤其是六横女民兵中传唱得十分火的"红歌"——毛主席的《七绝·为女民兵题照》：

飒爽英姿五尺抢，曙光初照演兵场。中华儿女多奇志，不爱红装爱武装。

1949 年 10 月，六横解放，在中共六横区委的领导下，各村迅速组建起由贫下中农、贫苦渔民中 18～30 岁公民参加的民兵队伍，担任剿匪反霸、保护新生政权、维护社会治安等任务。六横的女民兵跟男民兵一样，工作、生产、训练、站岗、巡逻，事事不落后，个个敢争先。她们把青春和热血奉献给海防前哨，书写了胸怀天下、保家卫国的动人篇章。"巾帼英姿展风采，铿锵玫瑰别样红"，其中有两位女民兵的事迹，至今仍在岛上传扬。她们就是出席过全国第一次民兵代表大会的王阿莲和杨春仙。

1. "神枪手"王阿莲

1934 年 3 月出生的王阿莲，是龙山小沙浦人。1955 年加入中国共产党。曾任沙浦乡妇女主任、龙山公社革命委员会副主任和妇代会主任等职。

1950 年，18 岁的王阿莲加入村民兵组织，自此"一发不可收拾"。她常常丢掉家务农活，热心参加集体训练和值勤。王阿莲与众不同，特别喜欢轻武射击，以肩扛长枪为荣，而且，她练习射击废寝忘食，不顾寒暑。1956 年，六横举行首次民兵步枪射击比赛，她获得了第一名。第二年又去参加舟山军分区民兵实弹射击比赛，再次夺冠。从此，女民兵王阿莲的名声在舟山传扬。

1960 年 4 月因战备、训练工作出色，王阿莲被选出席全国第一次民兵代表大会，在北京怀仁堂受到毛主席等党和国家领导人接见，并合影留念。次日，周总理亲授 56 式半自动步枪一支，子弹 100 发，纪念章一枚。1964 年 7 月参加南京部队军民比武大会，王阿莲用步枪、冲锋枪各 40 发子弹对 100 米目标射击，在规定时间内步枪打满环，冲锋枪消灭全部浮动目标，获得最佳成绩。并给外国军事代表团表演爬杆射击和对空中气球夹靶射击，受到了全场热烈的掌声。南京军区司令员许世友亲授她"神枪手"的光荣称号。

2. "坑道姑娘"杨春仙

杨春仙，双塘沙头人，1940 年 1 月出生，中共党员。1955 年高小毕业后参加集体生产，1962 年始曾先后任五星信用社主任、五星公社党委书记兼信用社主任，1978 年调普陀县农业银行六横营业所任副主任，1989 年调任普陀农业银行会计，直至退休。

1957 年，18 岁的杨春仙参加民兵组织，工作努力，年轻有为，很快由民兵班长升任排长。起先，她带领女民兵开展拥军优属工作，积极主动为驻地部队指战员缝衣洗被，打扫营房及周边卫生。每逢节日，她积极组织开展各类军民联欢活动，以丰富驻地军民的文体生活，密切军政、军民关系。1959 年，杨春仙被升任为民兵连长。她组织带领女民兵突击队投入国防施工，参加坑道作业 25 起，持续一年余。在此期间，她多次昼夜不下山，与官兵同甘共苦，部队称其为"坑道姑娘"。在民兵备战训练中积极刻苦，又在国防施工表现突出，于是当年杨春仙就被舟山军分区授予"五好民兵标兵"荣誉称号，出席浙江省民兵代表大会，并在会上做先进事迹介绍。1960 年 4 月，她与王阿莲同时被选出席全国第一次民兵代表大会，是舟山 9 位代表中唯一的一位有事迹材料做书面交流的民兵代表。国防部授予 56 式半自动步枪一支，子弹 600 发。

在金融单位工作期间，她也多次被评为县、市先进工作者、优秀共产党员和县劳动模范，并出席浙江省第七次妇女代表大会，浙江省财贸系统"学大庆、学大寨"会议。

区位优势　跨海梦想

从黄公山到六横镇一路走来，有太多的往事值得回味。向前看，争优图强的六横人又有了新的梦想。

建跨海大桥，给六横的发展按下"快进键"，是改革开放以来六横人的共同梦想。上至"50后"，下至"00后"，都盼望这个梦想能早日实现。先前担任过六横区区长的陈章友同志，曾在2005年的一次全镇部分干部座谈会上说了这样一句话："50年以后的六横不会比香港差。"此话道出了六横人的自信。

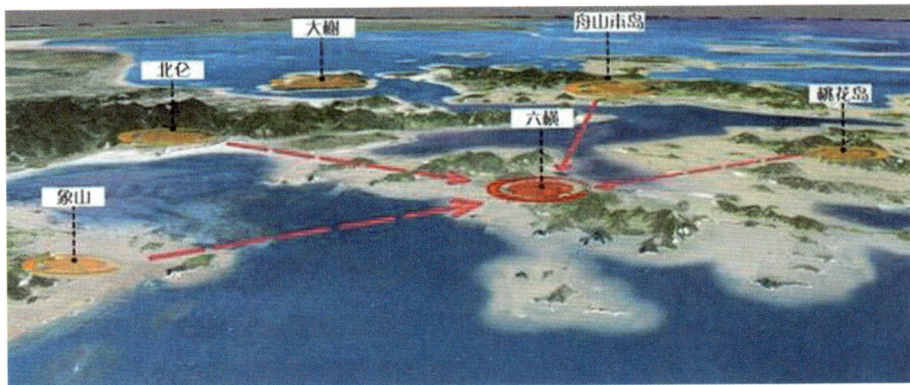

图1-12　六横岛区位图

这份自信源于六横岛独特的区位优势：它位于浙江省舟山群岛的南部，地处我国东南沿海，长江口南侧，杭州湾外缘，宁波象山湾东海洋面上，西距宁波北仑7.5千米，北距舟山本岛沈家门24.8千米，境域东濒东海，南至东西磨盘礁与象山县海域相连，西至汀子门水道与梅山岛隔港相邻，西北为崎头洋与北仑崎头角隔海相望，东北隔港为虾峙门国际航道，是"长三角"经济圈与中、日、韩"东亚经济圈"的重要连结点，也是海上交通主枢纽和中国沿海物流走廊的交会点。

从世界范围看，六横紧靠国际航道，恰好在太平洋西岸中点，拥有便捷通航条件。岛西北双屿水道、青龙门水道是中国沿海南北航线的主航道；岛东北的条帚门航道水深22～123米，可通航20万～30万吨级船舶，是国际备用航道；岛北侧紧邻虾峙门国际航道，南面为牛鼻山水道，全区域可通航水道11条。岛附近有4个国际锚地，分别为虾峙门南锚地、崎头锚地、东浪嘴锚地、马峙门锚地。西临韩国、日本及中国台湾和东南亚环太平洋经济带，与朝鲜平壤，韩国釜山，日本长崎、大阪，中国台湾台中、香港，菲律宾马尼拉和中国大陆的天津、大连、秦皇岛、烟台、青岛、连云港、福州、广州、湛江、北海等港口城市的距离均在700海里上下，构成一个近乎等距离的扇形辐射之势和海运网络。

以六横岛为核心，由六横岛、佛渡岛和宁波北仑梅山岛区域组成的宁波舟山港六横港区，雄踞中国南北沿海航线与长江水道交会枢纽，拥有优越区位和丰富自然资源优势，特别是深水港口资源在长三角乃至全国独一无二。六横不仅是舟山南部岛屿的经济中心、舟山接轨宁波甬舟产业圈南部的桥头堡，浙江省开发海洋、接轨上海、参与长三角经济合作开发的经济高地和竞争平台，还是中国对外开放和走向世界的海上门户和重要通道。

六横岛岸线绵长，腹地宽广。全岛海岸线总长85.05千米，其中可供开发深水良港10～30米深水岸线26.8千米。其中西北岸双屿港深水岸线12.0千米，港阔、水深、潮缓，可被利用的深水岸线距岸150～300米，水深多在20米以上，可建20万吨级深水泊位；东北岸深水岸线长8.0千米，后方有大片平原腹地；东部为台门渔港，南起海闸门，北至大夹屯，岸线全长10.0千米，水深5～20米，可使用海域面积20平方千米。六横岛有耕田3.1万亩，盐田3997亩，林地8.8万亩，平原腹地面积超过70平方千米，占总面积的71%。现全岛陆域面积达到140平方千米（含小郭巨围垦20平方千米），超越岱山，成为舟山第二大岛。

据史料记载，秦汉时期，舟山就利用5月后的西南季风，开通经由双屿水道的东海航线（也称"南岛道航线"）来往日本。16世纪中叶，西欧殖民主义势力东侵，明嘉靖三年至二十七年（1524~1548）间，欧、亚、非诸国海商尤其是葡萄牙人与中国内地的官府、私商、贩夫甚至海盗云集于双屿港，"拥万众，地方绅士，利其互市，阴与之通"，使双屿港"港道壅阻""舟舶塞港"，通宵达旦，繁荣无比，被誉为"十六世纪之上海"。至清代的1793年7月，皆因双屿港为"倭夷贡寇必由之路"，英政府派遣特使马戛尔尼勋爵来华，先登六横岛。孤悬东海的六横岛，向英人展现"这块向海洋争夺过来的用堤坝保护的平原已完全开垦，遍地是水道和纵横交叉的沟渠"。英使赞赏"耕作是很精细"，感叹"人口繁盛，有将近一万居民"。早于澳门30年、香港300年，六横就成为西方列强觊觎并粉墨登场过的风水宝地，为中国事实上最早的"自由港"。2019年9月，国家15部委联动，全程信息化实时指挥，海陆空出动，全方位立体救援，选择在全世界通航密度最大、最繁忙海域之一、吞吐量位居全球第二的宁波—舟山核心港区佛渡水道举行了新中国成立70年来最大规模的海上搜救演习，足可窥见六横无可替代的战略地位。

随着"宁舟一体化"进程的推进，海丝路上这颗暗淡已久的东方明珠定会重新闪亮，六横人的跨海梦想也必将实现。

第二篇　自然资源　海洋产业

　　翻开地图，可以看到六横岛雄踞中国南北沿海航线与长江水道交会枢纽，中部是深绿色的平原腹地，周边被深蓝色的海岸等深线环抱。这里有丰富的海洋自然资源以及由此开发的各种海洋产业。

六横岛海洋自然资源

一、岛礁、岸线

　　六横岛海域面积约 514 平方千米，占区域总面积的 79%。东濒东海，南为磨盘洋、连象山海域；西为佛渡水道通峋头洋；东北邻条帚门、虾峙门入公海。境内有大大小小岛礁共 105 个，其中 5 个住人岛，岛礁面积以主岛六横为最大，其余依次为佛渡岛、悬山岛、凉潭岛、对面山岛。无人岛中的砚瓦岛，于 2004 年被开发并建成休闲度假区。

　　全境 5 个住人岛岸线总长 149.61 千米，其中岩岸线 89.85 千米、泥质岸线 213 米、沙砾质岸线 4.21 千米、人工岸线 54.84 千米，分别占岸线总长的 60.01%、0.14%、2.8%、37%。在前沿水深大于 10 米的岸线中，适宜港口开发利用的岸线达 28.3 千米，其中水深大于 20 米的岸线有 15.6 千米。

表 2-1　深水岸线分布

岛名	总长	-20 米以下深水岸线长	开发情况
六横岛	85.05 千米（含小郭巨围垦深水岸线 13.5 千米）	12 千米	已建 3000 吨级码头一座、滚装码头多座

续表

岛名	总长	-20 米以下深水岸线长	开发情况
悬山岛	35.7 千米	0.5 千米	已建渡运码头一座
佛渡岛	17.93 千米	3.1 千米	已建客运码头一座

这里的岸线别有特点：

①港池岸坡陡峭，水深条件优异。深水岸线带紧靠岸边（水深 10 米等深线距岸仅 50~400 米），十分有利于大型深水泊位的建设。

②水深流顺，岸滩稳定，泥沙回淤量少。

③港内有岛屿作天然屏障，避风避浪条件好。

④港域内进出口门众多，航道水深稳定，终年不冻，有利于不同船型多方位自由通航。除岛屿间狭窄流急的水道，海底地形较为平坦，水深适中，底质（以黏土质粉砂为主）适宜，具有开辟大型锚地和水中中转基地的优异条件。

⑤与大陆沿岸相比，港域内潮差和风暴潮增水相对较少，有利于船舶的靠泊作业和灾害的防范。

二、港口、港湾

六横境内港湾较多，港口功能齐全。主要有台门港、田岙湾、苍洞湾、南兆港、佛渡港和古港双屿港（见表 2-2）。

表 2-2 六横境内港口情况一览表

名称	位置	特点	功能
台门港	六横岛（台门葡式小镇）东侧	详见第三篇六横岛海上休闲项目"台门港海上渔家乐"的有关内容	国家一级渔业港口
田岙湾	六横岛东南侧螺丝嘴与（田岙）老鹰嘴之间	湾口深 5 米，面积约 2.25 平方千米，泥沙底，可避东北风，南风时浪较大。上部为泥沙滩，水较浅，最浅处 0.4 米	渔船停泊

续表

名称	位置	特点	功能
苍洞湾	六横岛苍洞村东南侧，大平岗山嘴和螺丝嘴之间	上部为泥滩，湾内水较浅，最浅处约0.4米，最深处约5.4米。面积约1平方千米，泥底，可避东北风，南风时浪较大。湾口西侧有水深5.8米的暗礁	渔船停泊
南兆港	六横岛东南边，六横岛与砚瓦山、笔架山、大小蚊虫山之间	水域开阔，东西宽约3.5千米，南北长约6.5千米，水深3.4~7米，大部为泥底。锚地面积约10平方千米，可避6~7级西、西北风，宜冬季锚泊，偏东风时港内涌浪较大。进出口：北经海闸门、黄沙门可通葛藤水道，东经笔架门、长腊门、鹅卵门可出大海，南口宽约3.6千米。进出方便，属规则半日潮	船舶锚地
佛渡港	六横岛西部，六横岛与梅山岛之间	港长约1.3千米。西南有3个口门，通双屿门、青龙门和汀子门，与梅山港、条帚门相连，主航道为青龙门。潮流属往复流，涨潮流由南、东南流向北、西北，流速为1.69米/秒；落潮流由北、西北流向南、东南，流速为1.54米/秒	港口物流，商贸服务，港口工业等
双屿港	六横岛西侧，六横岛与佛渡岛之间	详见第一篇"古丝路双屿港传奇"的有关内容	港口物流，商贸服务，港口工业等

三、水道、锚地

六横境内可通航水道共11条。岛西北的双屿水道、青龙门水道（汀子港）是中国沿海南北航线的主要航道；岛东北的条帚门航道水深22~123米，可通航20万~30万吨级船舶，是国际备用航道；岛北侧的虾峙门航道水深平均超过60米，最窄处宽度约700米，其中可供通航宽度约500米，该航道是宁波舟山港北仑与六横港区以及上海港等通往东南沿海各港及东南亚、非洲、欧洲各国的重要国际航道。岛南面为牛鼻山水道。

岛附近有 4 个国际锚地，分别为虾峙门南锚地、峙头港锚地、东浪嘴锚地、马峙门锚地。

除此之外，境内还有水深在 5~20 米之间的锚地 7 处：六横东北锚地、台门港锚地、南兆港锚地、苍洞湾锚地、田岙湾锚地、六横西南锚地和悬山岛南锚地。这些锚地可供船舶抛锚停泊、避风或进行水上作业，其中，可供万吨以上船舶装卸、避风的锚地为六横东北锚地、六横岛西南锚地、悬山岛南锚地（可避 7~8 级西北、北、东北风）。

四、潮汐、潮流

六横岛潮汐属规则半日潮，即在一个太阳日内（约 24 小时 50 分钟）发生两次高潮和低潮，且相邻的高潮（低潮）的潮高大致相等，涨、落潮持续时间亦很接近，平均时长 6 小时 12 分 30 秒。

表 2-3　六横岛潮汐表

日期	月相	涨潮（初涨-高潮）时间	日期	月相	涨潮（初涨-高潮）时间
初一	●	3：20~9：37	十六		3：34~9：49
初二		3：52~10：10	十七		4：18~10：30
初三		4：21~10：41	十八		4：58~11：09
初四		4：50~11：09	十九		5：37~11：47
初五		5：21~11：38	二十		6：15~12：23
初六		5：54~12：12	廿一		6：54~12：58
初七		6：32~12：50	廿二	☾	7：37~13：36
初八		7：15~13：34	廿三		8：30~14：22
初九	☽	8：10~14：28	廿四		9：53~15：26
初十		9：37~15：30	廿五		11：31~17：08
十一		11：05~16：58	廿六		12：50~18：22
十二		12：37~18：21	廿七		13：47~19：13

续表

日期	月相	涨潮（初涨-高潮）时间	日期	月相	涨潮（初涨-高潮）时间
十三		13：45～19：22	廿八		14：31～19：56
十四		14：43～20：15	廿九		15：09～20：34
十五	○	15：34～21：02	三十		15：45～21：08

说明：

1. 表中数据来自中国人民解放军海军海道测量局编制的《潮汐表》（2018年版）。

2. 表中数据选自2018年（冬季）农历十二月。潮汐较有规律，一般每年的相同月份都如此，只在不同季节会略有变动。

3. 表中"●""☽""○""☾"4种符号分别表示朔月、上弦月、望月、下弦月4种月相。潮汐的升降时间和潮位高低都跟月相有关。

潮汐和潮流，是海水在月亮和太阳的引力作用下，同时产生的垂直升降和水平流动的现象，蕴藏着巨大的动能和势能，合称潮汐能，是一种无污染的可再生能源。

六横境内可利用潮汐能发电的海域有35处，总装机容量可达41195千瓦，估算年发电量为9836.85万度。其中装机容量在0.4万千瓦以上的潮流点有4处，分别是：

双屿港 五星至佛渡道头嘴。港道断面长2300米，港道断面水深80米，港道断面面积184平方千米，流速3.3节，流向：西南～东北。理论蕴藏量11.41万千瓦，可开发容量0.57万千瓦，年发电1711万千瓦。

悬山 大凉潭至走马塘。港道断面水深35米，港道断面面积46.2平方千米，流速5节，流向：东南～西北。理论蕴藏量8.78万千瓦，可开发容量0.44万千瓦，年发电量1317万千瓦。

悬山岛至栅棚 港道断面长1050米，港道断面水深50米，港道断面面积52.5平方千米，流速5节，流向：东南～西北。理论蕴藏量9.98万千瓦，可开发容量0.5万千瓦，年发电量1496万千瓦。

台门大夹屯至走马塘 港道断面长6400米，港道断面水深30米，港道断面面积19.2平方千米，流速3节，流向：西北～东南。理论蕴藏量1.92万千瓦，可开发容量0.096万千瓦，年发电量288万千瓦。

五、海洋生物

六横海域海洋生物资源丰富，共有浮游生物 422 种（含藻类 207 种、虾类 12 种、浮游螺类 6 种）、底栖生物 509 种（含甲壳类 121 种、软体类 101 种、鱼类 50 种）、潮间带生物 545 种（含软体动物 97 种、甲壳动物 63 种、腔肠动物 12 种）、游泳生物 357 种（含鱼类 236 种、甲壳类 91 种）。

可捕获的经济鱼类 28 种，主要是带鱼、龙头鱼、矛尾虾虎鱼、凤鲚、日本鳗鱼、刺冠海龙、舌鳎、红狼牙虾虎鱼、小黄鱼、大黄鱼、中华小公鱼、鲻鱼、鲣、银鲳、卵形鲳鲹、鲀、鲷、大弹涂鱼等。甲壳类有日本大眼蟹、锯缘青蟹、中国鲎、中国毛虾、细螯虾、日本鼓虾、日本对虾、葛氏长臂虾、细巧仿对虾、口虾姑等。头足类有曼氏无针乌贼（墨鱼）、中国枪乌贼（踞贡）等。软体类有褶牡蛎、彩虹明樱蛤、泥螺、青蚶、条纹隔贻贝等。

为更好地开发利用海洋自然资源，勤劳智慧的六横人不断学习和探索海洋知识，引资兴业，大力发展海洋经济，逐步形成以海洋船舶修造、港口物流、海洋运输、现代渔业、海岛旅游为支柱的现代海洋产业体系。同时，六横人还把目光投向更深远的海洋，借助海上丝路的区位优势，创造新业绩，在浙江"海洋强省"战略中凸显六横的地位和作用。

六横岛各种海洋产业

一、海洋船舶修造

海洋船舶修造产业是六横经济的重要支柱。位于六横龙山的深蓝小镇是中国最大的船舶修造基地，这里有一家世界著名的国字头企业、两家全球前十强的民营企业，年外轮修理量占全国的十分之一。每当走进龙山小镇，远远就能望见一艘艘"巨无霸"。这都是些什么船？是修的还是造的？2018年暑期，峧头社区实施"春泥计划"，作为一名社区教育工作指导员，我带着心中的疑问，与社区学校干事、学生一起参观了龙山船舶工业城。此次参观，还真长了不少见识。

（一）舟山中远海运重工有限公司

图2-1　舟山中远海运重工有限公司厂区一角

舟山中远海运重工成立于2004年6月，隶属于中国远洋海运集团旗下的中远海运重工有限公司，是一家以船舶制造、修理、改装为主营业务的现代化企业。公司位于舟山市普陀区六横镇龙山社区（六横岛的西北端），拥有

4060米的深水岸线，厂区面积达200万平方米。现已形成"三坞两船台七泊位"生产规模，其中，15+8万吨级加长干船坞1座，10万吨级和30万吨级干船坞各1座，10万吨级船台2座，10万吨级码头1座，7万吨级、15万吨级和30万吨级码头各2座，具备年造船140万载重吨、修理改装船舶240艘的生产能力。船厂拥有大批经验丰富、技术精湛的修造船专家、工程技术人员和现代化的管理人员，员工1800多人，外包员工6000多人。

图2-2　中远造：全国最大浮式生产储油卸油装置

图2-3　全国最大海上生活平台600人生活驳船

图2-4　中远造：3600TEU冰级集装箱船

图2-5　中远修：世界第二大邮轮"海洋赞礼号"

图2-6　绿色修船：为船舶改装脱硫塔装置

图2-7　绿色修船：2018超高压水除锈作业获成功

在造船和海工方面，公司秉承科技引领发展的数字造船理念，与丹麦马士基、法国达飞、挪威库纳森等航运巨头建立良好的合作关系，引进世界著名设计公司瓦锡兰、Rolls-Royce、KOMAC、OMT 先进的设计方法和流程，采用自行开发的 CPS 综合信息系统，投入机器人制造生产线，加快智能化造船的步伐。公司自成立以来，已累计交付建造 FPSO、3300TEU/3600TEU 集装箱船、5000PCTC 汽车滚装船、111K 成品油轮、152K 穿梭油轮、600 人海工生活驳、PSV 平台供应船、57K/64K/82K/92.5K 等各型散货船和各类海工驳船 100 多艘。

在修船方面，公司已成功转型，由低难度、低技术含量、低附加值的修理改装转向高难度、高技术含量、高附加值的修理改装。2017 年圆满完成了"海洋赞礼号"和"天海新世纪号"豪华邮轮修理工程，此项工程的顺利竣工，足以证明企业正走在国内邮轮修理改装的最前沿，也让企业在真正意义上迈入了豪华邮轮修理市场的大门。

截至目前，公司已为 100 多个国家和地区累计修理改装各类船舶 2200余艘。豪华邮轮、海损船修理、球鼻艏改装、集装箱船缩短和加长等各类船舶改装能力处于业内领先水平。2019 年，公司启动《浙江舟山六横船舶修造业绿色制造省级标准化》试点项目，并以打造"国家绿色修造船基地"为目标，不断加强科技创新，积极探索绿色修船工艺，在现有的超高压水除锈工艺的基础上推出"气动式磁吸式手推车"除锈设备，进一步提高了船坞环境质量和企业生产效率。

公司视产品为人品、质量为生命，建立并通过 DNV.GL 和 CCS 质量、环境、职业健康安全及能源管理认证体系，成功入围"道达尔海工产品"合格供应商名录，通过了壳牌、美孚、雪弗龙、道达尔等国际能源巨头的HEES 审核。

公司坚持以人为本的原则，树立"员工健康和生命安全高于一切"的安全核心理念，建立并完善安全管理体系，时刻紧绷安全生产之弦，坚守安全生产底线。此外，公司也十分关注员工日常生活条件，根据实际情况落实安居工程：

①中远小区。建于厂区旁，解决 300 多名异地职工的住宿问题。

②协和小区。规划占地面积约 6.8 万平方米，目前已建成外包宿舍 9

栋、职工单身宿舍 7 栋，总建筑面积约 9.6 万平方米。入住外包员工 4000 人（约占公司职工 40%）。

③舟山临城人才公寓。位于舟山本岛新城开发区，占地面积 50 亩。

图 2-8　图为 2008 年 3 月中远捐 800 万元援建舟山"六横中远小学"

一个团队，一个文化，一个目标，一个梦想。舟山中远海运重工始终践行中远海运集团"四个一"的文化理念，精心打造海岛"家"文化，坚持社会责任，着眼民生工程，让来自五湖四海的舟山中远人共享企业发展红利。

百川汇海可撼天，众志成城比金坚。舟山中远海运重工将借力国家"一带一路"发展倡议和"海洋强国"战略，以建设世界一流的船舶与海洋工程装备制造企业为目标，发扬"团结和谐、诚信务实、开拓创新"的企业精神和"特别能吃苦、特别能战斗、特别能奉献、特别能开拓"的中远"舟山精神"，勤练内功，在新时代的征程上为中国"智造"发力。

（二）舟山市鑫亚船舶修造有限公司

舟山市鑫亚船舶修造有限公司位于舟山市普陀区六横镇龙山社区东浪咀，始建于 2002 年 8 月。现有两座生产基地，占地面积逾 70 万平方米，海岸线长 3100 米，总投资约 27 亿元。共拥有包括 30 万吨级干船坞和舾装码头在内的"四坞八泊位"，是目前国内船舶修理领域中最大的民营合作体修船企业。公司拥有正式员工 1000 余人，外包员工 3500 余名。2018年，公司跻身全球船修行业前十强。

图 2-9　鑫亚公司厂区全景航拍图

　　公司先后通过了中国船级社质量管理体系、职业健康安全管理体系、环境管理体系三合一认证，具备承包境外钢质船舶修理工程和境内国际招标工程资质，主要经营集装箱船、油船、化学品船、工程船、散货船、LPG 船、牲口船、游轮、海洋工程辅助船等大中型船舶的修理业务，年修船能力近 400 艘。

图 2-10　鑫亚公司修理或改装的一些船舶

公司建立"贴近客户、高效、敏捷反应"的营销网络体系，与 MSC、Seaspan、Evergreen、Yang Ming、IRISL、SCI 等国际知名航运公司建立长期稳定的战略合作关系，直接向国内外大中型远洋航运公司服务，为客户提供住宿、交通、办公、用餐的一条龙服务，客户遍及希腊、意大利、加拿大、韩国、印度等 30 多个国家及台湾地区。公司成立至今，共修理、改装各类船舶 3000 余艘，累计实现产值 130 多亿元。自 2006 年以来，公司年修船数量、修船产值、外汇收入等指标一直位居全国修船企业前十，2017 年位居全国规模以上修船企业第三。

图 2-11　所获荣誉

公司以打造国内著名修造船标杆企业为目标，奉行"质量第一，效率至上，服务领先"的经营宗旨，广泛开展技术合作，相继邀请涡轮维修专业厂商 ABB、船舶热交换器维修专业厂商阿法拉伐、液压维修厂商大连万方、船舶动力机械维修德国 MAN 等到公司设立特约维修点，保障船舶维修的速度与质量。公司先后荣膺"中国质量诚信企业""浙江省'十五'技术改造优秀企业""浙江省质量放心用户满意诚信企业""浙江省能源计量示范单位""质量服务信誉 AAA 单位"、舟山市"政府质量奖""苏浙皖赣沪四省一市质量工作先进单位"以及舟山市第一批"船舶修理特色优势企业"等称号。

在狠抓修船质量的同时，亦丝毫不敢对安全生产这根弦有所松懈，公司严格制订安全生产岗位责任，严格落实"管经营生产必须管安全"的要求和"谁主管、谁审批、谁负责"的原则，加强安全知识教育培训。公司除了在平时以车间或班组为单位进行安全教育外，还在每年的安全生产月安排有关安全生产的教育培训活动，以此让全体员工都充分意识到安全工作的重要性，牢固树立安全红线意识和底线思维，营造"人人管安全、人人要安全、事事讲安全"的良好氛围。公司还高度重视应急管理工作，建立应急响应机制，定期举行应急演练，不断增强规避风险的能力。

为建设环境友好型企业，公司多举措开展节能减排活动。先后引进了带除尘装置的数控精密等离子切割、打磨移动棚等一批在国内修船行业中处于领先水平的环保型设备，实现了设备向智能化、环保节能型方向的升级换代。同时，不断地自主研发和改进生产工艺环节和生产设备，创造了如高压水综合调试平台、大型网跳板、螺旋桨换新方案、以员工名字命名的"王元波船舶主配电板功能测试法"先进职业操作法、96 小时大型集装箱船球鼻艏改装法等多项新技术，不仅有效地降低了生产成本，而且也降低了员工的劳动强度，推进了公司节能减排的增效工作。

鑫亚公司自成立以来，逐渐丰富了独具鑫亚特色的企业文化内涵。继"五大核心、十大天条"之后，公司利用宣传窗、网站、微信公众号等方式相继开展落实"三落地两推进""西柏坡宣言""五个突出"等企业文化的宣贯工作。员工对此不仅熟记于心，并能联系自身工作落实于行。他们对公司的认同感日益增强，精神风貌、集体凝聚力显著提升。

图 2-12　鑫亚公司老总周亚国的善举之一

图 2-13　鑫亚公司向社会捐赠的善举

　　秉承"回报社会，服务大众"的价值观，公司在不断发展壮大的同时，也从未遗忘企业所应肩负的社会责任。自成立至今，公司对养老事业、教育、医疗等领域给予了持续支持，累计捐赠各类善款达 2000 余万元。

（三）舟山市龙山船厂有限公司

图 2-14　舟山市龙山船厂有限公司

　　舟山市龙山船厂有限公司位于六横镇龙山社区沙岙，始建于 1975 年。2002 年成功转制为股份制民营企业，是浙江省历史最久的修理船厂之一。公司占地面积 214272 平方米，拥有 20 万吨级干船坞一座（310 米×55

米）、7 万吨级干船坞一座（235 米×40 米）、4 个修船码头总长 900 米，以及其他完善的修船设施设备。拥有一支优秀稳定的职工队伍，员工 520 多人，外包员工 700 多人。经过多年的人才培养和资源整合，船厂的产业结构由单一的修船发展到以船舶修理、改装为主的现代化船舶企业。2018 年跻身全球船修行业的前十强。

建厂 40 余年来，借改革开放的东风，与国内外诸多著名船运公司建立战略合作伙伴关系，取长补短，不断积累和创新船舶修理技术和管理经验，先后取得了质量管理体系（GB/T19001-2008-ISO9001：2008）、环境管理体系（ISO14001：2004）和职业健康安全管理体系（OHSAS18001：2007）认证证书。具备修理、改装、拆解各类散货船、集装箱船、油船、汽车运输船等船型的资质。从 2002 年至今，累计修理国内外船舶 2800 余艘。

图 2-15　龙山船厂 7 万吨级干船坞里在修理外轮

公司也积极承担社会责任，不仅用项目、技术扶助贫困地区，关爱弱势群体，热心参与家乡的慈善公益活动，每年还会拨出一定款项慰问老年协会和残疾人士，在教师节和儿童节为师生们送去慰问金，积极参与金秋助学计划，鼓励员工与贫困学生结对等。转制以来，已累计捐款 272.48 万元，多次荣获由舟山市慈善总会颁发的爱心单位奖。

（四）浙江东鹏船舶修造有限公司

浙江东鹏船舶修造有限公司的前身是舟山市普陀第一船厂，始建于1954年，属当时的县二轻企业。厂址位于六横峧头大峧后峧，紧邻大峧车客渡码头。1999年1月转制，易名舟山市普陀东鹏船舶修造有限公司，2005年8月改为现名。公司总占地面积53000多平方米，建筑面积5000多平方米，在册职工150余人，其中技术人员50余人，是一家专业修造不锈钢化工船、液化气船、液氨船等化学品运输船的企业。公司年修造能力达20余万吨，2004年3月通过中国船级社ISO9001质量管理体系认证。

图2-16　浙江东鹏船厂航拍图

公司有1万吨级干船坞1座（坞长90米，宽13.2米，深6米）、万吨级配套码头1座、1.6万吨和3万吨级船台各1座。公司始终坚持"优质高效、规范安全、热情服务、与时俱进"的质量方针，注重产品技术研发，与国内外多家公司、高校建立长期合作关系。其中，与杭州前进齿轮箱集团股份有限公司合作研发的"带PTO输出可调桨齿轮箱"目前已经形成产品；还取得了与有关高校合作后的成果："液氨船"设计、"不锈钢化学品船酸洗钝化"技术。公司的"全冷全压式LPG液氨船"获得"法国国际船舶博览会金奖"，"全冷全压式液氨船"通过了"浙江省工业新产品"鉴定。

图 2-17 东鹏造 16500DWT 特涂油化船

图 2-18 东鹏造 3600 立方米全冷全压式 LPG/LAG 船

自 2005 年以来，公司先后制造了 2 万吨级以下的散货船、不锈钢化工船、油船、耙式吸泥船、LPG/LAG 船等 70 多艘，其中化工船、油船主要出口英国、新加坡及中国香港等国家和地区；总修船 430 多艘。其间，公司也先后被省安监局、省科技厅授予"浙江省安全生产标准化二级企业（机械）"和"浙江省科技型中小企业"等称号。

总之，六横船舶修造业在中远海运重工的带动下，发展迅猛。从 2004 年至今，岛上这 4 家规模以上企业，共拥有船坞总容量约 107 万吨，年造船能力达到 200 万吨，完全具备了对各种类型、各种吨位船舶的修理能力，并实现了对全球知名航运企业船舶修理业务的全覆盖。短短 15 年间，六横的海洋船舶修造业所创产值超 40 亿元，占比六横工业总产值的 45% 以上。

接下来，六横将依托现有船舶产业基础，加快转型升级步伐，打造国际绿色修造船岛，引领全国船舶修造绿色发展，实现从修船大国走向修船强国的中国梦。

在船舶修造企业，作业工人的劳动安全和职业病预防值得关注。

船舶修造业因其工期短、劳动强度大、工人易疲劳，具有危险点多、不确定因素多、交叉作业多、易燃易爆场所多、高处作业多、电气设备多、起重作业多等特点，因此安全生产事故多发。尤其是在高处作业、起重作业、密闭舱作业（有限空间作业）中容易发生高处坠落、火灾、爆炸、物体打击、触电、起重伤害、中毒窒息、高温灼烫等事故。基于以上特点，它在各行业中的危险指数长期处于前列。

作为企业职工，特别是作业工人，一定要有强烈的安全生产意识和自我保护意识。工人的生命安全是家庭幸福、企业发展、社会和谐的首要保障。在此，向所有作业工人提出以下建议：

1. 加强培训学习。自觉参加针对本岗位的职业技能和安全生产知识培训。培训学习，不但能使作业工人掌握专业技能和安全生产知识，而且还能学会安全生产应急处置办法，掌握现场急救、逃生等技能。考取"特种设备"或"特种作业操作"证书，做到持证上岗非常必要。

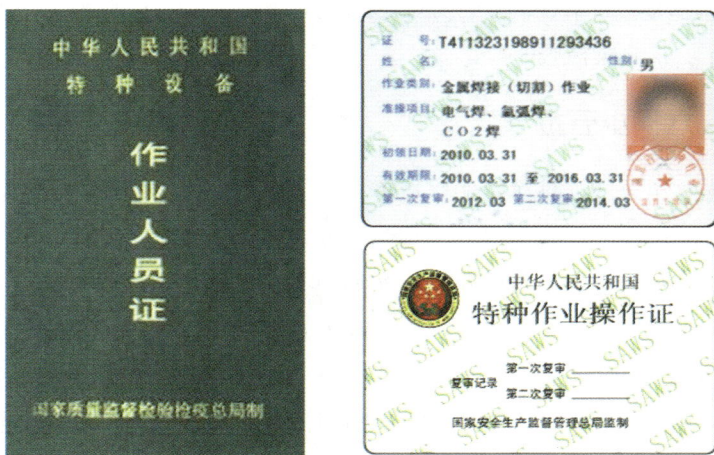

图 2-19　证书

2. 严守劳动法规。严格遵守《安全生产法》和厂纪厂规，时刻绷紧安全生产这根弦。每次交接班时，都要仔细排查有无安全隐患存在。工作中，不简化安全生产（操作）流程，发现问题及时报告。安全生产以人为本，对存在安全隐患或威胁身体健康的工作场所，可向厂部提出改善工作条件的要求；如若不然，可拒绝接受工作任务。

3. 重视职业病预防。职业病是指企业、事业单位和个体经济组织的劳动者在职业活动中，因接触粉尘、放射性物质和其他有毒、有害物质等而引起的疾病。在船舶修造企业，易引发的职业病主要有尘肺、中毒、中暑、电光性眼炎、噪声性耳聋、接触性皮炎等。

尘肺（肺尘埃沉着病），是危害最严重的一种职业病，该病是由于在职业活动中长期吸入生产性粉尘（灰尘），并在肺内潴留而引起的以肺组织弥漫性纤维化（瘢痕）为主的全身性疾病。船舶修造企业常见的尘肺主要有铁尘肺、砂肺、电焊尘肺和电工尘肺等。

职业病预防控制工作要坚持"预防为主、防治结合"的方针。作为一线工人，平时要多学习有关职业病的防护知识，不断增强自身的健康保护意识。在具有粉尘环境中工作的工人，应该佩戴口罩、防护罩，穿工作服，并保持工作场所内外通风；喷漆、打砂、打磨作业的工人，一定要佩戴正压式送风全面罩、防护手套，穿好防护服。加强日常个人健康管理，定期进行职业健康检查。

二、六横小五金

六横小五金是跟海洋船舶修造产业一起成长起来的产业，作为六横的地方产业，其特色产品也与"六横造"船舶一起走出了国门。

六横小五金发源于六横双塘。2005 年，刚成立的双塘社区在基本情况调查时发现，这个当时人口只有 1 万左右的社区竟有小五金加工作坊和企业共计 49 家。数量之多，出人意料。

追本溯源，六横的五金加工始于 20 世纪 80 年代。创建于 1972 年的二轻企业普陀刀剪厂，在 1983 年扩大生产经营范围时，开始生产压力表接头。由此拉开了六横五金仪表行业生产的序幕，并培养了一批生产技术骨干。借改革开放东风，从 1985 年原普陀刀剪厂离任厂长刘兴根办起第一家私营小五金厂起，六横民营小五金厂家逐年增加，至今已有 80 多家，其中，90% 集中在双塘社区。经过多年的摸爬滚打，有的厂家已经从小五金加工作坊发展为能生产整件压力仪表或机器零部件的企业，其中产值 500 万元以上的规模企业 11 家。从业人员也从当初的几十人发展到现在的 1500 多人。同时，生产能力和产品销路不断扩大，2019 年产值达 3 亿至 4 亿元，产品远销德、意、土、英等多个国家。下面，笔者介绍两家领军企业。

（一）舟山市佳尔灵仪表有限公司

年产值超千万元的佳尔灵仪表有限公司是从一个原来只制作压力表铜座的家庭作坊蜕变而来的。2002 年，企业创始人陈军波投入三四百万元资金改建工厂，开始批量生产压力表；2004 年注册成立佳尔灵仪表有限公司。

公司位于六横双塘千丈塘，占地面积 15000 平方米，厂房面积达 7000 平方米，现有职工 100 余人，其中专业人员 30 人，致力于压力表的研究制造。公司秉持"设备先进，才能帮助企业高质量发展"的思想理念，斥资 600 万元建佳尔灵仪表实验室，借鉴国外先进技术，自主研发生产设备。狠心斩掉无竞争力的产品线，专业生产压力表。不把竞争对手当冤家，视国内外的同行为伙伴，架起友好合作的桥梁，助"佳尔灵"品牌走出国门。

图 2-20　舟山市佳尔灵仪表有限公司

现在公司主打的产品规格齐全，各种类型的压力表有上千种，如毛细管水压表、医用压力表、防爆压力表、温度压力表、Y90 表，等等。其中与燃气采暖设备配套使用的水压表系列产品性能达到了国内领先、国际先进水平。2018 年 5 月公司还参与了中国建设协会 T/CECS 1000X－201X《燃气采暖水炉及热水器用水路组件》标准中关于水压表行业标准的制定。公司压力表的销售分国内国外两部分，其中 55％销往国内市场，45％用于出口。据有关部门统计，佳尔灵仪表占据国内同类产品 57％的市场份额，占有率在全国细分行业排名中位列前三。

公司良好的业绩赢得了政府及有关部门的高度认可和赞誉。2008 年公司通过了 ISO9001 质量管理体系认证和 ISO14001 环境管理体系认证；2017 年 11 月公司被浙江省科学技术厅、浙江省财政厅等相关单位评为高新技术企业；2019 年 1 月被舟山市经济和信息化局评为舟山市"专精特新"中小企业；同年 12 月通过了"浙江制造"品牌认证。

图 2-21　舟山市佳尔灵仪表有限公司生产车间

"立足创新、专注质量、诚信服务、真诚合作、共同发展"是佳尔灵始终如一的追求。公司不断超越自我，从小变大、由弱至强，成为业内的一个实力派"小巨人"。

（二）舟山远东齿轮有限责任公司

图 2-22　舟山远东齿轮有限责任公司厂房一角

舟山远东齿轮有限责任公司始建于 1992 年，它的前身是当时的县二轻局在六横西厂创办的普陀机械厂，2000 年转制更名为舟山远东齿轮有限责任公司。现在公司占地面积 12000 平方米，建筑面积 9000 平方米，拥有员工 120 余人，是汽车变速器换挡机构零部件的专业生产厂家。

公司主导产品为换挡机构各种叉轴、铝拨叉总成、换挡轴、行星齿轮轴等轴类零件、法兰、里程表主从动轮以及各种异形非标机加工件。公司秉持"顾客满意是检验我们工作的唯一标准"的经营理念和"为顾客持续提供高品质和具有竞争力的产品"的质量方针，长期为合作伙伴奇瑞汽车、长城哈弗 H6、一汽轿车、海马汽车、格特拉克（江西）传动、杭维柯汽车传动等公司提供配套服务。

公司拥有各类高精度的数控设备 100 多台，在同行业处于领先水平，引入哈挺车床及加工中心、韩国 UG 的钻攻机、日本 STAR 走心机，拥有在线测量的数控端面外圆磨 14 台、长沙上提式的立拉床、为拨叉轴三连槽专门设计的平面拉床，精良的设备为顾客提供了稳定的产品质量和良好的过程能力。公司具备三坐标、显微硬度计、轮廓仪、粗糙度仪、清洁度测量仪等一整套完整的检测设备，具备工装、检具自主设计制造能力。

2000 年至今，由公司零部件装配的汽车变速箱累计超过 800 万台。公司还获得了 4 项国家实用新型发明专利。2003 年被省经贸委等部门授予

"浙江省诚信示范企业"称号，2014年被省科学技术厅授予"浙江省科技型中小企业"称号，2015年被舟山市普陀区人民政府授予"创新型成长企业"称号，2016年被舟山市安全生产监督管理局评为"安全生产标准化三级企业（机械）"，2017年被六横管委会评为"十佳企业"，等等。

图2-23　远东齿轮车间一角

展望未来，"远东"又有新的经营目标：在最近1~2年，公司将主动参与新能源电机零件的开发，尽快达成新能源电机零件的准入条件；开发风电预埋螺栓生产线，形成每月1万件的批产能力。

今后，在快速多变、竞争日趋激烈的市场环境中，企业的发展还要面临新的考验，对此，六横管委会已经作出了回答：小作坊、小企业的发展不能单打独斗，想让产业做大做强，必须抱起团来，像佳尔灵仪表有限公司和远东齿轮有限责任公司那样，走"专精特新"发展之路，走与国内外大企业协作配套之路。在管委会的促成下，2018年6月六横成立了小五金协会，一个由协会主导的六横小五金联合体正在形成。

三、港口物流

港口物流是基于水路运输成本低等优势，依托港口集货、存货、配货等特长，在货物从供应地向接收地的实体流动过程中，根据实际需要，将运输、储存、装卸搬运、包装、流通加工、配送、信息处理等功能有机结合起来实现用户要求的过程。

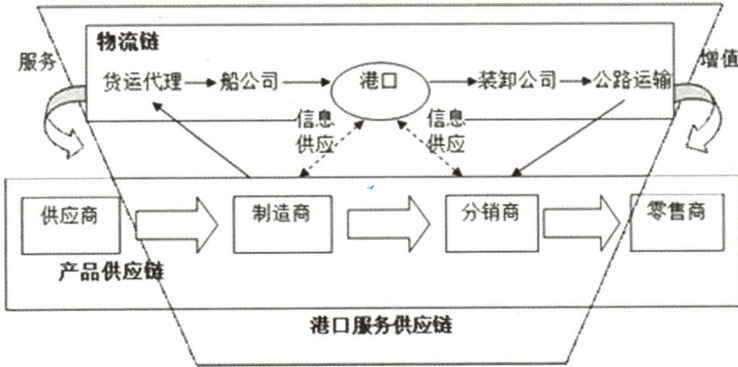

图 2-24　港口服务供应链

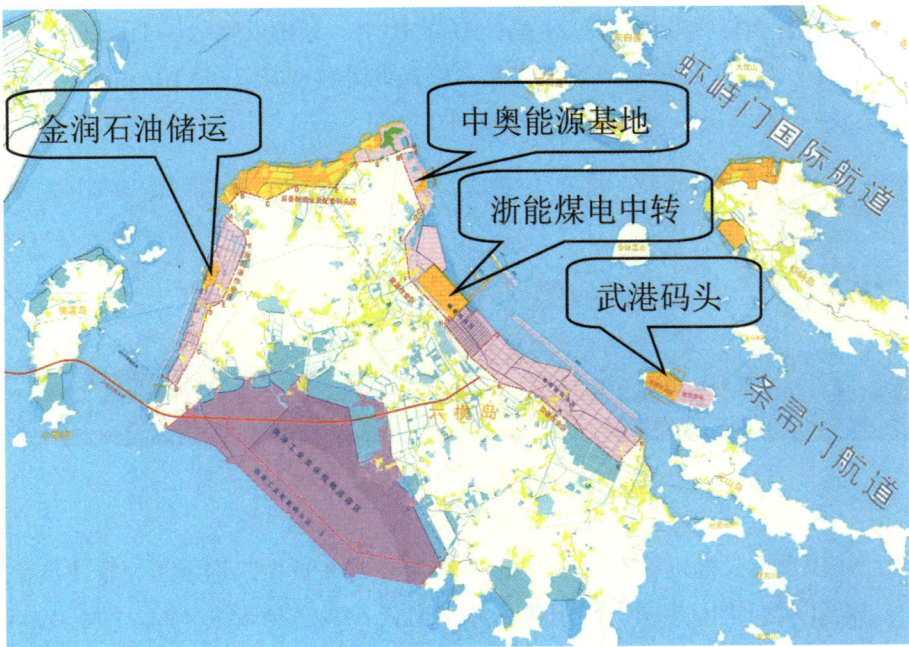

图 2-25　六横岛港口码头分布示意图

　　六横岛地处长江三角洲和东部沿海要冲，背靠沪、杭、甬等大中城市。港口资源优越，周边有纵横交错的国际航道和国内航线，与亚太新兴诸强呈扇形辐射之势，是长江三角洲综合运输网的重要节点。早在16世纪，六横双屿港就一度成为世界上最大的自由贸易港，来自欧洲、日本的商品，南洋的胡椒、香料，中国的丝绸、棉布、瓷器和茶叶等都在此汇集交易，从其被中外历史学家誉为"十六世纪之上海"就足以窥见它的繁荣程度。可在之后的数百年里，包括双屿港在内的六横其他港口一直没有得到开发。旧时进出岛上的一些货物，主要从平峧西文山、峧头石柱头、五星涨起港等几处船埠集散。

　　新中国成立后，特别是改革开放以来，台门国家级渔港、佛渡、涨起港、小湖和龙山渔港等陆续被开发建设。从2004年中远落户开始，六横掀起大开发大建设的热潮，各种大型临港企业相继入驻六横，港口物流业得到了前所未有的发展。岛上现有港口经营企业14家，其中危险品装卸经营企业4家、油污水接收企业2家、港口服务企业5家、普货装卸企业10家。建有各类货物装卸码头21座、泊位31个，其中万吨级以上码头7座、泊位11个。产业发展重点区域位于六横岛北部（见图2-25）。

（一）浙江舟山武港码头有限公司

图 2-26　舟山武港码头卸船泊位

　　浙江舟山武港码头有限公司于2008年4月8日由武钢集团、宁波港集团、浙江和润集团共同出资组建，分别出资51%、25%、24%，并于2008年7月28日正式揭牌。码头地处舟山市普陀区六横镇凉潭岛，是华东地区最大的铁矿砂中转码头之一。

码头建设总投资约 25.6 亿元人民币，设计年吞吐能力为 3000 万吨。拥有 25 万吨兼靠 30 万吨级卸船泊位 1 个，配备作业能力 2500 吨/小时的桥式抓斗卸船机 3 台，卸船机跨下布置 2 条 1.8 米宽码头带式输送机，额定能力 5000 吨/小时；5 万吨级装船泊位 1 个、1 万吨级江海直达装船泊位 2 个，配备作业能力 5000 吨/小时的装船机 2 台，装船机跨下布置 2 条 1.6 米宽码头带式输送机，额定能力 5000 吨/小时；矿砂堆场面积 15 万平方米，堆场容量 135 万吨，配备作业能力 5000 吨/小时的斗轮堆取料机 3 台。

该码头自投运以来，港口货物吞吐量位居宁波舟山港六横港区榜首。2015 年，进港铁矿砂达 1444 万吨，出港 1400 多万吨；2016 年，港口货物吞吐量达 3026.40 万吨，同比增长 6.4%；2018 年，吞吐量达 3060 万吨，再创历史新高。

（二）浙江浙能中煤舟山煤电有限责任公司

浙江浙能中煤舟山煤电有限责任公司位于浙江省舟山市普陀区六横镇兴港路 1 号，是一家集火力发电和煤炭储备、配煤、中转、经营于一体的大型国有企业。2007 年 6 月，由浙能电力、中煤能源、上海三林万业、力勤投资公司分别按 56%、27%、10%、7% 的比例共同投资组建，主要由六横电厂和煤炭中转码头两个项目组成。

图 2-27　浙能煤电煤炭中转基地

图 2-28　浙能煤电六横电厂

　　其中，六横电厂是全国首个离岸海岛大型燃煤超低排放火电厂，于 2011 年 5 月 12 日开工建设，一期两台高参数、大容量 1000MW 超临界机组分别于 2014 年 7 月、9 月投产运行，另配套建设海水淡化和脱硫脱碳设施，动态总投资 78.9 亿元。电厂占地面积约 1300 亩，并留有可扩建余地。

　　煤炭中转码头是目前华东地区最大的煤炭储备、配煤、中转的码头，于 2006 年 12 月开工建设，至 2009 年 6 月开港运营，设计吞吐量 3000 万吨。现中转的煤炭大多从澳大利亚、印尼、巴西等国进口。该码头已成为国家煤炭应急储备基地，目前租赁给浙能港口运营公司经营管理。

　　浙江浙能港口运营管理有限公司（简称浙能港口公司）是浙能集团的全资子公司，成立于 2014 年 1 月，其经营范围为煤炭、矿石等散货的中转、装卸、储存、配制，煤炭物流配送，煤炭贸易及与此相关的其他派生产业经营，还涉及港口设备及辅助设备的检修、运行维护、技术服务等业务。该港口公司借助浙江大力发展海洋经济的有利时机和舟山群岛新区的优势，以港口专业化运营管理为主业，全力打造煤炭配送中心和华东地区煤炭集散中心。

（三）舟山市金润石油转运有限公司

图 2-29   舟山市金润石油转运基地航拍图

舟山市金润石油转运有限公司成立于 2003 年，是和润集团旗下从事石油制品的储存、中转以及化工品销售等业务的企业。该公司的石油储运基地位于舟山市普陀区六横岛涨起港，水上交通十分便利，航道水深条件优越，30 万吨船舶可全天候进出。

金润石油储运基地建有 30 万吨级（目前使用 5 万吨级）、5000 吨级和 3000 吨级码头各一座，库区各类油罐总容量达 109.5 万立方米，年吞吐能力达 2000 万~2500 万吨，是中国华东地区集储运、中转、保税、混兑为一体的规模最大的石油储存基地之一。

（四）路易达孚中奥能源有限责任公司

路易达孚中奥能源有限责任公司成立于 2011 年 11 月，是自在盛大集团有限公司旗下的一家子公司，主要经营石脑油等成品油仓储业务。其基地位于舟山市普陀区六横镇峧头大岙后沙洋（大岙客运码头旁）。

路易达孚中奥能源基地建有 5 万吨级和 3000 吨级码头各一座，库区有油罐 13 只，为 21 万立方米。油品主要从俄罗斯等国进口，转运宁波等地。

21 世纪是海洋世纪，在经济全球化的背景下，现代港口物流将朝着国际大物流的方向发展。宁波舟山港正朝着这样的愿景砥砺前行，这座位于中国大运河终点、海上丝绸之路起点的东西方文明交流的核心港口，自2013年国家提出"一带一路"倡议以来，不断创新体制机制，通过宁波与江西、湖南、四川、贵州、云南等中西部地区建立海铁联运合作，让舟山与南京、武汉、重庆、宜昌、泰州等长江沿线主要港口建立江海联运联盟，从而将触角伸向了190多个国家与地区的600多个港口，形成了今天这个"水上有轮船通达、陆上有火车相连"的全方位综合物流枢纽。2017年，宁波舟山港货物吞吐量突破10亿吨，连续10年排名世界第一，成为全球首个超10亿吨大港。

图 2-30　路易达孚中奥能源仓储基地

　　六横作为宁波舟山港的重要港区将迎来新的发展机遇，在交通运输部、浙江省人民政府正式批复的《宁波舟山港总体规划（2014—2030年）》中，六横港区被纳入"六横、梅山及穿山核心发展区"，定位为以综合运输为主的主要港区。六横港区陆域范围包括六横岛以及西侧佛渡岛，东侧凉潭、悬山、金钵盂、虾峙等岛屿和北侧湖泥岛等岛，划分为涨起港、东浪咀、聚源、双塘、沙头山、凉潭、虾峙、佛渡共8个作业区，并分别规划为液体散货码头、煤炭、油品和液化天然气（LNG）中转、近远洋集装箱运输以及海洋产业和港口物流服务区等。

图 2-31　六横港区在宁波舟山港中的位置

　　宁波舟山港六横港区近几年发展迅速。据中港网数据资料，宁波舟山港六横港区货物吞吐量从 2010 年的 1773 万吨、2011 年的 3026 万吨、2012年的 3703 万吨到 2013 年的 4797 万吨、2014 年 6070 万吨，连续 5 年实现约千万吨的大台阶跨越。2016 年，六横港区完成港口货物吞吐量突破 7000万吨，达 7441 万吨，比上年同期增长 7.5%；2018 年，货物吞吐量再创历史新高，达 8095 万吨，已跃居台州港之上，与温州港持平。

根据港航部门相关专家预测，到 2030 年，六横港区吞吐量将达到1.78 亿吨（相当于目前秦皇岛港全港的吞吐量），占宁波舟山港总吞吐量的 12%，成为仅次于北仑港区的第二大港区。未来 10 年，六横港口物流产业将迎来黄金发展期。

四、海洋运输

海洋运输即海洋货物运输，简称海运。与空运、陆运相比，因其运输工具船舶航行通过能力大、货物装载吨位高、运输成本低等优点，成为国际、国内物流中最主要的运输方式。目前，六横各大港口吞吐的货物99.99% 都是利用海洋运输。

六横的海运历史可追溯到清光绪年间，据《定海县志》记载，六横于光绪中叶（1885 年）有商轮通航，可直接通往甬清、湖广、宁波、镇海、定海、石浦、台州、金清港等商埠，该轮每 5 日往返一次。此后，六横一些岛民各自建造或购买船只，如"永顺轮""慈航轮""平湖轮"等，先后开辟了涨起港至佛渡、昆亭，石柱头至定海、穿山，翁家岙至栅栅，戏文山至定海、穿山、宁波，佛渡至镇海梅山等多条航线经营货客运输。

解放初期，六横海运仍以私营为主，运输工具以高壁壳木帆船居多。载重量一般在 5~10 吨左右，这些运输船吨位小、抗风力差，只能从事沿海短途的客货运输。

1952 年至 1953 年间，石柱头、西文山两地的运输户，在当时的互助合作化运动的影响下，先后组合运输联营组，从事海上货客运输业。1956年西文山、石柱头的联运组，合并成立六横木帆船运输社。至 1963 年运输社发展到 16 条木帆船，总吨位 276 吨；2 条机动船，总吨位 61 吨，总功率 84 千瓦。1985 年，六横木帆船运输社更名为普陀县六横海运公司，1988 年公司拥有铁壳运输船 7 艘，总吨位 1359 吨，总功率 838 千瓦。货运航线北至山东、上海，南至福州、厦门、广州，沿长江航线至武汉等港口城市。年货运量 4.08 万吨，产值 126.22 万元。

说到六横海运公司，也让人想起六横海运村。2021 年 5 月的一天，我邀了一个朋友，实地走访了被当地人誉为六横海运第一村的孙家村。

孙家村位于六横岛的中北部，区域面积 2.5 平方千米，耕地面积 631

亩（其中水田 195 亩，盐碱性旱地 148 亩，林地 288 亩）。总人口 1000 余
人，其中海运船员 680 名。由于人口多水耕地少，埋头苦干的孙家人逐渐
把目光投向海洋，早在 20 世纪 60 年代后期，就开始把海上运输作为养家
糊口的营生。历经半个世纪，特别是改革开放的 40 年，从当初的 1 艘 32
吨位木质运输船，发展成如今拥有 100 多艘 2000~10000 吨级船舶的海运
村，海运足迹遍布世界各大港口。涌现出像孙开存、孙开波等一批海岛渔
农民创业致富带头人。目前，孙家村 18~60 周岁男人大多数都是海运船
员，村民人均收入达 14000 多元。

在跟村里人交谈时，我们还详细了解了几家较有实力的海运企业。

（一）舟山市普陀安顺海运有限责任公司

舟山市普陀安顺海运有限责任公司成立于 2002 年 9 月，公司法人孙开
存，注册资金 5018 万元人民币，是一家专业海上运输企业。主要经营国内
沿海、长江中下游及珠江三角洲普通货船、成品油船运输及海上试采油作
业平台至各港间原油、污油水运输。

公司现拥有一支由油船、普通货船组成的运输船队，所属船舶 17 艘，
经营总运力约为 44852 吨。公司船队多年来长期服务于中石油冀东油田、大
港油田、辽河油田海上试采油平台和导管架、中石化胜利油田海上试采油平
台、中信月东油田海上试采油平台、中石油冀东油田、大港油田、辽河油田
海上试采油平台和导管架，以及长江中下游、珠三角地区的石油企业。

业务范围包括平台的原油运输、油污水接收、平台物资运输等。在行
业中具有良好的口碑，赢得了众多客户和有关单位的信赖和赞誉，多次被
政府评为市十强航运企业、省诚信企业、市安全生产工作先进单位、市先
进集体。

2010 年，公司列入浙江省水路运输诚信企业名单。2011 年，经国家发
展和改革委员会和国家税务总局确认，安顺海运有限公司列入第七批试点
物流企业名单，成为全市首批列入国家试点物流企业。

（二）浙江瑞远海运有限公司

浙江瑞远海运有限公司成立于 2010 年 5 月，公司法人孙开波，注册资
金 1118 万元，公司现有员工 30 余人，主营国内沿海及长江中下游各港口
间的成品油（以柴油、汽油为主）运输，主要航线以宁波港到广州、上海

港到青岛等为主。公司拥有新型的"双底双壳"油船2艘，分别为自营船舶"瑞运7"轮，运力4200多载重吨，光租船舶"瑞运21"轮，载重1000余吨，总运力为5000多载重吨。

公司积极奉行"优质诚信、安全高效、服务至上"的经营理念，坚持科学、严谨、务实、创新的原则，为国内的货运企业提供安全、优质、经济、方便的运输服务，是舟山唯一一家与部队签订长期军事油料运输合同的公司，在同行业中具有良好的口碑。

纵观历史，不难看出六横海运业自改革开放以来发展最为迅速。运输船舶从十几艘木帆船到100多艘铁壳钢质船，单船运力从几十吨到几万吨，货运航线从江浙一带到国内外许多港口，还有导航设备和航海技术等都发生了翻天覆地的变化。目前，包括孙家海运村在内的六横辖区，已拥有国内水路货运企业11家，国内水路运输辅助企业2家。货运船82艘，其中10000吨以上6艘、总吨位42.94万吨，总功率58303.5千瓦；总从业人数905人。个私运输船42艘，其中500吨以上11艘，总吨位1.62万吨，总载重吨13108吨，总功率8314千瓦，从业人数176人。其中特种船舶运力（成品油船、化学品船、集装箱船）7.6万载重吨，占总运力的25.2%。这些年，还培养了"安顺""普陀油脂运贸"等一批国内优质油船企业，也吸引了国有航运企业——浙江通利海运有限公司来六横投资注册。

展望未来，随着运输市场格局由船东市场向货主市场转变，一些中小海运企业面临挑战，今后单个船东联合成集团化大船东是海运业发展的必由之路。各企业密切关注海运市场的最新动态，通过引进货代公司和组建船代公司以及"互联网+"技术等手段，增强自身的竞争力。相信，随着宁波舟山港六横港区的进一步开发，六横海运业将大有作为。

五、远洋渔业

远洋渔业，指远离本国渔港或渔业基地，在别国沿岸海域或公海从事水产捕捞、养殖、加工的产业。远洋渔业具有对生产工具（渔船、渔具、助渔设备）要求高、捕捞风险大、产业链涉及面广以及需要国际合作等特点。

图 2-32 舟山国家远洋渔业基地

20 世纪 80 年代，由于近海过度捕捞及海洋环境污染，东海渔场渔业资源日益匮乏，渔业发展陷入困境。靠海吃海的舟山渔民未雨绸缪，把目光投向公海和海外渔场。舟山是国内最早发展远洋渔业的地区之一。早在 1985 年 2 月 27 日，舟渔公司 4 艘载着 46 名舟山籍渔民的"8154"型渔轮，从沈家门舟渔公司码头启航，开赴福建马尾港，加入中国水产联合总公司组建的我国第一支远洋渔业捕捞船队，并于 3 月 10 日从马尾港出发，远赴西非塞拉利昂海域捕鱼，揭开了舟山市远洋渔业发展序幕。

万事开头难。据舟渔公司首批远洋渔民回忆：2 年 4 个月的远洋生活异常艰苦；海上昼夜温差大，而且天气变幻莫测，如此海洋环境当初难以适应；刚开始对远洋渔业生产缺乏经验，也不了解国外的实际情况，有的时候辛苦忙活多天，捕捞了大量鲳鱼（在国内属于经济鱼类，在西非地区属于非经济鱼类），到了当地却难以出售，只能当鱼饲料贱卖，血本无归。

循环反复的劳动（布网、收网、分拣、冷冻）、身体的疲惫、内心的落寞、破网率高及捕捞效果差的国内拖网渔具、因不熟悉市场带来的惨淡经营……一切问题无一不在考验着舟山远洋渔业的第一批"拓荒者"。然而，机智勇敢的舟山渔民并未就此退缩，而是越挫越勇，他们积极适应远洋环境，调整生产作业方式，不断摸索前行。次年（1986 年），舟山渔民便凭借 6000 多吨的产量、8 亿西非法郎的产值，赶超各国同类渔船，获得"达喀尔"美誉并一举名扬西非。这些"拓荒者"们的成功鼓舞和影响了一大批舟山渔民，舟山地方远洋渔业项目和民营性远洋渔业项目也相继启动。但项目的启动并非一帆风顺，前期因当时没有现成的经验可以借鉴，也没有成功的模式可以套用，有些项目，如新西兰金枪鱼延绳钓作业和澳大利亚拖网作业等相继夭折。

此后，舟山远洋渔业人改变经营策略，与中国水产联合总公司合作，采用船只出租或者人员劳务输出的方式，以中国水产公司为依托，参加西非几内亚比绍、塞拉利昂等一些捕捞合作项目，通过发展渔业船舶、劳务输出等业务，探索路子，积累经验，培养人才，为下一步舟山远洋渔业自主经营奠定了基础。

1990 年，随着日本海光诱试钓鱿鱼探捕和北太鱿鱼钓作业相继成功，舟山远洋鱿鱼钓产业迎来了新一轮发展机遇。舟山市远洋渔业总公司、普陀远洋渔业有限公司、岱山远洋渔业总公司等一大批地方国营集体企业也相继组建，蓄势待发。舟山远洋渔业也慢慢从过洋性渔业向大洋性渔业探索尝试，捕捞方式也慢慢从拖网作业向延绳钓作业转变。

回顾 30 多年的奋斗历程，勤劳智慧的舟山渔民创下了远洋渔业史上的多个全国第一：

1985 年 5 月 11 日，二渔公司东渔机 12 号渔船、舟山 2 号运输船和 15 艘玻璃钢小艇，前往新西兰和瓦努阿图海域，实施金枪鱼延绳钓项目。这是国内第一支涉足远洋金枪鱼捕捞的船队。

1990 年 5 月，舟渔公司两艘"8154"型拖网渔船经改装后与上海水产大学的"浦岑"号科研船到日本海和北太平洋海域进行光诱试钓鱿鱼，并获得成功，开创我国水产行业涉足远洋鱿钓渔业的先河。

1991 年、1992 年，舟渔公司先后从德国引进两艘 3000 吨级远洋拖网加工船，分别冠名为"明珠"号与"明昌"号，以购买配额捕捞方式，率先进入北太平洋及白令海峡的渔场捕捞鳕鱼。

1994 年，嵊泗县菜园镇的王满发，自购一艘远洋渔船，挂靠舟山市远洋渔业总公司，到马绍儿以延绳钓方式捕捞金枪鱼，是舟山地方渔民个人购买渔船进行远洋渔业生产之第一人。

1999 年 11 月，沈家门街道林珊民所属的浙远东 828 北太鱿钓渔船经改良并安装自动钓机后，作为群众性远洋渔船首次开赴西南大西洋渔场鱿钓作业。由此，较好地推动了舟山市群众性远洋渔民赴西南大西洋、东南太平洋进行鱿钓作业，促进了鱿钓业的进一步发展。此后，又有李绍嵩、张志海、陈国华、徐峰、黄仕强、周建国、周世龙、陈利恩、沈安、蒋富军等船东参与了西南大西洋、东南太平洋民营鱿钓业的开发捕捞。民营鱿钓业的发展在国内领先。

2000 年，二渔公司引进金星 8 号超低温延绳钓渔船，到南太平洋生产，这是舟山市也是我国第一艘、第一个超低温延绳钓金枪鱼捕捞项目。

目前，舟山已拥有远洋捕捞企业 33 家、船只 460 多艘，开发了北太平洋、东南太平洋、西南大西洋、赤道鱿钓渔场，东南太平洋鲭鳞鱼渔场，西北太平洋秋刀鱼渔场，印度洋鱿鱼、金枪鱼渔场，南极磷虾、鳕鱼渔场等。2016 年远洋渔业产量达 53.88 万吨，远洋产量占全国远洋渔业总产量 20% 以上，占浙江省的 80% 以上。在本土（定海西码头）建有 1 座国家远洋渔业基地，在境外（乌拉圭、秘鲁等国）建有 2 个境外远洋渔业基地。舟山已成为全国最大的远洋渔业生产配套基地、远洋自捕鱿鱼生产基地和输入口岸。培育了鱿鱼、金枪鱼等系列水产品加工的"舟字"品牌，被称为"全国鱿钓渔业第一市"。

比起舟渔公司，六横远洋渔业的起步有点晚。

1994 年 5 月，当时长胜渔业公司 2 对"8154"型渔轮（551 千瓦马力），通过福建省平潭县与印度尼西亚材源帝集团合作，赴该国阿拉弗拉海捕捞，开启六横远洋渔业的大门，是年捕获马面鱼 1559 吨。

1995 年，蟑螂山周师龙首次赴北太平洋鱿钓，是年产量 250 吨，产值 220 万元。1996 年从事远洋捕捞船只 3 艘，2000 年始发展到 5 艘。

2002 年，浙普渔远 806 号船因破产出售，岛上远洋捕捞船尚存 4 艘。其中 2 艘赴大西洋作业，产量 290 吨，产值 190 万元；另 2 艘赴北太平洋鱿钓，产量 130 吨，产值 84 万元。4 艘合计总亏本 1000 万元左右，濒临破产。

2009 年，尚有舟山市海利远洋渔业有限公司的捕捞渔船 5 艘，是年产量 3000 吨，创产值 1900 万元。

2014 年 11 月 14 日，"海利"远洋渔业斥资 3000 余万元打造的"海利" 18 号鱿钓船赴南太平洋秘鲁海域作业。该船为舟山乃至全省装备最为精良的鱿钓船，多种装备技术填补了国内远洋鱿钓船的空白。

舟山市海利远洋渔业有限公司创始人为李绍嵩先生，公司创建于 2009 年 3 月，2001 年 9 月在舟山市市场监督管理局普陀分局以注册资金 1180 万元人民币注册。公司总部位于舟山市普陀区沈家门街道东海西路 9 号普陀海洋与渔业大楼 8 层，现该公司分别是舟山市远洋渔业协会和普陀区远洋渔业协会的会员，法人李绍嵩也分别担任上述两个协会的副会长。公司目前拥有远洋渔船 10 艘（包括 4 艘鱿钓船、3 艘围网船和 3 艘冷藏运输船）、船员 300 多人。远洋渔业船队常年在西南大西洋（包括阿根廷等国海域）和东南太平洋（包括秘鲁、厄瓜多尔、智利等国海域）进行鱿鱼钓捕作业。因渔船数量增多，设备技术更新，产量和产值都比 2009 年有明显增加。2016 年捕捞总产量达 10000 吨，年加工"海利"品牌的秘鲁鱿鱼片（条）1000 多吨，产值创历年之最。

前些年，主要分布在北太平洋、阿根廷、秘鲁等海域的鱿鱼渔场，因长时间捕捞，渔业资源开始衰退，一些船老大凭着多年的捕鱼经验，认定赤道附近存在鱿鱼渔场。果不其然，最近几年他们运用水温测量法，在赤道钓到了成批的鱿鱼。如今，赤道鱿鱼产量已占全部鱿鱼总产量的 70%。

为避免同行恶性竞争，2017 年开始，远洋渔业协会采取联合销售方式，扭转了销售价低于成本价的被动局面，推动了整个鱿鱼市场健康稳定的发展。"人无远虑，必有近忧。远洋渔场也应该设立禁渔期，否则公海渔业资源也迟早会衰退。"李绍嵩副会长的这席话道出了舟山远洋人的海洋情结。

最后，我们来了解一下有关远洋渔业的一些捕捞知识。

（一）鱿鱼钓

鱿鱼，又称句公、柔鱼或枪乌贼，为海洋中上层鱼类。身体细长，呈长锥形，有 10 只触腕，其中 2 只较长。触腕前端有吸盘，吸盘内有角质齿环，捕食时用触腕缠住猎物将其吞食。喜群聚，有趋光性，通常在海面下深及 100 米左右范围内游动。

图 2-33　深海鱿鱼

所谓"鱿鱼钓"，就是利用鱿鱼的趋光性，将附有塑料发光体的鱼钩放进海里，鱿鱼缠住鱼钩无法脱身。深海钓鱿鱼，由围网捕捞到灯光诱捕是场不小的革命，虽最早由日本人发明，但是将这项技术完善并成熟应用于鱿鱼钓作业，是我国渔业科技工作者的贡献。

图 2-34　舟山一鱿钓船在进行鱿钓作业

（二）金枪鱼延绳钓

图 2-35　深海金枪鱼

黄鳍金枪鱼也称鲔鱼、吞拿鱼，它是一种生活在海洋中上层水域中的鱼类，分布在太平洋、大西洋和印度洋的热带、亚热带和温带广阔水域，属大洋性高度洄游鱼类。从生物学的分类上讲，广义的金枪鱼是指鱼类中的鲭科、箭鱼科和旗鱼科共计约 30 种鱼类。经济价值较大的种类包括蓝鳍金枪鱼、马苏金枪鱼、大眼金枪鱼、黄鳍金枪鱼、长鳍金枪鱼、鲣鱼等 6 种。

科学研究表明，大多数金枪鱼栖息在 100~400 米水深的海域，幼体的大眼金枪鱼和黄鳍金枪鱼以及鲣鱼都栖息在海洋的表层水域，一般不超过 50 米水深，而成体的大眼金枪鱼和黄鳍金枪鱼栖息水层比较深。金枪鱼是鱼类中的游泳能手，一般时速为每小时 30~50 千米，最高速时速可达 160 千米，比陆地上跑得最快的动物还要快。因金枪鱼是通过水流经过鳃部而吸氧呼吸，所以它的一生一直在持续高速游泳，即使在夜间也不休息，只是稍稍减缓游速，降低了代谢。金枪鱼的活动范围非常广，可以远达数千千米，能做跨洋周游，因此也被人们称为"没有国界的鱼类"。

金枪鱼的捕捞方式有两种，一种是延绳钓捕捞方法，主要捕捞栖息在较深海域的蓝鳍金枪鱼、马苏金枪鱼、大眼金枪鱼、黄鳍金枪鱼和长鳍金枪鱼，体重在 20 千克以上；另一种是表层渔具捕捞方法，包括围网、竿钓和曳绳钓等，捕捞栖息在海洋表层的金枪鱼，捕捞的品种主要是小个体的黄鳍金枪鱼、大眼金枪鱼和鲣鱼，体重范围是 5~10 千克。

图 2-36　黄昏暴风里，船员们迎着海浪进行延绳钓作业

所谓延绳钓，就是从船上放出一根直径约 6~10 毫米、长达百余千米的维尼纶绳，若干数量的支线、浮子以一定间距系在干线上，其携带的鱼饵则悬浮在水中。支线下方有铝合金圆形倒刺钩，目标一旦上钩，便很难逃脱。为识别渔具位置，干绳的浮标上安装了浮标灯、无线电信号发生器。

远洋延绳钓渔船的主要作业就是放线和收线。

1. 放线

（1）放线时间根据金枪鱼摄食特点和垂直规律，放线时间最好是选择早晨 3~4 点为宜。

（2）随着月光起落的推迟，放线时间也要推迟。如放线时间太早，诱饵会在金枪鱼摄食前被其他鱼吞食。

（3）放线的方向要横流或斜流。一般来说，金枪鱼喜逆流摄食，一种是放线方向与海流方向垂直，此法截取断面大，可为下一次放线宽度提供参考。更好的方法是与海流垂直方向呈"V"字形，这可增加同一鱼群的上钩机会。

（4）放线船速应以 8~9 节为宜，可借助卫导观察，如钓大眼金枪鱼可相应地降低船速，使线放得深一些。

（5）放线时，两船相交问题不大，但不要与别船在 5 海里内平行放钓，否则钓线可能会缠绕在一起。放线时，保持右舷受风或受流，钓饵应扔向上流，不然会造成支线搭主线，使钓钩不能有效伸展而影响钓捕效果。

金枪鱼有趋光性，在月光较好的夜晚，渔获量就会增多，反之，就会减少。月黑天不是没有鱼，而是光强度较弱，鱼上浮的水层达不到原先的水层，再加上在黑水天气里，海流较急，使钓线形成一个较大的斜坡，鱼钩达不到原先的深度，捕捞效果很差。

可以采取以下的方法来克服这个问题：

（1）延长浮弦比。

（2）加长支线的长度，改变浮沉比，增加铅坠。

（3）避开急流，找缓和流渔场。

（4）慢速下线，使线放得深一些。

2. 起线

起线时，首先根据测向仪测出的电信号，就找到了钓钩。使船与线呈30°夹角，船带线走，速度不要太快，6节船速为宜；当起到有鱼时，船速要放慢，并倒车。这样不使鱼游到船底，便于起鱼。把浮子、支线、无线电浮标和浮标灯暂从主线上摘下来并整理，检查主线和支线，发现有损伤要马上剪断接好。主线直接绞入船后主线筒中。支线整理好装筐后，运往后甲板放钓钩处，浮子也运往后甲板浮子舱。

远洋渔业是舟山渔业的重要组成部分，它对开发远洋水产资源、减轻和缓和沿岸、近海捕捞强度，促进双、多边渔业合作，维护国家海洋权益和海外利益，建设"海洋强国"，实施"一带一路"倡议等都具有十分重大的意义。

在此希望新一代舟山渔业人勇立潮头，为舟山远洋渔业的发展贡献力量。

六、海上风电场

曾经有段时间，六横建风电场之事成了岛民们热议的话题。六横风电场建在哪里？年发电量是多少？风电如何产生、怎样输送？这些问题至今还鲜为人知。

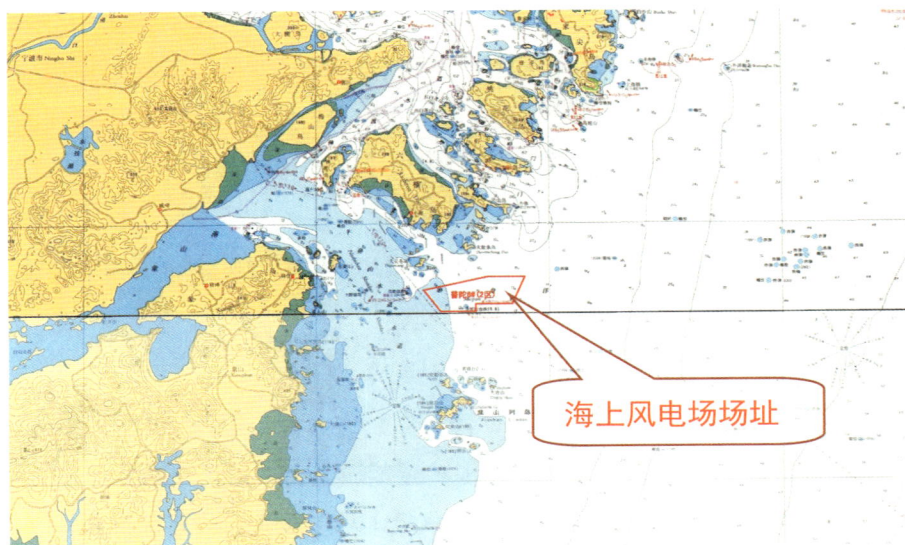

海上风电场场址

图 2-37　六横海上风电场地理位置示意图

图 2-38　国电舟山普陀 6 号
（六横）海上风电场一角

图 2-39　风机组装码头、陆上
控制中心效果图

　　风电是一种无污染的绿色能源。浙江省首座大型海上风电场（即国电舟山普陀 6 号海上风电场）场址（中心点）位于舟山普陀六横岛南侧约 11 千米的海面。2013 年 1 月获国家能源局同意建设批复函，2016 年 12 月底正式开工建设，2018 年底竣工投产。该风电场东西长约 12 千米，南北宽约 3~5 千米，总面积约 50 平方千米。所在海域海底地形变化较小，水深在 12~16 米之间，90 米高度年平均风速为 7.7 米/秒，可再生的风能资源比岛上陆地高 20%～30%。

该海上风电项目总投资约 45 亿元，场内建有单机容量为 4 兆瓦（4000 千瓦）的风电机组 63 台，以年平均发电 3000 小时计算，每年可发电 7 亿千瓦时以上。按火电发电标煤每千瓦时 330 克计算，每年可节约标煤 20 万吨，减少二氧化碳排放 51 万吨，减少二氧化硫排放 3682 吨。

图 2-40　六横海上风电场安装的首台风电机组

此外，该风电项目还分别在海上风场、六横小郭巨黄风咀及小湖配套建设了 220 千伏海上升压站、2000 吨级风机组装码头和陆上集控中心及陆上计量站。

在上图中，我们看到的是六横海上风电场安装的首台风电机组。安装时，考虑到海上风高浪急，且风机易受海水腐蚀等因素，该风电项目是国内首次采用高桩高承台改进型风机基础结构的项目，该结构在提高承台底座高度的同时，也确保了承台的稳定性。选用的风机是上海电气 SWT-4.0-130 型风机，它主要由风轮、机舱和塔架三大部分组成。叶轮位于机舱的前端，由单个长 63.5 米、重 18.3 吨的叶片，重 19.3 吨的轮毂和轴 3 个部件组成；机舱长 13.90 米、宽 4.20 米、高 4.02 米、重 142 吨，安装在竖立管状的塔架上，维护人员可以通过塔架进入机舱，机舱内置有齿轮箱、发电机等关键设备。整个风机总高度约 90 米，总重量约 480 吨。

（一）风电机组基本结构及其作用

1. 叶片：捕获风，使风轮旋转。

2. 轮毂：轮毂的作用是将叶片固定在一起，并且承受叶片上传递的各种载荷。轮毂附着在风轮轴（主轴）上，将叶片捕获的空气动能（风能）

传递到发电机轴上。

3. 齿轮箱：齿轮箱是连接风轮轴（主轴）和高速轴的变速装置，它可以将高速轴的转速提高至主轴的 50 ~ 120 倍。高速轴上一般装备有紧急机械闸，用于空气动力闸失效时或风电机需维修时制动。

4. 发电机：发电机是将机械能转化成电能的装

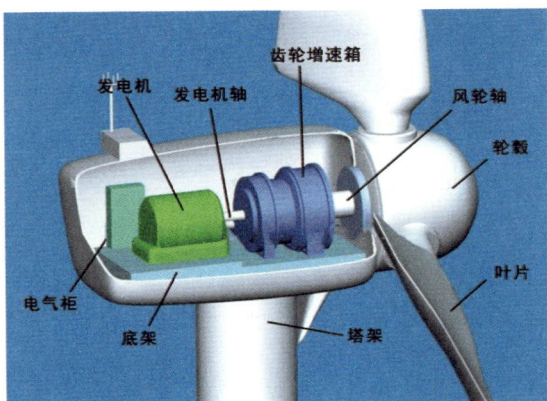

图 2-41　风电机组机舱内外基本结构示意图

置，发电机轴与齿轮箱里的高速轴连接，来满足它所需要的转速，达到发电机的额定功率。

（二）有关风电基本知识问答

1. 风电机组这么重的风轮叶片，须有多大的风才能将它推动？

其实，风电机组风轮旋转的道理跟我们小时候玩过的纸风车一样，当风车的叶片面对风时，它就会自发地旋转起来。机舱上安装的感测器探测风向，透过转向机械装置令机舱和风轮自动转向，面向来风。风并非"推"动风轮叶片，而是吹过叶片形成叶片正反面的气压差，这种气压差会产生升力，令风轮旋转并不断横切风流捉获风的动能。六横海上风电场安装的风电机组，风轮叶片的扫掠面积可达 13300 平方米（相当于 2 个足球场的大小），在微风状态下，就能捉获足够大的风能。依据目前的风车技术，大约是每秒 3 米的微风速度，便可使风轮旋转开始发电。

2. 风电是如何产生的？

简单来说，风电是在风电机组工作时产生的。风电机组的工作原理是通过风力带动叶轮旋转，再通过传动系统（包括齿轮箱、轴承等）增速让发电机达到所需要的转速，来促使发电机发电。在整个工作过程中，能量转化的顺序是：

风的动能→机械动能（机械能）→电能。

3. 海上风电是怎样输送到陆上的？

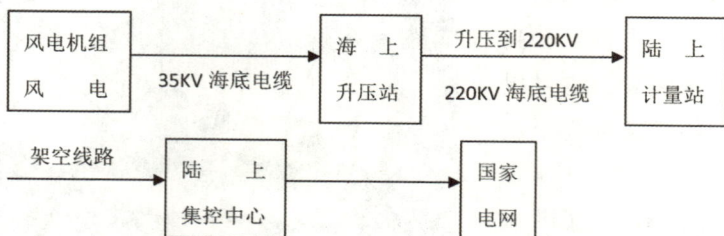

图 2-42 风电输送示意图

近年来，六横海洋能源产业不断做大做强，以火电、风电、光伏电为主的能源产业格局基本形成。下步，六横将立足海上风电产业，打造集聚风电产业链的海上风电智造产业园，真正将六横建成省内重要的综合能源示范岛。

七、海水淡化

历史上的六横靠天吃水，岛上淡水资源十分有限。曾记得在20世纪七八十年代，每遇干旱季节，村里人都要排着队下到井底取水，有时候，一等大半天还取不满一小桶带有淤泥的水。现如今，岛上造了一口通海"大井"（见图 2-43），六横人喝水再也不用看老天爷的脸色了。

图 2-43 六横岛通海"大井"——舟山中电建水务有限公司海水淡化厂全景图

舟山中电建水务有限公司是由中国电建集团华东勘测设计研究院有限公司控股子公司，位于浙江省舟山市普陀区六横岛台门渔港最北端。它的前身是成立于 2004 年 12 月的六横水务有限公司，后于 2013 年 8 月与中国水电顾问集团华东勘测设计研究院合作，组建成舟山中电建水务有限公司，注册资本 2 亿元。目前公司的主要经营业务为集中式制水供水、海水淡化、污水处理、管道安装、管道配件销售等，是六横经济功能区唯一的供排水企业。公司现拥有 3 个厂，分别是供水能力 6 万吨/日的自来水厂，规划 10 万吨/日、运行 5 万吨/日的海水淡化厂和规划 1.8 万吨/日、运行 0.9 万吨/日的污水处理厂。公司主要负责六横岛及附近岛屿供水、污水处理。

经过 10 余年的发展，公司在海水淡化领域的研究、运行、建设等方面积累了丰富经验，目前是中国电建集团华东勘测设计研究院有限公司海水淡化技术研发中心、技术试验基地、海水淡化人才培训基地、全国 10 所大学校企科研基地、浙江省少年儿童夏令营科普基地。其中，六横镇 10 万吨/日海水淡化与综合利用产业化工程成了国家发改委和科技部海水淡化示范工程。

图 2-44　六横水亮相央视二套演播大厅

2015 年 5 月 25 日，六横水在央视二套经济频道的演播大厅亮相，主持人陈伟鸿说这水不仅好喝，而且口感有些甜。这"口感有些甜"的六横水背后，离不开海水淡化厂的技术支持。

图 2-45　六横海水淡化厂大型海水淡化装置

　　六横海水淡化厂是一座大规模饮用水海水淡化厂，其中 1.25 万吨反渗透海水淡化单机是目前国内最具代表性的大型海水淡化机组。公司积极引进国内外先进技术，实现产学研结合，设备国产化率达到 90%。

　　目前，六横的饮用水和工业用水大多来自海水淡化。海水淡化即海水脱除盐分变为淡水的过程，主要方法有 4 种：热能法（蒸馏法和冷冻法）、机械能法（压透析法和反渗透法）、电能法（电渗析法）和化学能法（溶媒抽出法和离子交换法）。舟山中电建水务有限公司采用的是反渗透法，其工艺流程见图 2-46：

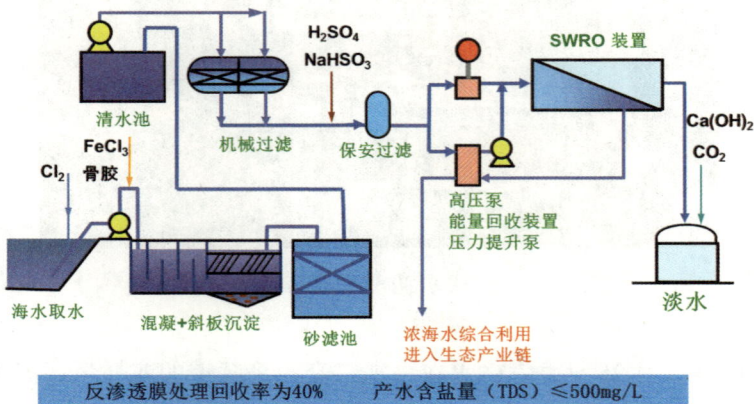

图 2-46　反渗透法海水淡化工艺流程图

图解说明：

1. 海水取水

采用海水取水泵直接从黄海标高零米处取水，增压后送往海水预处理系统。取水地位于葛藤水道附近的海域，该海域离海岸线最近距离约 150 米，潮位涨落差小，水深约 8 米，海水流动性较大，受污染影响较小，水质较好。

2. 海水预处理

海水预处理部分由混凝沉淀池、无阀砂滤池、自动加药装置、多介质滤器及其反洗设备组成。海水经取水泵增压后，送至混凝沉淀池，同时在混凝沉淀池的进水管道内投加絮凝剂（氯化铁 $FeCl_3$）和助凝剂（骨胶），保证通过混凝沉淀池后，原海水中的悬浮物、泥沙等得到充分沉淀。混凝沉淀池的出水先进入无阀砂滤池粗过滤，然后过滤水进清水池，通过增压送入多介质机械过滤器，以确保出水水质 SDI（淤泥密度指数）<4，再在反渗透进水管道内注入还原剂（亚硫酸氢钠 $NaHSO_3$）和阻垢剂（硫酸 H_2SO_4），使预处理出水达到反渗透膜元件进水水质要求。

3. 反渗透海水淡化

反渗透海水淡化系统由保安滤器、高压泵、反渗透装置、能量回收装置、压力提升泵、辅助设备等组成。在反渗透海水淡化系统使用高效率的能量回收装置，同时采用变频控制技术控制高压给水的启动、运行、停止，使得整个系统能够适应由海域水温季节性波动引起的变化，从而减少了单位产水能耗。

4. 后处理

后处理和供水设备由二氧化碳投加系统、矿化池、杀菌装置、供水泵等组成。由于反渗透化学稳定性差，产水硬度、碱度及 pH 值偏小，本项目在反渗透系统后，增加了后矿化处理。在渗透液中投加适量的二氧化碳，将溶有二氧化碳的渗透液经过碳酸钙粒料床层，溶解碳酸钙粒料，大幅增加反渗透产水的硬度、碱度及 pH 值。同时也有效地解决了海水淡化水对后续供水管道的腐蚀问题。

5. 供水

产水输送中投加二氧化氯（ClO_2）杀菌剂，以保持管网供水卫生要求，发生器与供水增压泵连锁，确保供水安全。供水水泵配置变频器，实现变频供水，供水管与水库自来水供水管网联网。

海水淡化的核心技术是反渗透技术。反渗透（Reverse Osmosis），它指的是自然界中水分自然渗透过程的反向过程。其基本理论架构源自1950年美国科学家 DR. S. Sourirajan 通过研究海鸥饮海水现象，经实验室对海鸥解剖后发现：在海鸥嗉囊位置有一层薄膜，该薄膜构造非常精密。海鸥正是利用了这薄膜把海水过滤为可饮用的淡水，而含有杂质及高浓缩盐分的海水则吐出嘴外。

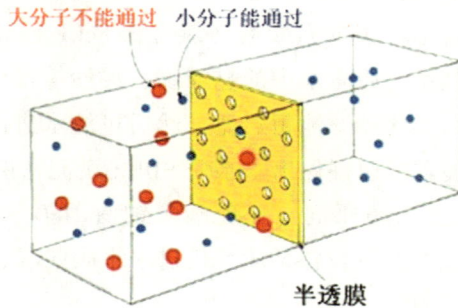

图 2-47　半透膜示意图

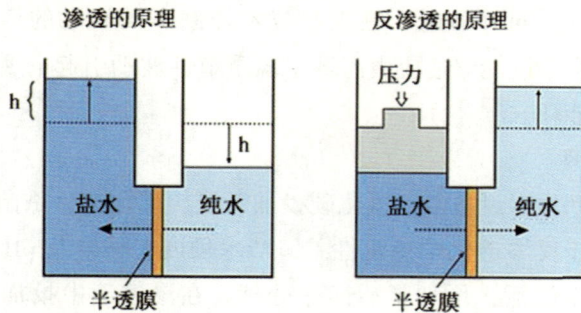

图 2-48　渗透和反渗透原理示意图

对透过的物质具有选择性的薄膜称为半透膜，一般将只能透过溶剂（通常指水）而不能透过溶质（如盐）的薄膜称之为理想半透膜。如图 2-48，当把相同体积的纯水和盐水分别置于半透膜的两侧时，纯水将自发地穿过半透膜向盐水一侧流动，这一现象称为渗透（水等物质总是从含量高的地方向含量低的地方渗透，或从稀溶液向浓溶液里渗透）。随着水分的渗透，盐水侧的液面比纯水侧的液面高出一定高度，即形成一个压力差，此压力差作用在半透膜上，从而抑制了纯水进一步向盐水一侧渗透。渗透的自然趋势被该压力差所抵消而达到平衡状态，此种压力差即为渗透压。

若在盐水侧施加一个大于渗透压的压力时，盐水中的水分会透过半透膜向纯水侧流动，此时水的流动方向与原来渗透的方向相反，这一过程称为反渗透。

反渗透是渗透的一种反向迁移运动，是一种在外力驱动下，借助于半透膜的选择截留作用将盐水中的盐与水分开的分离方法。它已广泛应用于各种液体的提纯与浓缩，以获得高质量的纯净水。

海水淡化厂反渗透装置是由卷式膜组件等组成的，卷式膜组件由卷式膜元件组成，卷式膜元件是根据反渗透原理，将半透膜（或称RO膜）、导流层、隔网按一定排列黏合及卷制在有排孔的中心管上，形成元件；再将一个或数个反渗透元件装在耐压容器中即形成组件（见图 2-49）；最后将数个

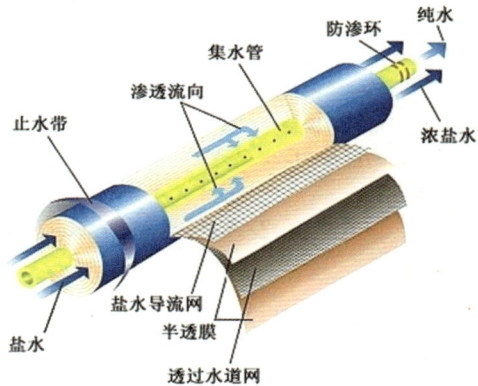

图 2-49 海水淡化厂反渗透装置工作原理

组件串、并联组合，配以必要的管线和仪表便形成装置。工作时，海水在高压水泵的作用下，从反渗透装置的一端流入组件，依次逐个流经各个元件。第一个元件的出水作为第二个元件的进水，第二个元件的出水作为第三个元件的进水……直至最后浓海水排出组件，而纯水则从中心管流出进入供水管网。

八、海水养殖

海水养殖，它是利用浅海、滩涂、港湾、围塘等海域进行饲养和繁殖

海产经济动植物的生产方式，是人类定向利用海洋生物资源、发展海洋水产业的重要途径之一。海水养殖已经成为舟山的一大特色产业。

图 2-50 六横岛海水养殖区域分布示意图

六横岛是舟山市规模最大的海水养殖基地。岛上有海水养殖面积18600亩。养殖区域主要分布在平峧红卫畈、五星振奋畈、双塘跃进畈、小湖苍洞畈、佛渡岛和台门港等6个区块（见图2-50）。全镇在工商部门注册的海水养殖专业合作社有16家、养殖公司4家、服务型养殖专业合作社4家，从事海水养殖的渔农民1500人左右。在16家海水养殖专业合作社中，有2家专业合作社创建了市级无公害养殖基地，另有3家专业合作社创建了区级精品养殖园区。

目前，六横岛海水养殖主要有浅海养殖和围塘养殖两种方式。

浅海养殖，有延绳吊养、岛礁拦网、海底沉箱、普通网箱、深水网箱、桩式附着、伐式附着等多种养殖模式。现以悬山海洋牧场（详见第三篇的"悬山海洋牧场渔旅项目"）和台门港网箱养殖基地最具规模。

图 2-51　六横台门港网箱养殖基地起捕成鱼

　　台门港网箱养殖可以说是从 1988 年开始的。当时，舟山海洋研究所在台门港设立石斑鱼收购基地，建有 3 米×3 米网箱 40 余只，向社会收购的鱼就暂养在网箱里。1993 年，曾一度在该基地打工的马金儿等人开始自主创业，开发了网箱养殖。30 多年间，台门港网箱养殖户从原先的 1 家发展到现在的 8 家；网箱数量也从当初的 36 只增加到现在的 2000 多只；养殖品种也随之增多，从一开始只养鲈鱼、石斑鱼这两种鱼，发展到现在的美国红鱼、大黄鱼、石斑鱼、鲈鱼和金鲳等 20 多个品种。养殖模式也发生了很大的转变，从刚开始以收购暂养（粗放养殖）为主，到后来逐步采用放苗育成的精养模式。近几年，在没有强台风等恶劣天气影响的情况下，年产值均可达 1100 万元左右。

　　围塘养殖，可追溯到 20 世纪 80 年代初。1982 年，当时龙山、五星、双塘三公社率先引进优质苗种试养中国对虾，429 亩养殖塘共产对虾 662 担，亩产 150 余斤，经济效益十分可观。第二年，对虾养殖在整个六横得到推广，至 1985 年，围塘养殖面积猛增到 4136 亩。1986 年在原有虾塘基础上，又增加养殖面积 1495 亩，总产达 566.5 吨，平均亩产超 200 斤，创下 80 年代对虾单养亩产的最高纪录。90 年代初，由于虾病流行，养殖亏损，许多养殖户不敢租塘养殖。1998 年，改革围塘养殖方式，实施对虾多茬养殖，即根据不同对虾品种的生长时期，实行中国对虾、日本对虾和长毛对虾等品种的轮养，或采用虾贝混养、鱼蟹混养和虾贝蟹轮养，以提高围塘利用率，增加养殖综合效益。这再次掀起投资挖虾塘、包虾塘热潮。2000年开始，围塘养殖逐步向规模化、基地化发展。2004年，六横镇向省海洋与渔业局成功申报了"六横岛万亩对虾养殖示范基地"，同年放养对虾苗3.15亿尾（养殖面积14580亩）、蟹苗110公斤（养殖面积9515亩）、贝类2753吨（养殖面积8617亩）。同时，在双塘跃进畈进行梭子蟹人工苗二茬养殖试验获得成功。2009年六横围塘养殖经济效益达到新高点，全岛15495亩虾塘单是一茬竹节虾亩产值就达3500元。六横也曾在1993~1995年3年间养殖过青蟹，但终因效益不佳而被放弃。

图2-52 六横一养殖户养殖梭子蟹喜获丰收

2010年，六横开始用"高位池精养"模式养殖南美白对虾。高位池指的是在地势高于海平面的海岸陆地上开挖建设的养殖塘，有提水系统（清水池）、排水系统（污水池）、底充氧设施或增氧机等配套设施设备。高位池养殖是一种高投入、高效益的养殖模式。

这些年来，高位池养殖业发展较快，到目前为止，六横已有高位池442只：盖有大棚的330只，年养殖南美白对虾二茬；露天的112只，年养殖南美白对虾一茬。12家养殖专业合作社是华兴、小北港、鸿祥、华祥、海鑫、碧海、翎楠、港湾、章鑫、繁丰、青山港、海彤专业合作社，经济效益普遍较好。2016年，海彤养殖专业合作社两季平均亩产量达4500

斤，刷新了历年来全镇最高亩产量的纪录；9亩大棚和7亩露天高位池共创产值210万元。

图2-53　六横海彤养殖场的高位池

与高位池精养不同，普通虾塘（即土塘）养殖的盈亏因"人"而异。可以说，养殖技术细节才是决定养殖成败的关键所在。在此与读者分享一套有关梭子蟹健康养殖的技术经验——梭子蟹围塘养殖六横模式。

梭子蟹围塘养殖六横模式：

雄性　　　　　　　　雌性

图2-54　三疣梭子蟹

（一）净底

排除池底污物，改善底质环境。

1. 清淤消毒

养殖前，将养殖塘封闸底朝天爆嗮，清除淤泥，用生石灰、漂白粉、二氧化氯或茶籽饼兑水消毒（可参照使用说明书）。

包括清淤消毒在内的病害防控是围塘养殖的关键环节，消毒时要尽量选择绿色环保的中草药消毒剂（合剂）和微生物制剂，千万不要使用水产养殖禁用药品。

2. 中间排污

尽可能在池底设中央排水系统，排水管出口以连通器的形式设在池堤之外，以便于控制水位、排出池底污物。排水渠道应比池底低 20~50 厘米。若养殖塘是未经标准化改造过的土塘，则采用污水泵抽排。进水口设在池堤上面，进水处设两道闸槽，一道用于安装滤水网，另一道用作挡水板。

考虑到梭子蟹有替沙习性，净底之后，对缺少泥沙的土塘，最好在池塘四周边设置一个宽 2~3 米的环形区域，铺上黑膜（隔绝底泥），再在黑膜上铺一层 10~15 厘米厚的沙（高度与不铺沙滩面相平），供梭子蟹活动满足其替沙习性。

3. 底质改良

底质改良应贯穿于整个养殖周期，定期使用铂福底健、底复壮、除臭六合一复合型底改等底质改良剂。

4. 废水处理

建议设置废水处理池，容量为养殖池总水体的 5%~10%。通过沉淀、生物净化等，清除水中悬浮物和可溶性废弃物。

（二）控水

保持优良水质，减少应激反应。

1. 蓄水消毒

尽可能设蓄水池。每 3~5 个养殖池可配备一个蓄水池，其蓄水量应为养殖水体的 1/3 以上，在池内对进水预处理消毒。

2. 施肥培水

蟹苗放养前 10~15 天，用 40 目筛网过滤进水 60 厘米后，视水质情况适当施肥培水。肥水药物可用阿康、挪威等复合肥，注意用量用法，控制水中硝酸盐含量在 40 毫克/升以下，透明度在 30~40 厘米。

3. 适量换水

前期以添水为主，中后期视水质情况换水。如果水质还好，一般 2 天换 1 次水；如果水质较差，那 1 天 2 潮都要换水。换水量一般为 10% ~ 30%，高温期间每隔半月全池泼洒生石灰 15 毫克/升。

4. 水质调控

根据梭子蟹的生长条件，要求水位 1 ~ 1.5 米，中底层水温 15℃ ~ 32℃，盐度 15 ~ 32，透明度 30 ~ 40 厘米，水色呈黄绿色或黄褐色，pH 值 7.8 ~ 8.6，溶解氧 4 毫克/升以上，氨氮不高于 0.5 毫克/升，硫化氢 0.1 毫克/升以下，化学耗氧量及生物耗氧量不高于 5 毫克/升，其他理化、生物指标应符合 NY 5052 规定。要求水色鲜亮，无气味，不发粘，蟹体表无附着物，各项指标在正常范围内。

定期使用微生物制剂，以改善水质；高温、强冷空气时提高塘内水位；暴雨后及时排去上层淡水，加注新鲜海水，保持盐度 15 以上；定期用漂白粉、二氧化氯、复合 VC 应激灵等消毒水体。

（三）壮苗

放养健壮蟹苗，控制合理密度。

1. 健壮蟹苗

人工蟹苗要求 Ⅱ 期至 Ⅲ 期，规格在 (2.8 ~ 1.2) ×104 只/千克以内，壳变硬时出苗。选择同池或同批蟹苗，要求体型正常、肢体完整、个体健壮、爬行迅速、反应灵敏、无病虫害的蟹苗，同批蟹苗要求规格整齐。

自然蟹苗尽可能就近海域收购，不能淋雨或离水时间过长，防止机械损伤，且壳色以青色为好。

2. 中间培育

有条件的可将 Ⅱ 期人工蟹苗放入小型围塘中专塘或在养成池中临时用网片围隔一小部分进行中间培育。放苗密度为 10000 ~ 15000 只/亩，培育 12 ~ 20 天后移入养成塘养殖。

3. 蟹苗运输

苗种运输方式有苗箱干运、充氧袋、水桶等，运输水温 18℃ ~ 22℃，内放消毒棕丝或网片，要注意防止暴晒和雨淋；规格大于 50 克的应绑螯运输。

放养水温应在16℃以上，水深60~80厘米。放养时盐度差小于5，温差小于3℃，避免在大风、暴雨时放苗。

4. 密度控制

单养模式放养密度：人工苗Ⅰ期至Ⅲ期（1.6~3.6万只/千克），5000~6000只/亩；人工苗Ⅴ期至Ⅶ期（300~2800只/千克），2000~3000只/亩。

梭子蟹与脊尾白虾混养：若以蟹为主，梭子蟹放养密度为单养塘的二分之一，脊尾白虾亲虾放养0.25千克/亩；若以脊尾白虾为主，梭子蟹放养密度为单养塘的三分之一至四分之一，抱卵的脊尾白虾放养0.5千克/亩，让它在池塘中自然繁殖。若与日本对虾、贝类混养：蟹苗放养密度也为单养塘的二分之一，日本对虾放养8000~10000尾/亩，缢蛏、泥蚶等贝类养殖面积控制在滩面的5%左右。

上述各养殖品种的放养时间一般为4月至5月，整理蛏畦（或贝类养殖涂），放养贝苗；5月份放养日本对虾；6月份放养梭子蟹；7月份放养抱卵脊尾白虾。

梭子蟹与虾类、贝类等混养，不仅能提高养殖塘生态系统的自我调节能力，有利于梭子蟹的健康成长，也有益于增加收益。

（四）增氧

增加底部溶氧，防控病害发生。

1. 富氧养殖

采用底增氧和水面增氧相结合方式，增加水中溶氧，打破水体分层，及时排出污物，促进有机质分解，减少病害发生，提高梭子蟹的产量。

2. 增氧设施

底增氧设施的鼓风机功率按每亩0.1千瓦配备，并选择不易被堵塞、安装成本相对较低的PVC管作为池底送氧管道。水面增氧有水车式增氧机或叶轮式增氧机，功率按每亩0.3千瓦~0.5千瓦配备。

3. 增氧时间

底增氧开机时间一般为：3：00~5：00、8：00~10：00、14：00~16：00、22：00~24：00。水面增氧时间一般在中午及凌晨，投饵两小时内不开机，并视天气情况而定，特别在闷热、阴雨天气及台风、暴雨过后注意增氧。

（五）精饲

饲料优质足量，保证脱壳生长。

1. 饲料种类

提倡使用配合饲料，以动物饲料为主，投喂效果依次为低值贝类、小虾类、小杂鱼。与脊尾白虾混养的虾塘，早晨以小麦粉加鱼粉的人工饲料为主，晚上投喂鲜杂鱼饲料。饲料要求新鲜不霉变，质量符合 GB13078 和 NY5072 的规定。

2. 饲料拌料

根据蟹、虾健康生长的需要，在投饲前一般先拌料。

①配合饲料里拌营养药，如酶益添、免疫促长素、复合免疫多糖、脱壳活力钙等，促进蟹虾快速生长；②拌中药保健品，如黄连康、渔乐健、转肝灵、渔肝宁等，提高蟹体免疫力；③拌驱虫抗菌药，如金海龙或一水硫酸锌、黄黑必消或噬菌肽、噬菌蛭弧菌冻干粉等，预防蟹虾纤毛虫、红体、白斑、烂鳃等病害的发生。

3. 日投饲率

配合饲料日投饲率：蟹体全甲宽 3 厘米（重 1.5g）前为蟹体总重的 6%~10%，3 厘米（1.5 克）~8 厘米（30 克）为 4%~6%，8 厘米（30 克），之后控制在 2%~4%。实际操作中视生长、天气等情况适当调整，以 2 小时吃完为宜。

4. 投饲原则

水质不好、天气闷热、大雨时少投或不投，蜕壳前后增加投饲量，大批蜕壳时少投；投饲 2 小时后观察残饵情况，做适当调整；交配期投喂蛋白质含量高的优质饲料；水温低于 15℃ 或高于 32℃ 时减少投饲量，8℃ 以下停止投喂。

5. 投饲方法

投饲要实施"四定"（定时、定量、定位、定质）原则。设立固定的投饵点，散投在池塘四周的固定滩面，避免投入潜伏区。日投两次：早晨 5~6 时、晚上 6~8 时。晚上投饲量占日投饲量的 70%，如有条件，8 月以后每 10~15 天喂 1 次活贝类（短齿蛤、红肉兰蛤、寻氏肌蛤、鸭嘴蛤等低值海水贝类或螺蛳、河蚬、河蚌等淡水小型贝类），以增强体质，促进生长和性腺发育。

（六）防残

规避互残习性，提高养殖成活率。

将水果店废弃的塑料箩（筐）锯成两半，给梭子蟹作隐蔽物。安放时，将箩（筐）截口朝下，有序地按压在池底上，让梭子蟹从原有的箩（筐）口出入隐蔽物。隐蔽物最好选用由原浙江海洋大学水产学院许文军教授及其团队研发的专用塑料筐，不但轻巧方便，还有 4 个脚，插在泥沙里能起到固定作用。

图 2-55　养殖塘池底安置隐蔽物

用作隐蔽物的箩（筐）大小要合适，能保证一只梭子蟹张开大螯时，就可挡住整个门即可；如若太大，可能会有好几只梭子蟹同时进入而不安全。

用废弃的塑料箩（筐）作梭子蟹的隐蔽物放置在池底上，要蜕壳的梭子蟹会自己爬进箩（筐）里，蜕完壳几小时后柔软的外壳又变硬了，这个时候再钻出来，就可避免被硬壳蟹吃掉。

一般每亩养殖海面放 150 个左右的箩（筐）就够了。此外，还要合理控制雌雄比例。当梭子蟹个体长到 100 克以后，因梭子蟹有互相残杀的习性，需陆续起捕雄蟹，雌雄比例从 3∶1 逐渐升至 5∶1。应用"隐蔽物"技术养殖梭子蟹，一般亩产量可达 300 斤左右，较之于传统粗放型模式（一般亩产量只有 50 斤左右）提高了 5 倍以上。

图 2-56　在隐蔽物里蜕壳的梭子蟹张开大鳌使其他梭子蟹无法入内

　　围塘养殖的六横模式总结起来就两句话：一是遵循自然规律，依据梭子蟹、脊尾白虾等海产动植物的生长规律和生活习性，创造各种有利条件；二是讲究科学方法，注重技术细节，因地制宜地开展生态健康养殖。

九、岛上光伏

图 2-57　六横电厂光伏电站一角

　　太阳能光伏电是一种无污染的绿色能源，在国家优惠政策的扶植下，地处北纬 30°附近的六横岛，凭借太阳能年利用时间超 1300 小时的优势，建设完成了全省发电量最大的光伏电站。电站位于浙能中煤舟山煤电有限责任公司六横电厂，于2016年12月开建，至2017年5月全面并网投运。该项目占地面积约44万平方米，利用厂内二期预留土地、灰库及周边空地、粉煤灰综合利用场地及面积较大的海水淡化车间、检修间等屋面安装光伏组件，通过10千伏系统接入厂用备变后接入220千伏电网系统发电。项目总投资约10亿元，先期投资2.5亿元，建设3.3万千瓦的太阳能光伏发电站。

项目正式投产后，每年可生产3123.70万千瓦时的清洁能源，晴天白天可供应六横岛约30%的用电量。每年可节约标煤约9527.29吨，减排二氧化碳25426.92吨、二氧化硫193.67吨、二氧化氮65.60吨，并大幅降低水资源排放量，具有良好的生态经济效益。该项目在开拓绿色电能发展道路、优化电力资源配量的同时，也进一步推动了绿色能源惠民利民，对六横岛乃至舟山群岛新区新能源发展、建设美丽浙江具有重要意义。

考虑到海岛土地资源紧缺，项目采用目前最先进的单晶硅组件光伏发电技术以提高发电效率。同时，针对海岛盐物腐蚀较大的劣势，项目采用双玻技术增强光伏板的抗腐蚀性，防止PDI指数发生变化。

除了六横电厂，岛上还有舟山中远海运重工有限公司等单位、16家渔农户也安装了光伏发电系统并投入使用。

图2-58　六横第一家私人光伏发电系统安装在屋顶的光伏板

上图中在屋顶上查看光伏板组件的中年男子叫刘云杰，是普陀区六横镇浦西村村民。他家安装的容量为 5000 瓦的光伏发电系统已于 2017 年 8 月并入国家电网，这是六横镇第一家私人安装光伏发电系统，也是普陀区第一个私人光伏发电转为 380V 电压并入国家电网的用户。

据六横供电所相关负责人介绍，按国家及省里的有关规定，自 2018 年 6 月 1 日起，光伏发电用户可享受国家及省里补贴共计每度 0.42 元，其中国家补贴每度 0.32 元，省里补贴每度 0.1 元。此外，用户还可将自用有余的电量送上电网，取得经济效益，价格为每度 0.4153 元。

申请光伏发电业务很便捷，用户只需先携带身份证明和房屋产权证明到供电所营业厅填写《并网申请单》；收到用户的并网申请后，经工作人员至用户家中实地勘察，如若符合要求，用户再在《并网接入方案》上签字确认即可。而后，用户可以自主购买信赖的光伏相关产品，并联系光伏厂商施工安装。安装完成后，用户需携带光伏产品合格证、出厂检测报告、产品认证、安装资格证即承装（修、试）电力设施许可证等资料，到电网营业厅填写一份《并网验收申请》，并将申请与所有资料交给电网公司。经电网工作人员再次到用户家中现场查验，验收合格后可安装并网电表，并与用户签订购售电协议。

据六横供电所统计，目前已安装光伏发电系统的家庭 16 户，还有 2 户正在申请。在国家大力推进清洁能源发展战略的大背景下，光伏发电作为清洁能源，正成为越来越多百姓家中用电的选择。

下面，我们来了解一下太阳能光伏系统及其工作原理。

（一）典型的光伏发电系统

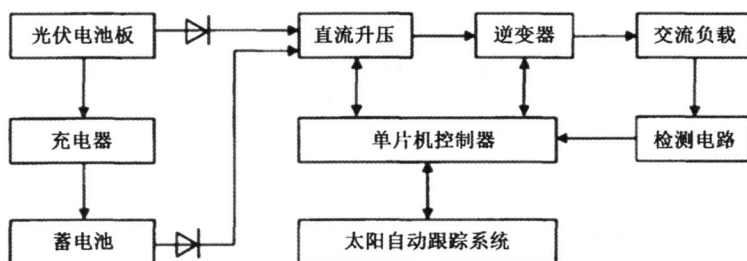

图 2-59 太阳能光伏发电系统组成

1. 光伏电池板（即太阳能电池板）：因单体光伏电池发出的电能很小，且是直流电，无法满足实际应用需求，所以常将单体光伏电池按串联或并联方式连接成电池组，再由电池组组装成光伏电池板。

2. 储能系统：由充电器和蓄电池组成，将光伏发电系统日间发出的电能储存起来供需要时使用。

3. 逆变器：将光伏电池板所发出的直流电转换成实际应用中所需要的交流电。

4. 直流控制系统：用于对光伏发电过程，特别是电能从光伏电池板到储能单元，再到逆变单元的传输和交换过程进行调整、保护和控制，保证系统高效与安全运行。

（二）工作原理

在光照强时，光伏电池的低压直流电直接提供给直流升压电路，通过充电器给蓄电池充电储能；在光照弱时，光伏电池输出功率达不到光伏发电的要求，这时，作为储能装置的蓄电池就为直流升压电路提供低压直流电，保证了光伏发电系统的连续性和稳定性。直流升压电路把低压直流电升高到330V高压直流电，然后通过逆变器得到50Hz/220V交流电。输出交流电压和电流通过检测电路反馈给控制器，控制器可以实现闭环控制。太阳自动跟踪系统使光伏电池板跟随太阳运动而转动，充分利用太阳能，提高光伏发电系统的效率。

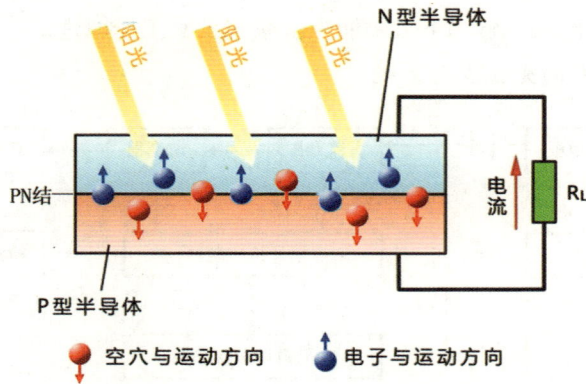

图2-60　太阳能光伏电池发电原理

光伏发电是利用半导体界面的光生伏特效应而将光能直接转变为电能的一种技术。这种技术的关键元件是光伏电池，光伏电池由半导体材料制成，在一片半导体材料表面形成 PN 结，在两面引出电极构成光伏电池。当阳光照射到 PN 结的一个面（如 N 型面）时，若光的能量足够大，那么 N 型区每吸收一个光子就产生一对自由电子和空穴，电子-空穴对从表面向内迅速扩散，在 PN 结电场的作用下，空穴由 N 区流向 P 区，电子由 P 区流向 N 区，接通电路后就形成电流。

补充知识：P 型和 N 型半导体、PN 结。

原子是由原子核和核外电子构成的，原子核带正电，带负电荷的核外电子围绕原子核分层排布，排在最外层的电子被称作价电子。硅原子的价电子有 4 个。硅晶体（晶格）由硅原子构成，每个硅原子的四周都有另外 4 个相邻的硅原子，每个硅原子都跟与它相邻的 4 个硅原子共享价电子，从而达到最外电子层价电子总数为 8 的稳定结构（见图 2-61 左）。

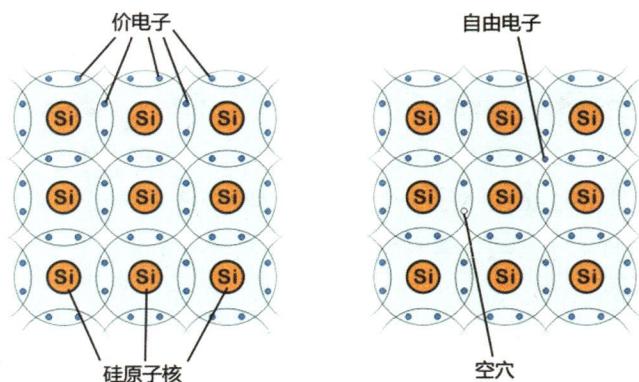

图 2-61　硅晶体（晶格）中硅原子的排列和最外层价电子结构（左）以及自由电子和空穴分布（右）示意图

硅原子的价电子受原子核的束缚比较小，在光照或温度作用下得到足够的能量时，会摆脱原子核的束缚而成为自由电子，并同时在原来位置留出一个空穴。电子带负电，空穴带正电，在纯净的硅晶体中，自由电子和空穴的数目是相等的（见图 2-61 右）。

在常温下，纯净的硅晶体中自由电子和空穴的数目极少，导电性极差。通常，人们采用在硅晶体中掺杂别种元素的办法，来增强它的导电性。

P型半导体也称为空穴型半导体，在纯净的硅晶体中掺入少量 3 价元素（如硼），使之取代晶格中的部分硅原子，就形成 P〔positive 的缩写，指"正（+）"〕型半导体（如图 2-62 右）。在 P 型半导体中，带正电荷的空穴浓度远大于带负电荷的自由电子浓度。

N 型半导体也称为电子型半导体，在纯净的硅晶体中掺入少量 5 价元素（如磷），使之取代晶格中的部分硅原子，就形成了 N〔negative 的缩写，指"负（-）"〕型半导体（如图 2-62 左）。在 N 型半导体中，自由电子浓度远大于空穴浓度。

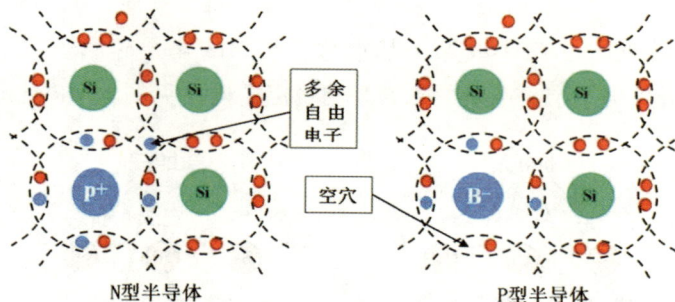

图 2-62　N 型和 P 型半导体中原子的排列和最外层价电子结构以及自由电子或空穴分布示意图

一块一侧掺杂成 P 型半导体，另一侧掺杂成 N 型半导体，两者中间相连的接触面称为 PN 结（p-n junction），PN 结具有良好的单向导电性，是制作晶体二极管的核心材料，也是晶体三极管以及其他半导体器件的主要材料。另外，PN 结还可应用于光电转换、光催化剂等方面。

十、海洋环境保护

海洋是未来的粮仓，海洋是个巨大的宝藏。

海洋中有丰富的生物资源，生物多达 20 余万种，约占地球上整个生物物种的 80%。其中动物约 18 万种，植物 2 万余种。在动物中，有鱼类 2.5 万种，可供人类食用的鱼类有 200 余种。

海洋中有丰富的矿产资源，目前人类已经发现的有石油和天然气、海滨砂矿、海底磷矿、多金属结核和富钴锰结壳、海底多金属软泥、可燃冰等六大类。

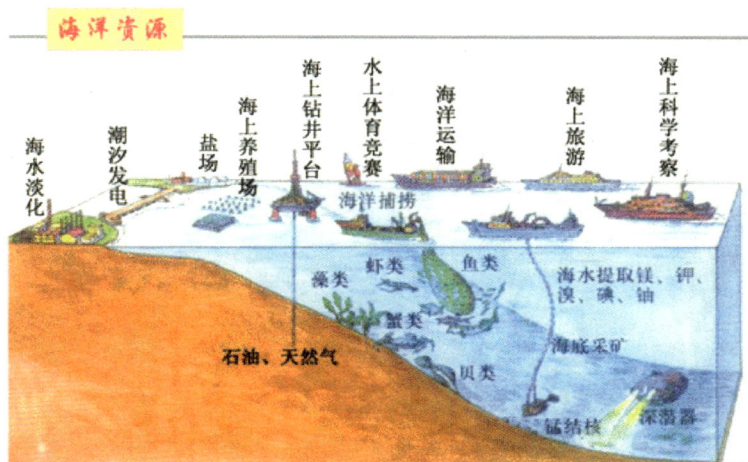

图 2-63 一些海洋资源及其分布示意图

海洋中有丰富的化学资源。据测算，平均每立方千米海水中含 3500 万吨无机盐类物质，其中含量较高的有氯、钠、镁、硫、钙、钾、溴、碳、锶和硼，以及锂、铷、磷、碘、钡、铟、锌、铁、铅、铝等化合态元素。

海洋中还有丰富的动力资源，潮汐能、波浪能、海流能、海水温差能和盐差能等都是蕴藏在海洋中的可再生资源。

可以说，海洋是人类赖以生存的重要资源宝库，保护海洋就是保护我们可持续的生存空间。

海洋环境保护主要是海洋生态环境的保护。海洋生态环境问题表现在海里，根子在陆上。不仅人们在海上和沿海地区排污会污染海洋，投弃在内陆地区的污物亦能通过大气的搬运、河流的携带而进入海洋。海洋污染物依其来源、性质及其危害，可分为以下几类：

1. 石油污染。石油及其炼制品（汽油、煤油、柴油等）在开采、炼制、贮运和使用过程中进入海洋环境而造成的污染，是一种全球性的海洋污染。石油污染对海洋生物危害极大，石油进入海水后，使海水中大量的溶解氧被石油吸收，油膜覆盖水面，使海水与大气隔离，造成海水缺氧，导致海洋生物死亡。此外，在石油污染的海水中孵化出来的幼鱼鱼体扭曲并且无生命力，油膜和油块能粘住大量的鱼卵和幼鱼使其死亡。油污还会使经济鱼类、贝类等海产品产生油臭味，成年鱼类、贝类长期生活在被污染的海水中其体内蓄积了某些有害物质，当进入市场被人食用后最终危害人类自身健康。

2. 重金属和酸碱污染。由包括铬、锰、铁、铜、锌、银、镉、锑、汞、铅等重金属，磷、砷等非金属，以及酸和碱造成的污染，它们直接危害海洋生物的生存和影响其利用价值。

3. 农药污染。农药由地表水或地下水带入海洋而造成的污染，对海洋生物有危害。

4. 放射性污染。主要来自核爆炸、核工业或核舰艇的排污。放射性物质既具有生物化学毒性，又能以它的辐射作用造成海洋生物体损伤，严重的会导致基因突变。对人体而言，如果长期受放射性物质的危害，就会引发肿瘤、白血病及遗传障碍等疾病。

5. 有机废液和生活污水。由径流（地表水或地下水）带入海洋，严重的可引发赤潮等海水变质现象，造成大范围海域鱼虾等死亡，有时还会对海水养殖带来毁灭性的灾难。

图 2-64　赤潮造成的海洋环境污染

6. 热污染和固体废物。主要包括工业冷却水和工程残土、垃圾及疏浚泥等。前者入海后能提高局部海区的水温，使溶解氧的含量降低，影响生物的新陈代谢，甚至使生物群落发生改变；后者可破坏海滨环境和海洋生物的栖息环境。

7. 塑料垃圾。据统计，现在全球每年约有 1000 万～2000 万吨塑料垃圾流入海洋，占海洋垃圾的 85%，其中不计其数的微塑料更是成为重大环境隐患。专家指出，微塑料不仅毒害海洋食物链，致使误食的海洋生物死亡，而且微塑料能存在数百年时间，将持续危及海洋生态。

海洋环境问题引起党和国家的高度重视。早在 1972 年，国家对渤海和黄海北部距岸 35 海里内海域进行的第一个

图 2-65　图为幼时被塑料缠身长大后而变形的海龟

航次调查就揭开了我国海洋环境保护工作的序幕；1982 年，颁布《中华人民共和国海洋环境保护法》，将海洋环境保护上升为基本国策；党的十八大以来，以习近平新时代中国特色社会主义思想和习近平生态文明思想为指导，进一步建立健全了法律法规和管理制度体系。2018 年，由于党和国家机构改革，海洋环境保护职责整合到生态环境部，设立海洋生态环境司，打通了陆地和海洋的隔膜，使生态环境保护在陆海之间实行无缝对接，不留任何死角。

浙江作为沿海省份，认真贯彻执行党和国家的重大决策部署，2004 年，颁布实施《浙江省海洋环境保护条例》；2013 年，率先在全国开展治污水、防洪水、排涝水、保供水、抓节水的"五水共治"活动；2017 年，出台《关于在全省沿海实施滩长制的若干意见》，建立滩涂保护的长效机制和责任体系，对海滩网鱼行为和禁用渔具，责任区域的入海排污、农药清滩，非法修船造船，非法利用海滩，使用"三无"船舶等行为实行严格监管，有效制止了陆源污染向海洋蔓延。

海洋环境保护应从我做起，从身边的一些小事做起：

1. 惜食海鲜，拒食鱼翅等濒危海洋动物，不购买海豹皮等海洋生物制品。

2. 过低碳生活。低碳生活方式不仅有助于改善全球变暖，也会减缓海洋酸化的速度。

3. 做个有责任感的海边游客，将个人垃圾丢进垃圾箱或随身带走；在海边游玩时，不捕捉和伤害海洋动物；不在海水中随意小便；潜水时，不触碰珊瑚礁和其他海洋生物，不擅自触摸、喂食海洋生物；不购买海洋生物标本和工艺品，可以拍照留念。

4. 帮助清理侵袭海岸的绿藻。

5. 少用塑料制品，不乱扔塑料垃圾，避免"塑化"海洋。

6. 关注和保护红树林，积极参加环保组织的红树林人工造林活动。

7. 一起清洁沙滩，积极参加净滩行动。

8. 了解海洋科普知识，支持海洋公益行动，宣传海洋保护知识。

第三篇 | 美丽六横 海上休闲

　　六横，全域 105 个岛礁星罗棋布，如珍珠般散落在碧海之上；它地处北亚热带海洋性季风气候区，全年四季分明，夏无酷暑，冬无严寒，光照充足，雨量充沛，空气清新。六横还有着丰厚的历史人文积淀，加之小城市培育、特色小镇打造，更是让这座岛城充斥无限魅力。

　　《走进六横》共分 4 站，前面两站我们分别介绍了"六横往事"和"海洋产业"。本站，将带领读者着重了解美丽六横及其休闲旅游项目。

图说美丽六横

图 3-1　六横上庄一隅

图 3-2　六横下庄一隅

美丽六横观光路线图：

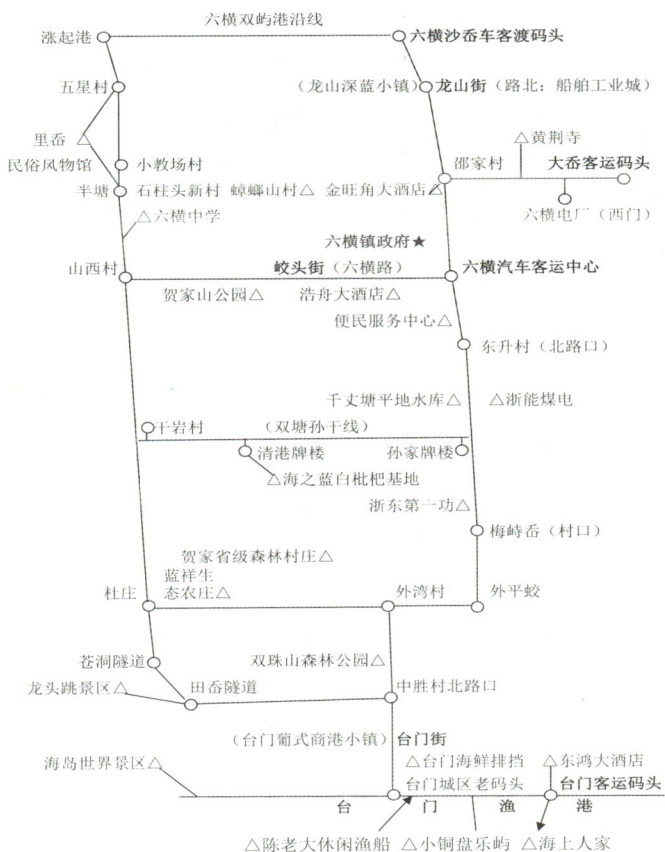

图 3-3　六横观光路线图

接下来，笔者将按照上述"美丽六横观光路线图"依次介绍：六横的标准海塘、美丽码头（车站）、美丽公路、美丽农庄（果园）、美丽村落、文化礼堂、星级酒店和特色小镇等。

一、标准海塘

标准海塘是浙东沿海的一道风景线，在六横岛上显得尤为壮观。

（一）小郭巨标准海塘

图 3-4　小郭巨一期标准海塘航拍图

小郭巨标准海塘设计标准为 20 年至 50 年一遇，工程等级 III 级，堤顶高程 5.0 米至 5.5 米，防浪墙顶高程 5.8 米至 6.5 米。一期塘和二期塘以小郭巨山为接点，如同双龙献珠一般，横贯在六横岛西南海岸，气势如虹，场面壮观。

此标准海塘是小郭巨围垦工程的一大杰作。工程已进行了 3 个阶段：一期（2003 年 12 月至 2007 年 6 月）、一期续建（2009 年 5 月至 2013 年 10 月）和二期（2011 年 12 月至 2017 年 10 月）。施工建设时间累计 11 年零 9 个月，共建筑标准海塘 10300 多米。其中，一期 1640 米，一期续建 2119 米，二期 6553 米。总围垦海涂面积约 30000 亩，该工程使六横岛新增陆域面积 20 平方千米，延长深水岸线 13.5 千米，使得总陆域面积达到 140 平方千米。该工程在进展过程中采用现代最先进的技术装备，创造了浙江省一次性填海面积最大的历史纪录。

按规划，围垦区内将打造青山湖水体公园，形成以滨海公园为核心的景观园区，兼顾游艇、休闲渔船停泊避风及防洪排涝等功能，布置商务办公、旅游休闲、商业金融、生活居住等设施。另外，将重点发展大型临港装备制造及配套产业、大型临港物流、大宗物资储运加工、海洋新能源新材料产业、海洋生物医药产业及特色产业小镇等。

（二）台门渔港标准海塘

图 3-5　图为台门渔港标准海塘的一部分——小铜盘塘

台门渔港标准海塘位于普陀区六横镇台门国家一级渔港，呈南北走向，分别由丁船弯塘（1200 米）、大铜盘塘（361 米）和小铜盘塘（750 米）3 部分海塘组成，全长 2311 米，设计标准为 50 年一遇，工程等级 Ⅲ 级。海塘采用陡坡式断面，堤顶高程 4.5 米，防浪墙顶高程 5.0 米，沿塘交叉建筑物有铜盘闸及铜盘泵站。

自 1997 年 10 月省委、省政府作出"全民动员兴水利，万众一心修海塘"的决定开始，至 2019 年 6 月，六横共修建一线标准海塘 42 条，总长度达 36.33 千米。在航拍的直升机上往下看，犹如条条巨龙，首尾相接长卧在海面，非常震撼。

二、美丽码头、车站

依托标准海塘，六横还新建或扩建了很多码头，其中客运码头 3 座，分别是沙岙车客渡码头、大岙车客渡码头和台门客运码头。这3座客运码头经多次扩建，不仅使码头景观更优美，也让市民出行更便捷。

图3-6　六横岛3座客运码头分布示意图

（一）沙岙车客渡码头

图3-7　六横沙岙码头车渡通道和公交站点

　　沙岙车客渡码头位于六横岛西北部，与宁波北仑隔港相望，紧邻六横龙山船厂、舟山中远船务工程有限公司和龙山街。2000 年修造，2003 年和2008 年进行了两次扩建，总占地面积约 8500 多平方米。建有固定码头 1 座，浮码头 3 座，停靠车客渡轮 5 艘。经营"六横沙岙⇌宁波郭巨（车客渡）"和"六横沙岙⇌佛渡（车客渡）"航线，年车流量在 12 万车次以上。

　　其中，"六横沙岙⇌宁波郭巨（车客渡）"航线是目前六横岛往返宁波大陆最为便捷的一条交通路线。该航线航程 4.2 海里，航行时间约 35 分钟，车客渡轮每天（从早上 6 点 30 分到晚上 10~11 点）对开的航班不少于 33 航次。咨询电话：沙岙客运站：0580－6688300；郭巨客运站：0574－86021744。

　　此外，该码头也是六横通往杭州和宁波 2 路长途客车的主要停靠站，以及沙岙往返六横客运中心、大岙客运码头和峧头华之友 3 路岛内公交的起讫站。

　　在码头，船班公交无缝对接，极大方便了旅客的出行。

　　（二）大岙车客渡码头

图 3-8　六横大岙车客渡码头一角

　　大岙车客渡码头位于六横岛中北部，距峧头街仅 5 分钟的车程。2004年建造，2005 年和 2017 年进行了两次扩建。现有千吨级固定码头 1 座、

300吨级浮码头1座和1000吨级浮码头3座；有总面积1000多平方米的候船大楼和面积10000多平方米的停车场地等辅助设施。年客流量35万人次以上，已成为六横岛主要的水上客运中心。

图3-9　六横大岙车客渡码头候船室　　图3-10　大岙车客渡码头停车场

此码头停靠常规客轮2艘、高速客船4艘、车客渡轮2艘，主要经营："六横大岙⇌沈家门墩头客运码头""六横大岙⇌定海客运码头""六横大岙⇌舟山新城长峙岛（车客渡）""六横大岙⇌桃花—普陀山""六横大岙⇌湖泥、虾峙"等航线。

车客渡航班可利用智能手机在"舟山新区交通"服务平台上查看。咨询电话：大岙客运站：0580-6080207；沈家门客运站：0580-366900；定海客运站：0580-2067000；长峙客运站：0580-8030222；普陀山客运站：0580-6091121。

除此，该码头也是大岙往返台门客运码头、沙岙车客渡码头、佛渡车客渡码头和双塘村4路岛内公交的起讫站。

（三）台门客运码头

台门客运码头（亦叫台门千吨级码头）地处六横岛的东南部，坐落在台门街人民北路的北端。其右边是假日岛码头，背面有东鸿和千荷两大旅游酒店。该码头建造于1990年，后经两

图3-11　台门客运码头一角

次扩建。现有300吨级浮码头1座、1000吨级浮码头3座。其中，一座浮

码头为武港专用码头。码头停靠 4 艘客轮，经营"六横台门⇌沈家门墩头""六横台门⇌悬山岛"和"六横台门⇌虾峙栅栅、桃花"等航线。客轮航班咨询电话：台门客运站：0580-6072700。

　　此外，该码头也是六横通往杭州、宁波 2 路长途客车，台门往返大岙客运码头、田岙龙头跳、小沙头、小湖苍洞、草盘和高峰村 6 路岛内公交的起讫站。

　　（四）六横汽车客运中心

图 3-12　六横汽车客运中心停车场

　　六横汽车客运中心地处六横台沙线（即台门客运码头至沙岙车客渡码头公路）与六横路延伸段交接处，建于 2010 年，占地面积 8102.2 平方米，建筑面积 2501.9 平方米，其中售票候车大厅面积约 600 平方米。中心拥有公交营运车辆共 47 辆，多为城市无人售票公交车，总客位 800 多个。主要运营线路 21 条，其中，城市公交线路 8 条，通村线路 8 条，佛渡岛公交线路 4 条和悬山岛公交线路 1 条。公交线路的起讫站一般都设在沙岙、大岙、台门 3 个客运码头和峧头、台门两个城区中心，沿途所有村落都设有公交站点，共计公交站牌 250 余个。目前，城乡公交通车率达到 95% 以上。

　　此外，六横汽车客运中心还有每天往返宁波的长途客车 10 班，往返杭州的长途客车 2 班。车班咨询电话：六横长途汽车站：0580-6080002，宁

波汽车东站：0574-87923281，杭州汽车东站：0571-86964011。岛上公交
包车联系电话：0580-6080363。

三、美丽公路

行走在六横，整齐划一的绿荫大道、宽阔整洁的市政道路、崭新大气
的农村公路以及沿途的风景，使人流连忘返。六横岛干线公路网呈"一环
四纵"布局，总里程约 84 千米，其中环岛公路全长约 45.4 千米。

（一）峧头至大峙客运码头公路

图 3-13　六横峧头至大峙客运码头公路一角

峧头至大峙客运码头公路，途经三八路金旺角大酒店、邬家、邵家、
六横电厂西门、大峙村等，全长 4 千米。2017 年，六横管委会投资 4000
万元，对该公路进行景观绿化提升改造，在路两边铺设了酷似红地毯的人
行道，路中间除双向两车道，还设置了双向电动自行车专用车道。路两侧
的绿化带进行了重新塑造，新种植银杏、普陀香樟、桂花、红梅、冬青等
30 多种珍贵花木共 500 余株；安装了 6 个港湾式候车亭。现在，这条公路
可谓是六横岛上的一条样板路。

（二）涨起港至山西公路

图 3-14　涨起港至山西公路山西段（路前端是岐头隧道）

六横涨起港至山西公路，穿越上长途、协丰（小郭巨、大支）、积峙等村，全线长 5.542 千米。于 2010 年建造，总投资 15851 万元，采用一级公路技术标准建设，设计时速 80 公里/小时，路基宽度 24.5 米，设双向四车道。

（三）杜庄至台门公路

图 3-15　杜庄至台门公路上的田岙隧道

杜庄至台门一级公路，于 2010 年年底开工建设，至 2018 年 2 月建成通车。总投资约 4.8 亿元，全长约 7.5 千米。途中开挖了小湖、大苍洞、田岙 3 条双向隧道。该公路的建成，结束了几百年来位于六横岛东南部的杜庄、小湖、苍洞、田岙等村民只有翻山越岭或绕圈子才能外出的历史，也使得六横环岛公路实现真正意义上的环岛。

四、美丽农庄（果园）

每到收获季节，岛上最吸引人的地方就是农庄（果园），那里瓜果飘香，景色绚丽。

（一）浙江佛田农业"海之蓝"白枇杷基地

图 3-16　六横白枇杷基地及其生产的"海之蓝"品牌白枇杷

图 3-17　六横白枇杷基地搞生态养殖

浙江佛田农业"海之蓝"白枇杷基地地处舟山市普陀区六横镇清港村后山岗，是六横"海之蓝"果品专业合作社于 2010 年 10 月始开发的优质水果种植基地和休闲游场所。基地种植的优质水果，包括白沙枇杷 300 亩、中华莓（葛公）50亩、覆盆子60亩、树莓30亩、火龙果10亩、杨梅10亩、樱桃10亩等。另外，该基地还生态放养国家二级保护动物——舟山獐、六横土鸡等。用獐和鸡的粪便为枇杷等果树提供天然养分，把果园地里套种的番薯藤和小番薯作为獐和鸡的食物，形成了一个完整的循环农业体系。

图 3-18　春天六横白枇杷基地野花开满山

到该基地不但可采摘优质水果，而且还可购买特色农副产品，如注册为"夏海"商标的白枇杷花茶、"中华莓"茶、白枇杷烧酒和冠名为"文艺范儿"的六横番薯系列食品等。其中，"夏海牌"枇杷花茶（2016年申请了专利）荣获"第8届中国义乌国际森林产品博览会金奖"，中央电视台7套军事·农业频道《绿色时空》栏目还为此做过专题报道。

（二）蓝祥生态农庄

蓝祥生态农庄位于舟山市普陀区六横镇杜庄中心社区村，是一家集优质有机果蔬种植与高科技有机循环生态农畜业于一体的大型现代生态有机循环农业产业园，占地面积550亩，注册资金218万元人民币。主要经营农业项目开发、农作物种植、水产养殖、初级农产品销售、农业休闲观光服务等。

蓝祥生态农业彻底摒弃传统的化学农药和化学肥料，倾力打造原生态的种植环境。以"生物菌肥、秸秆还田、种植绿肥"为作物提供养分，采用人工和生物方式抑制作物敌害；并通过畜牧养殖的"青贮"有机肥加工方法，不仅防止了蛋白质的流失，而且还起到完全灭菌的效果。2015年，蓝祥生态农业果蔬被舟山市政府纳入放心菜篮子工程。

图3-19　蓝祥生态农庄有机果蔬种植园

图3-20　蓝祥用新技术栽培的蔬果大棚　　　图3-21　在蓝祥生态农庄水塘上垂钓

　　此外，蓝祥生态农庄有50多亩水塘，塘里放养了价值8万多元的河鲫鱼、草鱼、青鱼、鳊鱼、白鲤、红鲤等多种鱼类，游客可来此进行垂钓。除此，还可进行选择性采摘，这里的几十只大棚种有西瓜、黄金瓜、火龙果、大小番茄等多种瓜果。钓了鱼，采摘了蔬果，还可到庄内的烧烤场进行烧烤，美美地享用蓝祥提供的绿色食物。

　　六横岛陆域面积较大，能提供采摘、观光、娱乐等一系列配套服务的农庄（果园）还有不少，其中部分农庄（果园）的一些基本信息可见表3-1：

表 3-1　六横岛特色农庄

名称	特色产品	种植规模	经营地址
六横陈方利家庭农场	黄金桃、小红玉桃、518梨、车厘子等	125 亩，其中大棚20 亩	六横镇双塘新村月亮边
六横民达葡萄园	葡萄等（注册商标"隆宇"）	77 亩，其中大棚22 亩	六横镇长山咀村腰河畈
六横桔龙果蔬农场	红美人、甘平等 7 种柑橘（注册商标"桔龙"）	60 亩，其中大棚30 亩	六横镇青联村王家
六横金军家庭农场	葡萄、梨头、樱桃、桃子等	50 亩，其中大棚20 亩	六横镇青联村王家贺家岙
六横鑫欣家庭农场	红心火龙果、草莓、红翠李等	25 亩，其中大棚20 亩	六横镇台门村撩箬湾
六横鑫誉家庭农场	火龙果、猕猴桃、无花果等	32 亩，其中大棚20 亩	六横镇青山村仰天
六横郑福弟家庭农场	东魁杨梅	380 亩	六横镇龙山、小沙浦、浦西等自然村

五、美丽村落

六横有 100 多个自然村，美丽乡村建设使村庄面貌焕然一新。

（一）蟑螂山

蟑螂山，因原村所在地的一座小山形似蟑螂而得名。蟑螂山曾是普陀著名渔村之一，那里的村民一直从事海洋捕捞并以善捕大黄鱼而出名。1957 年，时任船老大的乐纪沛，发明了抓"风头"鱼，追"暴尾"鱼，捕旺发鱼技术以后，蟑螂山渔业村就连年创全县渔业生产的高产稳产纪录。在之后的几十年里，六横"蟑螂山"就一直被舟山渔民所津津乐道。

图 3-22　蟑螂山村荷花小区一角

图 3-23　蟑螂山村文化礼堂传统婚庆礼仪——鼓乐迎亲与揭盖头

　　2004 年 6 月，在六横大开发、大发展的背景下，中远船务落户龙山。2005 年，蟑螂山渔业村被列为船舶工业开发基地，政府对蟑螂山村实施整体拆迁，第一期拆迁于 2007 年 4 月结束，大多数拆迁户被安置在荷花小区。现全村 220 户家庭，共 680 人，其中近 90% 的劳动力转岗到工、商、运输、服务等行业。自 2012 年开始，先后投入资金累计 800 多万元实施村庄整治建设。目前已建成 900 平方米的村综合文化办公大楼、1390 平米的居家养老服务中心、600 平方米海洋渔业科普馆、5600 平方米的体育休闲文化广场等。此外，在小区里还完成了景观灯全面安装、河道清理维修、公厕新建、污水管道治理以及文化礼堂建设等美丽乡村建设项目。

图 3-24　蟑螂山村海洋渔业科普馆一角

美丽村落——蟑螂山有以下两个亮点。

一是打造文化礼堂特色品牌。走进蟑螂山村，最先看到的就是村口白墙黛瓦、高低错落的村碑建筑，村碑正面题刻"六横美丽乡村魅力蟑螂山"，背面书写六横精神"崇文尚义、争优图强"8 个大字。循着村道往里走，就是蟑螂山村的文化礼堂。该礼堂打造了一整套传统婚庆礼仪：坐花桥、锣鼓迎亲、跨火盆、背新娘、唱十二杯酒、击鼓传花……这些在六横传统婚庆里渐已消失的特色习俗和环节于此被还原和推广。

蟑螂山村通过打造富有特色的婚庆基地"以文养民"，增加村集体经济收入。最近 3 年，文化礼堂创收已超 100 万元。

二是建设村级海洋渔业科普馆。投资 200 万元资金建设的海洋渔业科普馆，坐落在村文化礼堂的背后，此馆用"渔的历程""渔风民俗""渔船修造史""扬帆起航""四大渔产""海产加工"和"科教兴渔"等几大板块，给参观者提供了许多与海洋渔文化近距离接触的机会。走进该馆，在脚下和墙上还可目睹六横岛海域乃至整个舟山渔场一些经济鱼类的洄游情景和蟑螂山渔民的猎鱼创举。

（二）杜庄

图 3-25　杜庄村广场

杜庄位于六横岛南部，现有常住人口 1300 余人，其中 80 岁以上的老人有 35 位，百岁老人 3 位；区域面积 2.9 平方千米，土地 1395 亩，其中水田 384 亩、山地 105 亩、林地 906 亩，另有养殖地 465 亩。村庄三面环山，一面朝海，在南面的海涂上筑有一条长为 1680 米的标准海塘——群围海塘。村落内有沙岗古树群、长寿岗、庄公庙、文化礼堂和休闲广场等自然和人文景观。

庄公庙，建于咸丰四年（1854），建筑面积 462 平方米。庙中所祀菩萨——庄状元曾是一位爱国爱民、清正廉洁的好官。建造此庙以熏陶世代，愿其聪明正直、忠孝礼仪。几经修缮，庄公庙于 1983 年被普陀县列为文物保护单位。在庄公庙前，有一棵两人合抱粗的香樟树，当地人称它为月老树。新婚夫妇携手在此树下拍婚纱照，可祈求白头偕老、百年好合、早生贵子。

村文化礼堂建于 2013 年，是一所以"文化礼堂、精神家园"为主题，集学教、礼仪、娱乐于一体的综合性农村文化礼堂。从 2014 年至 2019 年，这里成功举办了 4 届集游园、娱乐、祈福、相亲为一体的"月老杜庄"七夕爱情文化夜市活动，活动充分展示了杜庄在新时代下别具一格的浪漫。

图 3-26　第二届月老杜庄七夕爱情文化夜市活动一幕

沙岗古树群占地面积 6500 平方米，有 23 棵百年古树。树种涉及黄连树、沙婆树、樟树等，树龄一般在 250 年以上；树干圆周粗的可达 3～4 米，树冠高的可达 20 余米；沙岗古树群已被列为区级黄连木保护林。

杜庄全村 4000 余米主道、支道均以网格式绿化色块相间连接；河道与田间小路植以各种乔木；公园和休闲广场在以草坪铺垫的基础上，置盆景、栽灌木、植紫藤高架缠绕等，点缀整体景观。村域山林经过林木层次结构、林貌塑造等人工调整改造，纵横有序、疏密得体，形成点、线、面相结合的绿化体系，全村绿化总面积达 5.4 万余平方米。2008 年，杜庄村被评为"省级全面小康示范村""省级绿化示范村"。

长寿岗位于村庄的西山，曾因出了几位百岁老人而得名。现正在打造旅游休闲会所。

在杜庄村，还有贺家省级森林村庄和蓝祥生态农庄等，若能加以整合，则可打造以"旅游+渔农产业+乡村文化"为特色的月老杜庄生态农旅景区。

六、文化礼堂

六横渔农村文化礼堂，是彰显各自村落特色的最佳名片。如五星村文化礼堂的"龙舟体育文化"、小教场文化礼堂的"鼓乐小教场点兵礼"、杜庄村文化礼堂的"月老杜庄·七夕爱情文化礼"、大沙浦文化礼堂的"乡土民俗文化",等等。

2013 年 6 月,六横镇启动渔农村文化礼堂的创建工作。至今,在全镇 35 个行政村和城市社区中,已成功创建符合"五有"标准和具备"一村一品"特色的文化礼堂 28 家。其中,省五星级文化礼堂 1 家(五星村)、市四星级文化礼堂 3 家(小教场、外平峧和杜庄)、区三星级文化礼堂 4 家(清港、西厂、台门和永胜)。

图 3-27 2018 年 2 月浙江卫视摄制组走进六横佛渡岛拍摄"我们的村晚",表演者在大沙岙文化礼堂前合影

各村(社)文化礼堂建设亮点纷呈成效显著。如嵩山村小教场文化礼堂组建的舟山锣鼓队,曾代表舟山市赴杭州演出,在各级比赛中屡屡获奖;五星村文化礼堂以"阳光体育·幸福五星"为创建口号,获得了国家体育总局颁发的"全民健身活动先进单位"称号,"龙舟文化"已成为五星村主打文化名片;和润村万金文化礼堂充分挖掘军旅文化,成功举办"新兵壮行礼"活动,成为六横镇国防教育重要基地。

图 3-28　小教场文化礼堂
"鼓乐小教场点兵礼"

图 3-29　五星村文化礼堂
"全民体育运动会赛龙舟"

图 3-30　万金文化礼堂
"新兵壮行礼"

图 3-31　大沙铺文化礼堂
"民间民俗运动会"

为实现资源共享、"抱团"发展，六横成立了全省首个乡镇文化礼堂联合会，全面指导文化礼堂"建、管、用、育"各项工作。同时，还组建了由各文化礼堂优秀群众文艺骨干组成的"普陀双屿艺术团"，开展文艺创作和公益演出。由六横镇文化礼堂联合会承办或协办的"我们的村晚""迎国庆，庆重阳""闹元宵，享团圆"等大型文艺晚会以及"淘文化"点单演出，极大地丰富了海岛渔农村群众的文化生活。

农村文化礼堂，百姓精神家园。它在弘扬优秀传统文化、传播现代文明和提升渔农民综合素质等方面正发挥着积极的作用。

七、星级酒店

开放的六横，为更好地接待来自国内外的客人，在岛上建设了许多酒店宾馆，其中，比较上档次的星级旅游酒店有4家，分别是金旺角大酒店、浩舟大酒店、港城大厦和东鸿大酒店。

（一）金旺角大酒店

图 3-32　金旺角大酒店

金旺角大酒店是一家投资超亿元人民币兴建的集旅游、商务、会议等功能的准四星级酒店。酒店坐落于舟山市普陀区六横镇峧头三八路 2 号，其位置正好处于台门客运码头至沙岙车客渡码头公路（台沙线）与大岙客运码头至峧头公路的交叉口，交通十分便捷。

图 3-33　金旺角大酒店餐厅

图 3-34　金旺角大酒店会议室

酒店主楼 14 层，总建筑面积近 1 万平方米，在整体建筑风格上成功地融典雅、华贵、科技、环保、节能、艺术、实用于一体。拥有"新概念"各类客房 128 间，可同时容纳 300 人用餐的中、西式风格迥异的豪华宴会包厢，配置先进多媒体的大、中、小会议中心、培训中心。酒店内 SPA、棋牌室、健身房、音乐咖啡茶吧等康乐设施一应俱全，楼亭花园、景观鱼塘充分体现人与自然、酒店与自然的完美统一。高品质的服务软件系统可为客人提供安全、舒适、便捷、和谐的消费体验。

（二）浩舟大酒店

图 3-35　浩舟大酒店酒楼正面

图 3-36　浩舟大酒店大堂

图 3-37　浩舟大酒店客房

图 3-38　浩舟大酒店棋牌室

浩舟大酒店坐落于舟山市普陀区六横镇峧头李家路 6 号，是一家按三星级标准配置的专为商旅休闲人士量身定制的精品酒店。酒店拥有各类客房 93 间（套），配有棋牌房、独立的餐饮区域及大小商务型会议室，且拥有宽敞独立的停车场，含 50 多个停车位，另配置了足浴等休闲娱乐设施，是商务、旅游、美食、住宿、娱乐休闲下榻的理想场所。

（三）东鸿大酒店

图 3-39　东鸿大酒店

图 3-40　东鸿大酒店客房

图 3-41　东鸿大酒店多功能厅

东鸿大酒店位于舟山市普陀区六横镇台门人民北路 101 号，往前 100 米便是台门客运码头和假日岛游艇码头，是一家按国家四星标准设计建造的旅游涉外商务酒店，占地面积 20 余亩，建筑面积 14750 平方米。酒店由主楼和贵宾楼两部分组成。

主楼现有豪华套房 5 间、豪华棋牌房 4 间、普通单间 1 间、数码 E 房 39 间、海景标准房 28 间、标准棋牌房 13 间、豪华数码 E 房 1 间，配备中央空调、闭路电视、宽带通信、境外卫星电视及数码 E 房等设施，拥有可同时容纳 380 人就餐的大小包厢和大小宴会厅，120 多个泊车位、配套桑拿足浴、茶吧等娱乐设施。

贵宾楼拥有豪华套房 3 间、豪华单间 5 间、普通套房 3 间、数码 E 房 10 间、海景标准房 20 间、海景商务单人间 36 间，还拥有可容纳 200～250 名客人同时开会的大贵宾会议室、可容纳 20～25 人的中贵宾会议室和可容纳 10～15 人小贵宾会议室等 3 个会议室，各会议室设施齐全、设备先进。

八、特色小镇

为有效保护、合理开发乡镇特色资源，利用岸线形态、街巷格局、空间尺度等不同区域地貌特点，彰显独特的山水格局、布局形态、街巷空间、建筑特色和园林景观，在 2017～2019 年的 3 年间，六横打造了 3 个类型有别、韵味各异的特色小镇。

（一）台门双屿商港小镇

台门双屿商港小镇（即台门城区）位于六横岛的东北部、国家一级群众性渔港——台门港的西岸。初建于 20 世纪 80 年代，曾经破旧灰暗的外立面与美丽六横建设格格不入。2017 年，镇政府投入 5000 万元，将其改造成葡式风格的双屿商港小镇。

据有关史料记载，明嘉靖年间，在海禁政策、朝贡贸易、中外私人海上贸易蓬勃兴起的背景下，六横被中国、葡萄牙海上贸易商人辟为"双屿港"，曾经繁盛一时。小镇在环境综合整治中，深入发掘双屿港文化内涵，将其与城区改造相融合，完美实现了旧城改造、文化旅游开发与环境综合整治行动的有机结合。

图 3-42　台门双屿商港小镇台兴路一角

台门双屿商港小镇采用海湾式布局，水岸气息弥散每个角落。空间设计上，高低错落，外立面设计着重突出层次感；色彩上采用阳光温暖色调，从红陶筒瓦到抹灰墙，从弧形墙到一步阳台，红色拱屋顶、圆弧檐口等，充分展示西葡特色。经过近一年时间的改造，现已成为美丽六横一张闪亮的名片。

（二）龙山深蓝小镇

龙山深蓝小镇于2017年2月入选第一批市级特色小镇创建名单。此小镇位于六横岛的西北部、16世纪名震四海的双屿港东岸。区域面积3.7平方千米，内有中远、鑫亚、龙山三大船舶修造企业和众多船配企业，年外轮修理量占全国的十分之一，是六横工业经济的重要支撑。

图3-43　台门双屿商港小镇台兴路一角

图3-44　龙山船舶修造基地

图3-45　龙山欧陆风情街

立足船舶与海洋工程装备产业的优势，遵循浙江省和舟山市特色小镇倡导的产业、文化、旅游"三位一体"的发展理念，按照"一轴两翼"发展定位，2016~2019年，经过4年时间的打造，龙山已成为有国际竞争力的船舶与海洋工程装备产业特色小镇。2017年度，六横深蓝小镇被评为"优秀市级特色小镇"。

（三）峧头城区

峧头城区位于六横岛的中北部，区域内有天合广场、便民服务中心、港城大厦等标志性建筑，是六横政治、经济、文化、教育和商贸中心。

图 3-46　六横三八路镇政府驻地

图 3-47　六横崇文路

图 3-48　六横峧头城区一隅

　　2010 年，六横根据省办公厅编制的《小城市培育目标任务》，结合自身实际和当前形势，稳步推进新型城镇化和小城市培育的各项工作。经过这些年的建设，城区内新建扩建崇文路、东海路和双屿路等多条街道，六横路老街道建筑外立面、店面招牌等也进行了统一装修和规整，基础设施日臻完善，管理服务水平不断提升，商贸、金融、旅游等业态更加繁荣，小城市面貌迅速凸现。

　　走进新时代，古老的六横焕发青春，散发出无穷的魅力。

六横旅游景点（景区）

六横岛旅游资源丰富，有待更好地整合开发。在此，我们先了解一下六横现已对外开放的一些旅游景点（景区）。

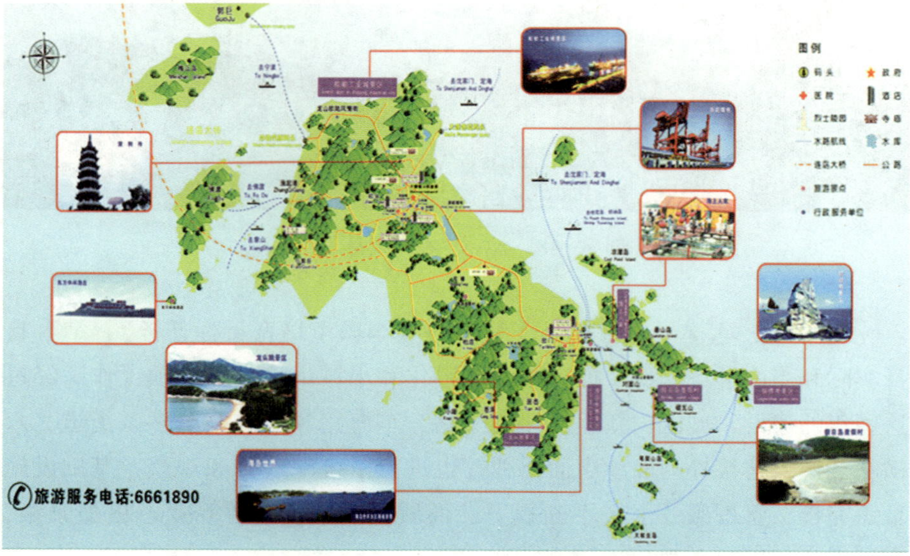

图 3-49　六横岛一些旅游景点（景区）分布图

一、龙头跳景区

图 3-50　龙头跳景区门楼

　　龙头跳景区位于六横镇田岙村，是六横岛最富有海洋气息的休闲旅游地之一。到这里，你可以感受到阳光、沙滩、海浪交汇在一起给人的无限舒坦，还可以徜徉在奇特的古树林里。

　　沿着田岙盘山公路，穿过一个小渔村，便到了龙头跳景区入口处。走进景区，随处可见保存完好的大片古树林，树种以黄连木、沙朴树和黄檀树为主。这里是舟山保护最完好的原始古树林，树龄均在二三百年以上，而且全部生长在海边，在国内都属罕见。

图 3-51　龙头跳古树林

图 3-52　龙头跳沙滩

143

图 3-53 杭州驴友在龙头跳景区露营　图 3-54 龙头跳景区又现一条"白龙"

　　龙头跳沙滩和浴场相连，这里的沙质细腻，水深变化平缓，距海岸线
200 米处水深仅 2 米左右。夏日里畅游大海之后，到古树下的吊床或林中
小径边的石椅上休憩，实在是爽快；此外，还可在沙滩上拾贝、堆沙、举
行篝火晚会；若晚上在沙滩上露营，以景区"白龙"为伴，听着潮音入
梦，就别有一番感受。

　　有位宁波游客在《美丽六横岛》游记中有这样一段关于龙头跳古树林
的描述：树林并不大，但因年代久远，树木参天，树干伸展开去，树叶几
乎遮住了整个天空。树下挂着一张张的吊床，躺上去，轻轻地摇晃，一种
童年的、遥远的、温馨的感觉立即弥漫了整个身体。整个下午，我一直待
在树林中，躺在吊床上，听蝉鸣声声，看白云悠悠……

图 3-55 龙头跳景区老鹰嘴景点

龙头跳景区内有一个叫"老鹰嘴"的景点。不仅仅是因为它长得像老鹰的嘴巴，还因为在六横，用"嘴"作为地名意在指示那是一个海角突兀、地势险要、潮流不定、极易引发海难的地方。同时也提醒船家，经过此地要格外小心，别往"嘴"里送命。六横有"七嘴八湾"一说，"老鹰嘴"就位于"七嘴"最南端，其余"六嘴"为螺蛳嘴、黄蜂嘴、西浪嘴、东浪嘴、翁家嘴、长山嘴。

在"老鹰嘴"旁边还有一块圆鼓鼓的小礁石，在风浪中若隐若现，幽默的六横人称其为"鹰蛋礁"。

有关龙头跳还有一个传说：在很久以前，东海岛上有妖魔在作怪，闹灾害，发瘟疫，害得勤劳、善良的百姓受尽苦难。

龙王得知后，勃然大怒，令青、黄两龙镇治。一天，东海上空突然乌云密布，风雨交加，洋面上翻起惊涛骇浪，接着两道水柱腾空而起。过了一会儿，风静了，浪平了，乌云也散了，太阳露出了光芒，上升的两道水柱分别变成了金光和银光在六横岛上空盘旋，最后降落在一座古木丛生的沙城里，这就是黄龙和青龙。两龙跳入古树林附近的那口碧水荡漾的泉水潭里，那里就是现在的龙头跳。

黄龙专为百姓除魔驱邪，青龙专为百姓化雨润土。两条神龙驻岛以后，妖消魔散，一年四季风调雨顺、五谷丰登，老百姓安居乐业。

岛上的百姓每逢正月十五夜，家家户户悬挂龙灯祈祷：神龙保佑，永保太平。传说在这天辰时，两条神龙也要在龙潭里嬉水，到古树丛里栖息，往海里游玩，去沙滩上晒衣。龙晒过衣的沙滩里，有片片龙鳞依稀可见；龙栖息过的古树林里，可闻到阵阵香味；龙游过的海水里有闪闪的粼光，龙潭里的泉水也特别清晰、纯净。后人传说：闻到古树林里的香味可解闷消愁，到海水里沐浴能治疮消毒，用龙潭里的泉水洗脸可美容。

二、悬山岛景区

悬山岛，因它悬于六横主岛东侧海域，山丘地形且多悬崖峭壁，故而得名。此岛是一个充满神奇色彩的风水宝地。奇峰异石，鬼斧神工；悬崖峭壁，险峻神奇；兵营遗址，犹如迷宫。岛上森林覆盖率高，原始植被保护完好，各种野生植物繁多。许多植物是海岛特有品种，如舟山新木姜子是国家二级保护植物，还有野生水仙化、茶花等。这里的原始渔村自然古朴，天涯海角的氛围浓郁，是海岛观光、兵营探秘、休闲度假的好去处。这里还是明末爱国诗人、抗清英雄张苍水的蒙难地，是 17 世纪初东南海上渔民抗清斗争起义军蔡牵所部的大本营。

图 3-56　六横悬山岛

景区可分铜锣甩和马跳头两个区域（见图 3-57）。

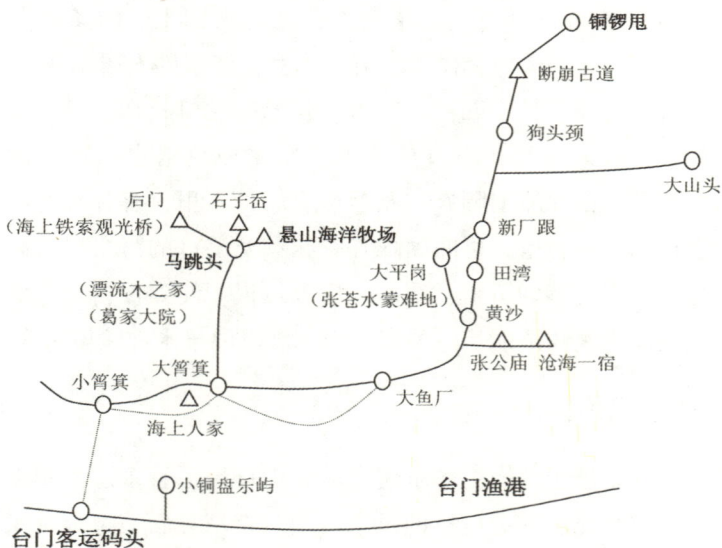

图 3-57　悬山岛旅游景点分布示意图

（一）铜锣甩，离我们最近的天涯海角

铜锣甩位于悬山岛东部，是离我们最近的"天涯海角"。岛中一处断崖称为"断崩古道"，88级台阶似一条从云端垂下的天梯，让人望而却步。盼归奇崖、龙王宝座、佛卧波涛、双龟巡海等景点像一个个绮丽的海上盆景散布周边。现已开发成一个原生态度假村。

1. 断崩难，难于上青天

悬山岛的灵魂在铜锣甩。六横主岛和悬山岛只隔着一条浅浅的葛藤江，乘渡船到小筲箕最近处只需要10分钟，而要去铜锣甩则要一直往东开大约40分钟。停靠铜锣甩的码头，是一个简易的水泥平台，在"断崩古道"的下方。这里是一处断崖，绵延的山脊在这里断为两截，名曰"断崩"。现在的石阶是20世纪60年代当地驻军为方便出行而修筑的。

都说"断崩难，难于上青天"，几成90度的石崖

图 3-58　断崩古道

上有一串仅容半只脚的石窝窝。这些石窝窝是铜锣甩先民为方便在山崖上爬行而开凿的。

据说，过去当地人娶媳妇，都要在姑娘头上罩一块头巾，由新郎背着从这里的悬崖峭壁上过。姑娘想回家，新郎老是找借口拒绝。有时姑娘想家心切，独自一人赶往渡口，可是到了崖顶，一看下山的路，没有一个不哭的。至此，也终于明白了为什么疼爱她的丈夫不让她回娘家的原因。

2. 秋季石蒜花红遍断崩崖

铜锣甩的又一特色景观便是在断崩绝壁处的大片石蒜花。曾数十次登临

悬山岛的虞先生为此发出慨叹，虽多次到访此地，而此景确是 2009 年秋季头回见到。"山崖平坦处满是鲜花，有数百平方米。"虞先生这样形容说。

石蒜花在舟山人嘴里唤作"蟑螂花"，花型呈杯状，大小中等，花色呈淡紫红，花瓣裂片顶端带蓝色，边缘不皱缩。这种花即便是在本岛，也只是零星分布，如此大面积生长实属罕见。

经市园林绿化专家鉴定后判定，此花为换锦花石蒜。听专家说，换锦花原产

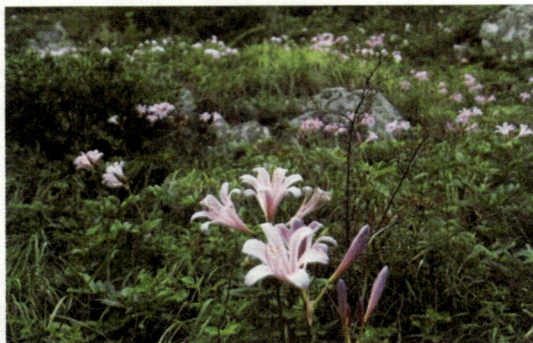

图 3-59　悬山断崩崖秋季石蒜花

中国长江下游地区，由于其性耐寒、喜阴湿环境，所以在长江中下游地区能露地越冬。换锦花有夏、冬两季休眠习性，以分球繁殖为主，春、秋两季用鳞茎分栽。此花多适用于多年生混合花境、林下丛栽，也宜作盆栽和切花。而能在绝壁悬崖上大面积生长，真是一种奇迹。

3. 铜锣甩的最后一位老人

听到过铜锣甩的很多人说起，来这里肯定会遇到一位老阿婆，她是铜锣甩正宗的"原住民"。阿婆姓何，20 世纪 50 年代初嫁到铜锣甩后，就一直住在这里。

"以前，这里的人家有 30 多户，人丁兴旺时有 100 多人，都是打鱼人。以前是捕大对网，打鱼人八九月出门，到第二年的二三月才回来。"阿婆回忆着，"六七十年代后，这里的人就陆陆续续搬出去了，现在就剩下我最后一个人了。"

阿婆一直不肯说出自己的年龄，而她的身世也颇为辛酸。28 年前，她的丈夫就过世了，也就是说阿婆孤身一人在这悬山岛上住了 28 年，其中的寂寞又岂能是文字描述得了的。

阿婆仰仗着自己的双手生活着，屋前屋后种着一些蔬菜，烧饭的柴火都是自己捡来的。阿婆还会时不时地到山下岸边的礁石上拾螺，拾到一些芝麻螺、毛娘等贝壳类海螺后就走一个多小时的山路，到大鱼厂码头那边

坐渡船到台门卖掉，换些生活必需品回来。

　　说起断崩古道，阿婆说峭壁上的石窝窝是第一代在铜锣甩定居的居民凿出来的，也就是阿婆的太太公这一代。以前她也是被蒙着头巾背上铜锣甩的，但是住在这里久了，走那条古道，也就不成问题了。"只能从那里走，人都是逼出来的，直到后来部队造了台阶，才不用爬悬崖了。"

　　阿婆现在住的房子是铜锣甩度假村建设时给她建造的。这里是阿婆的家，饱经沧桑的她不知在这里还能坚守多久。

　　4. "舟山第一石"

　　如果说，悬山岛的灵魂在铜锣甩，那么铜锣甩的灵魂则在盼归崖。盼归崖矗立于悬山岛的最东端。近看，这块50多米高的巨大岩石仿佛刚刚经历过地质的裂变，从海底兀自隆起；远看，它像一艘张开风帆等待起航的大船。岩石裸露，表面被海水侵蚀得纹理清晰。在舟山，还没有看到过如此气势的海上岩石，有人称它为"舟山第一石"并不为过。

图 3-60　悬山岛铜锣甩盼归崖

　　仔细观察石崖的顶峰，可在崖顶处见到一道裂隙，隙间斜伸出一块细长的石头，整个构图就如一幅"观音送子"画：一个小孩从一位梳着发髻的老妇怀里挣脱出来，扑向另一妇人的怀抱。因此，盼归崖也被称为"观音送子峰"。

相传，盼归崖最早被当地人称为"铁钉山"，上面有燕窝，当地小伙为了维持生计，常常要爬到巨岩上采集燕窝。这让我们想到了在东南亚海岛的悬崖绝壁，周围是滚滚的波涛，上面是蓝天白云，最好的燕窝就出自那里。

有关铜锣甩还有一个传说。很久以前，离六横遥远的西边有条青龙在修行。是年，恰逢东海龙王举行会考，这条青龙便带着随从由西向东赴东海龙宫参加考试。因尚未得道成仙，惧阳光，故夜里赶路，白天休息。他们走啊走，终于到了东海边上的六横岛，但见一片汪洋，波浪滔滔，却不知东海龙宫在何处。巧遇一只在巡逻的大海龟，问青龙何事，青龙道其去向，并请海龟引路。这样，青龙一行在海龟引导下缓缓向前。临近东海龙宫时，只见光芒四射，犹如白天，随从就说："天亮了。"青龙大吃一惊，在海面上翻腾起来，顿时掀起滔天巨浪，使许多出海渔船翻沉，渔民死者不计其数。此事惊动了天庭玉帝，玉帝即派叶国公下凡巡视，亲赐宝剑一把。叶国公来到磨盘洋面，见那青龙还在作怪，就马上拔剑对准青龙颈部。这一剑下去，青龙的颈部顿时裂开一道深口，宝剑所斩的断裂处就是"断崩"，青龙因疼痛把头甩了过来，因此断崩以东的地方叫"断龙甩"，后称铜锣甩。

东南面的山咀头是龙的头，故名"青龙头"。因疼痛，龙的尾巴盘了起来，由此元山岛地形西边大东边小。龙因疼痛吐出了白沫，故悬崖绝壁呈白颜色。这条龙并没有死。你看，龙只露出17个鳞片，这便是悬山岛17个山峰。青龙在疼痛时掉了一些鳞片，有的鳞片已碎，这便成了悬山岛大小不等的礁滩怪石。

叶国公斩龙以后，问青龙说："你重新苦修正果愿意否？"青龙说："愿意。"叶国公说："那么你把修炼千年的龙珠吐出来，重新苦修。"于是青龙把两颗龙珠吐了出来，这就是铜锣甩青龙头前面的"双卵礁"。叶国公见龙已吐珠，知他有诚心，就对龙说："我给你锄头两把，你要勤于耕种，体察民情，修炼德行，愿你终成正果。"说后就掷给青龙两把锄头，即今铜锣甩海边的"大锄""小锄"两山。

（二）马跳头，一个充满海岛原始风情的小渔村

图 3-61　悬山岛马跳头古渔村全景图

马跳头位于悬山岛北部，因村子北面的海角形如马头，得名跳头咀，而整个自然呑俯视如马的身子，故名马跳头。马跳头的历史可以追溯到200多年前，那时各地渔民竞相进入东海渔场，宁波一带的渔民陆续来到这个出门就是渔场的马跳头安家落户，逐渐形成了渔村。这里有历经百年岁月的葛家大院，有六横第一家原生态民宿——漂流木之家，有浙江省目前最大的新型围栏式海洋生态牧场……漫步小村，鹅卵石铺就的小路、斑驳的土墙壁、石砌的古水井，到处充满着海岛渔村的原始风情。

图 3-62　马跳头葛家大院

图 3-63　马跳头后门海湾　　　　图 3-64　马跳头石子岙海岬

马跳头村三面环山，一面靠海，海塘与环绕南北两岸的礁石形成得天独厚的海湾；岸线绵长，礁石朝海面延伸，形成得天独厚的海钓区。其中，后门海岸边礁石宽阔平整，海湾内风浪较小，适合经验尚浅的海钓者。马跳头海钓区附近，虎头鱼、铜盆鱼、黄姑鱼时有出没，海钓区也是拾螺的好地方，芝麻螺、马蹄螺遍布，台门菜市场卖的海螺多是在马跳头拾得。村头还有一处较大的石子滩，吸引了众多外地驴友前来露营。

三、砚瓦岛（假日岛）

图 3-65　六横砚瓦岛全景图

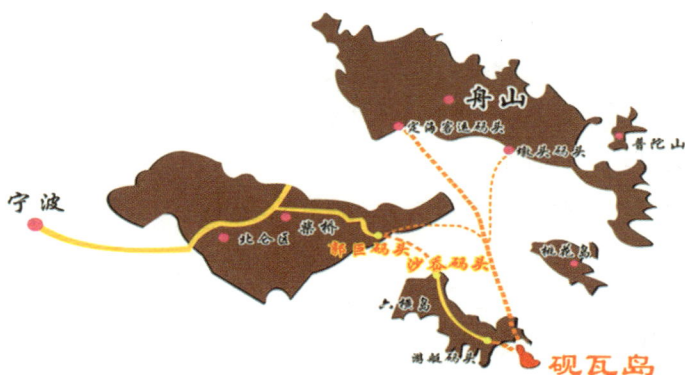

图 3-66　砚瓦岛旅游交通路线图

图 3-67　砚瓦岛游艇码头夜景

砚瓦岛又称假日岛，是舟山群岛中紧邻六横主岛的一座小岛。岛上旅游资源丰富，环境优雅，是浙江银晨集团斥资 1.2 亿开发的一项休闲旅游项目。经十几年悉心打造，凸显五大亮点，现已成为人们休闲度假和商务会议理想之地。

亮点一　环境优越

假日岛面积不大，只有 0.75 平方千米，步行不到 2 小时即可环岛一周。但麻雀虽小，五脏俱全，这里海天相连、碧波荡漾、沙滩细软、青山秀丽、泉水甘甜。留宿岛上，晨观红日含波起，暮看夕阳余晖绕。漫步小径，赏星观月，听涛望潮，如此境地，疑是仙境。

亮点二　封闭式休闲

有了岛主的海岛，就不会轻易让人踏足，日显珍贵的自然资源更是不容肆意挥霍。为了假日岛宝贵的自然资源持久永恒，假日岛的日接待量，不管是旅游旺季，还是平常，始终控制在100人左右，这保证了假日岛的清新、典雅，以此给每一位游客一个满意的回报。

亮点三　诠释纯天然

"自然""原生态"是忙碌的都市人最为推崇的字眼。假日岛四面环海，岛上无居民居住，更无任何工业污染，空气清新至极，可称之为天然氧吧。岛上饮用水采自深层地下水，清澈甘甜；海鲜则是从东海即时捞上来的，野兔、土鸡在野外随处可见；潮水退去还可去礁石上拾取各种海螺，味道鲜美至极。

亮点四　配置完美

砚瓦假日酒店设有60余套带有独立露台的观景客房、可同时容纳200人就餐的观海餐厅、会议室、咖啡屋、棋牌室、歌舞厅等。此外，岛上还开辟了围猎木场、真人CS、砚墨台、海滨浴场、果树生态园、婚纱摄影苑以及张网兜风渔船等数十个景点，让游客尽享休闲旅游的种种乐趣。

亮点五　精彩未来

假日岛的开发程度未到10%，银晨集团准备以15亿元的总投资来打造假日岛，近期将展开三期工程建设，该工程涵括了会议中心、娱乐中心、海景别墅及部分海景客房扩建。同时，还将打造更多的海上休闲项目。

四、黄荆寺

黄荆寺位于舟山市普陀区六横镇峧头社区邵家村七峰山黄荆岙，因山上黄荆树丛生而得岙名。2009年国家博物馆水下考古中心在对六横岛考古勘查时发现，黄荆寺周边有"石蛋路"，残长数十米。通过进一步发掘，翻掘出大量宋元时期的青白瓷，以及间嵌在路中的明代厚胎厚釉青瓷和青花瓷片。此路贯穿六横上庄和下庄，明嘉靖年间浙闽海防军务提督、浙江巡抚朱纨在《双屿填港工完事》中已有记载。明朝末年，石柱头村民在七峰山黄荆坳开垦，挖出一块高40厘米、宽20厘米的石碑，书有"黄荆禅寺"4字。据《普陀地方志》记载，黄荆寺建于明神宗十六年（1588），是目前六横岛历史最悠久、规模最大的寺院。

图 3-68　黄荆禅寺（万佛宝塔每逢节日亮灯）　　　图 3-69　黄荆寺正殿

"千年古树为衣架，一抹斜云做寝席。"寺院周围被冷翠染绿的七峰山紧紧环抱，宛如七星拱月，山清水秀，景观如画，堪称海岛洞天福地。黄荆寺不仅是个佛教圣地，而且山上环境幽雅，冬暖夏凉，奇树异花，果实飘香，可供游人小憩，是一个旅游避暑的宝地。

黄荆寺建筑布局特别，一座座佛殿建筑在直落的山坡地之上，呈阶梯状分布，高大雄伟、牢固稳当。从山门进去自下往上走，前殿为弥勒-韦驮殿；中殿为大雄宝殿，该殿两侧是罗汉殿；后殿是圆通宝殿，旁边还有华严宝殿、五观堂、书画院、藏经阁等。内中有造型各异的大佛、罗汉、菩萨等塑像。

图 3-70　黄荆寺书画院一角

书画院是黄荆寺的点睛之笔。山寺乾坤大，笔下翰墨香。作为佛教文化与传统文化的契合点，书画院承载着"以书弘佛，以佛结缘，以缘兴寺"的弘法使命，集收藏、展览、艺术交流于一体，通过书画艺术向广大信众、佛门弟子展示佛教文化的魅力。书画院拥有900多平方米的专业展厅和创作室，汇聚了30多位书画精英的作品。

黄荆寺经历朝历代扩建，目前已具有相当规模。全寺占地面积35余亩，房屋210余间，建筑面积2000余平方米。内有香客床位100余床，总化资3000余万元。如今有僧人18人、职工15人、弟子数百名。每到佛期，来自六横本地、虾峙、桃花、舟山本岛、梅山、镇海、宁波、上海以及港澳同胞、海外侨胞的宾客、香客络绎不绝。

黄荆寺是六横四大开放寺院之一，寺院山顶还建有一座50多米高的八角七层佛塔，名万佛宝塔。该塔始建于2001年，2003年9月落成。每逢节假日，万佛宝塔都会亮起彩灯，七彩灯光把夜色中的宝塔映衬得流光溢彩，是六横旅游和城市建设中的一道璀璨夜景。晴天，登上宝塔顶层，美丽六横岛的景致尽收眼底；同时，还能眺望桃花、沈家门、宁波北仑等海天景色，令人心旷神怡。在寺内，游客可观摩佛教礼仪，聆听佛歌，感悟慈悲，享受美味斋饭，祈福求平安。

五、里岙民俗风物馆

图3-71　普陀区博物馆六横里岙民俗风物馆门面

图 3-72 里岙民俗风物馆正殿

六横里岙白象山的南麓前，清凌凌的小河蜿蜒而过，两岸绿树交错，静静环抱着一座舟山本地传统风格的四合院，这就是里岙民俗风物馆，全称"普陀区博物馆六横里岙民俗风物馆"，系普陀区系列海洋博物馆首家分馆。该馆建筑面积 800 平方米，总投资约 300 万元。前身是村级图书馆，始建于 2004 年 3 月，由村里是年 82 岁的退休教师俞品久一手创办，2007 年 6 月迁现址重建。

图 3-73 里岙民俗风物馆-婚庆
习俗展厅一角

图 3-74 里岙民俗风物馆-生产
习俗展厅一角

推开半掩的红漆小门，黑瓦白墙的宽敞院落、生机勃勃的苍郁苏铁以及铁笔银钩的"里岙民俗风物馆"牌匾，使人顿觉得有股浓厚的历史韵味扑面而来。馆内分序厅、文物史迹、民间工艺、红色记忆、民风习俗和海洋生物等 6 个展区，近 2000 件展品。展示民风习俗的正厅，用人物塑像还原了百年前新婚夫妻身着明艳的凤冠霞帔拜堂成亲的场景；左右边的两间偏厅分别陈列了现在几乎绝迹的传统农具和家具：碾米的磨盘、榨油的小车、历经百年仍保存完好的木质梳妆台、雕花精致的四脚床……桩桩件件都吸引着参观者的目光。这对年长的参观者而言是童年记忆的复苏，对年轻人而言则是了解传统民俗文化的最佳途径。此外，光绪帝的圣旨、战国时期的出土文物、历时 150 年的绣花鞋、龙裤、书画以及极具海岛特色的海洋生物标本和六横战争史资料等也是极为罕见的珍贵馆藏。自 2004 年开馆至今，共接待来访者 10 多万人次，其中不乏外地游客、省市领导以及前来考察的知名学者。

除此，六横旅游景点（景区）还有很多，如龙山船舶工业城、台门海岛世界、东方休闲鱼庄、蓝祥生态农庄、浙江佛田农业——海之蓝白枇杷基地，等等。

六横岛海上休闲项目

图 3-75　海上休闲：拥抱大海，放飞心灵

六横除了旅游景点（景区），还有众多海上休闲项目。

一、陈老大休闲渔业

舟山市陈老大休闲渔业有限公司是全市第一家从事休闲渔业的私营企业，拥有一艘模拟海上捕捞的休闲渔船，船号为"浙普渔休 10001 号"，船身总长 30.1 米、宽 5.4 米，船上设有卫星电视、卡拉 OK 厅、客厅、观光台等。游客乘坐此船到海上进行模拟捕鱼、海钓、观光等活动。

陈老大休闲渔业广受游客追捧，自 2012 年 10 月开业至今已接待游客 10000 多人次，载游客到海上旅游近 600 航次。每逢周末、节假日，就有来自上海、江苏、杭州、宁波及舟山本地的游客前来体验捕鱼的乐趣。

图 3-76　六横休闲渔船组图

图 3-77　宁波游客见到从海里捕上来的大米鱼都笑得合不拢嘴

出海捕鱼、海上观光、吃船餐，不仅可体验渔民生活，还会给游客带来很多意想不到的收获。据陈老大说，休闲渔船出海捕鱼，一般一网能捕获四五十斤各色各样的鱼。有时还能捕到五六斤重的野生大黄鱼和20多斤重的大鮸鱼，给游客带来无比的惊喜。因此，这些年前来六横岛海上休闲的游客逐年增加。

休闲渔业作为海上休闲项目，对六横旅游业的发展也起到了促进作用。

二、台门港海上渔家乐

图 3-78　六横台门渔港一角

台门港即台门渔港，为国家一级群众性渔港，位于六横主岛和悬山岛之间。此港北起大葛藤山，与葛藤水道相连，南至海闸门湾口，与南北港相衔接，东南经黄沙门出大海，东面为洋鞍渔场。港长 3.5 千米，宽 0.35~1 千米，面积约 3.5 平方千米，水深 5~10 米，规则半日潮，涨潮流向北，落潮流向南，流速 3 节。台门渔港港湾宽阔，避风性能良好，港内可锚泊渔船 600 多艘。每年除了本地渔船外，还有来自福建、温州、台州等地的大批渔船在此避风、锚泊、补给。

图 3-79　扩容装修后的鑫乐海上人家

　　港畔休闲娱乐场所较多，台门港海上渔家乐就是其中之一。该渔家乐实名"鑫乐海上人家"，坐落于港东南侧、悬山岛大箬箕海岸边，紧邻海岛世界、砚瓦岛（假日岛）和铜锣甩度假村。创建于 2001 年 8 月，是六横岛规模最大的一处渔家乐，可同时接纳 120 名以上的旅客游玩和就餐。"海上人家"是在网箱养殖的基础上形成的海上大排档，集养殖、海钓和旅游于一体；网箱内养殖有石斑鱼、虎头鱼、大黄鱼、美国红鱼、鲈鱼、米鱼、鲳鱼、黑鲷等等；景区附近奇礁怪石，海湾岛礁众多，游客可在海浪之上观海景、钓海鱼、尝海鲜，尽享海上休闲的乐趣。

图 3-80　海上人家正面一角

图 3-81　哇，钓上一条大鱼

三、海平面上的 "文房四宝"

"砚瓦笔架铜锣甩，弯过三湾是悬山。"在六横民间流传的谚语中，砚瓦岛在六横列岛中算是比较有名的，它与 "笔架山" "大蚊虫岛" "小蚊虫岛" 呈四点一线，被驴友们比作海平面上的 "文房四宝"。这里，有许多海上休闲项目可供游客玩乐：

图 3-82　砚瓦岛沙滩浴场

（一）沙滩浴场

砚瓦岛滩地平缓，沙质纯净，沙粒细软，是进行海浴、沙浴的理想场所。近些年来，又增设了沙滩排球、足球、拔河、皮划艇、冲浪板、海上自行车、海上秋千等休闲娱乐项目。

图 3-83　砚瓦岛悬崖海钓

（二）悬崖海钓

砚瓦岛是一个天然的海钓基地，它与周边的悬山岛、对面山岛形成
"三潮汇合处"。爱好海钓的朋友都知道这种地方鱼最多，每年都会有全国
各地的海钓爱好者来此一钓比胜负。如果你喜欢另外一种钓法，那就来砚
瓦岛的后广场，选上一张石桌，沏上一壶普陀佛茶，把鱼钩抛下悬崖，如
姜太公一般等鱼儿们愿者上钩，自有一番乐趣。

图 3-84　砚瓦岛游船

（三）游船环海

体验过环海环湖的朋友应该不在少数，但砚瓦岛的游船环海却是与众
不同。游船驶离码头，导游细细讲解着砚瓦周边各个岛礁的美丽传说，不
经意间游船离开了中国大陆，一望无际的大海与蔚蓝的天空浑然一色，刹
那间，游船随着海浪上下颠簸，幸运的人还会看到海豚双双跳跃，像这样
的场景只有亲临者才领略得到。

（四）渔船捕蟹

把准备好的鱼饵装进一只只蟹笼，顺着潮流仍向大海，数小时后就是
游客大显身手的时刻了。找到当初扔下去的浮标，逆着潮流拔蟹笼，当蟹
笼离开水面的一瞬间，那场面才叫一个激动，里面有螃蟹，有海螺，也有
鱼，运气好的话，还会钻进沙鳗，等等。此时，还别说，自己是一个喜获
丰收的渔夫。

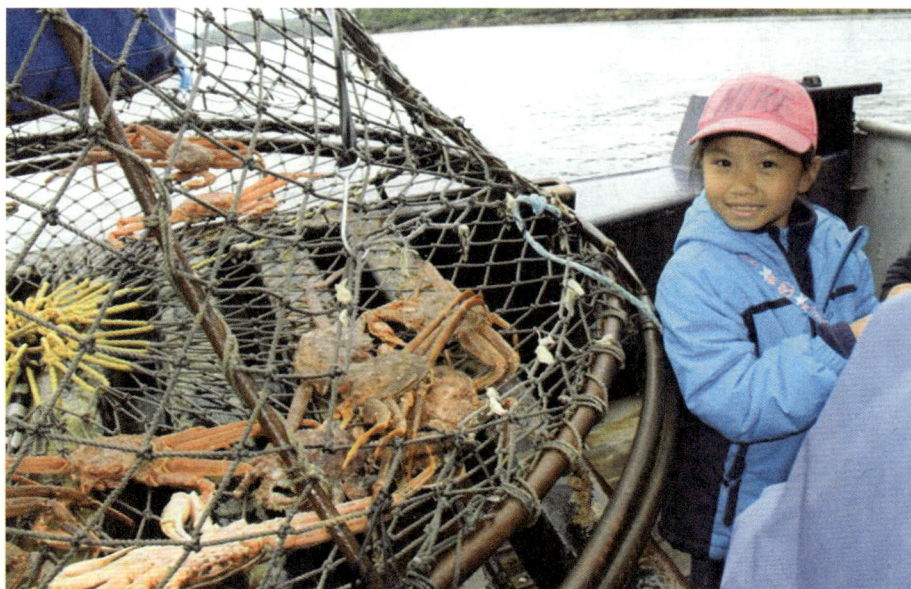

图 3-85　渔船捕蟹，喜获丰收

四、悬山岛海上漂流（漂流木之家特色游）

漂流木之家，地处悬山岛马跳头古渔村，创建于 2015 年，是六横第一家原生态民宿。该民宿为游客提供餐饮住宿、海上观光、激情漂流、泥滩滑泥、出海捕鱼、海盗情人洞探秘等服务。民宿建筑全部用海上漂流木和当地原生态材料作装饰，同时保留了清末民初时期的建筑风格。院落内有参天古树、高空秋千，周围环境安静祥和、景色秀美，犹如"世外桃源"。无污染蔬菜、沙地花生、山地红薯、刚捕上来的鲜鱼、山上土鸡、野生海鸭（蛋）、放散羊等生态动植物，可让游客大饱口福。具有海岛特色的原生态民宿以及民宿主人热情周到的服务，广受舟山本地、宁波、杭州、上海等大批游客的青睐。

图 3-86　悬山岛"漂流木之家"民宿

图 3-87　激情漂流

图 3-88　泥滩滑泥

　　该民宿在 2015 年浙江省海洋文化创意比赛中荣获银奖；同年，被市旅游局和大众媒体评为"舟山最美海岛民宿"20 强之一；2017 年被国际海岛旅游大会和浙江电视台报道；2019 年在全省激情漂流人气评选中荣获季军。

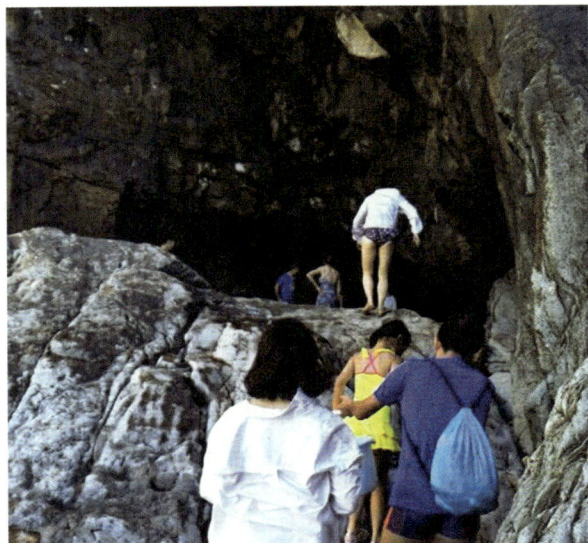

图 3-89　海盗情人洞探秘

五、悬山海洋牧场渔旅项目

悬山海洋牧场是目前浙江省最大的新型围栏式海洋生态牧场，位于舟山市六横悬山岛半边山自然岙附近海域，东侧连接马跳头村石子岙海岸，西侧连接悬山半边山海岸。围栏总长 1765 米，围栏顶高层为 4.5 米，水域面积共 99.8 公顷，可同时放养 1000 万~1500 万尾大黄鱼。该项目由舟山市悬山海洋牧场有限公司投资建设，总投入资金约 1.35 亿元。一期养殖装备及渔旅配套设施建设工程已于 2019 年 8 月开工，计划到 2020 年 10 月完工。

走进悬山海洋牧场，可尽享各种渔旅项目带来的乐趣。登上观光塔，借助高倍望远镜，可观赏南舟山海域特有的风景，还可晨观东海日出，看到条帚门国际航道上的万吨巨轮从你眼前驶过。漫步在海洋牧场长弧形围栏高堤上，将波涛踩在脚下别有一番感受，偶尔还能看到鱼跃海面、无人机空中投饵、机器人下水作业等难得一见的场景。走后门海上铁索桥，看脚下潮流涌动，也很刺激。来海洋牧场，主要还是体验渔民生活。除牧场海钓，还可租艘渔船出海，去当一回渔哥渔嫂。既能环岛观光，又能参与

167

船上海钓、拔蟹笼等捕鱼活动（捕获的各种野生海鲜全归游客所有）。这
海上的乐趣，可不是在海边戏浪能够比拟的。

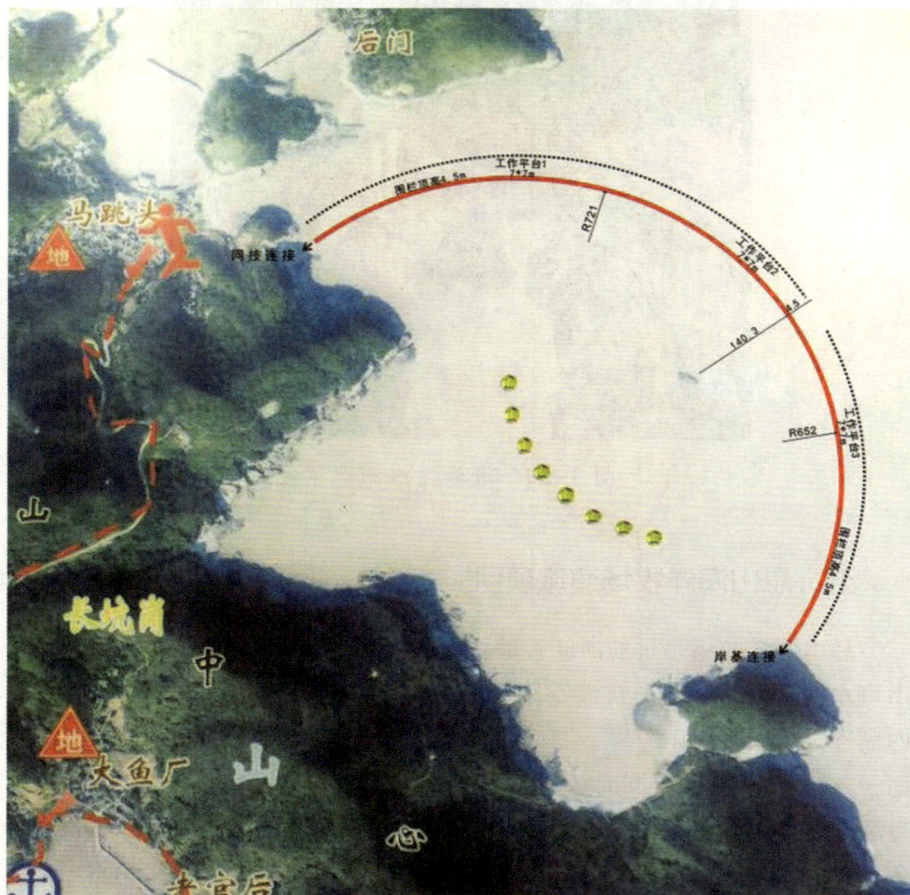

图 3-90　舟山市悬山海洋牧场效果图

　　海上休闲项目为六横旅游的一大特色，大有文章可做。在此，期待更
多有识之士来六横岛投资开发。

六横岛旅游攻略

六横岛旅游景点（景区）和海上休闲项目较多，非常值得外来游客深入体验。在此分享一位宁波游客总结的"六横岛三日游"攻略，供大家参考。

第 1 天　砚瓦岛

从宁波出发走高速至郭巨车客渡码头，乘坐汽渡轮（约 35 分钟）至六横岛沙峧车客渡码头，然后沿台沙线（六横台门至沙峧公路）到达台门假日游艇码头，乘坐游艇（约 12 分钟）至砚瓦岛度假区。砚瓦岛的酒店需提前预订。砚瓦岛环境优雅且清静，适合家人朋友休闲、放松心情。值得一提的是，游艇靠近砚瓦岛时可关注左侧的一块奇石，岛上的人称其为"海上卧佛"。

图 3-91　假日游艇抵达砚瓦岛码头

抵岛后入住豪华海景房，这里的房间有朝东和朝西之分，选择朝东的房间，可看到一望无际的大海洋，早上还可以看到从海平面上升起的红日。夏天，海上日出最佳观赏时间：04：30～05：30。

景区用餐都在山顶海景餐厅，这里四面环海。菜品基本以海鲜为主，无须自己点菜，酒店会根据季节把最新鲜最具特色的海鲜用地道的做法供你享用。

用餐完之后，可以在岛上自由游玩，推荐如下：

环山（即景区）游玩，体验天然氧吧空气之清新，可观潮音洞、笔架山、海上卧佛、铜锣甩、双龟巡海、佛手等景观。

海钓（工具自带或租用均可）、捡海螺、狩猎（工具自带）。

沙滩排球、沙滩拔河、皮划艇、游泳等海滨项目。

篝火烧烤，放孔明灯。

桌球、乒乓球等室内活动。

图 3-92　砚瓦岛海景餐厅

图 3-93　篝火晚会

图 3-94　砚瓦岛及周边风光

第 2 天　出海捕鱼

图 3-95　陈老大休闲渔船

上午收拾行装乘坐陈老大休闲渔船出海捕鱼，乘渔船、吹海风、观海景、体验渔民生活、品尝渔家海鲜。中餐可在渔船上安排，耗时约 4 小时，所捕海鲜归客人所有。

捕鱼结束后返回台门入住酒店，建议入住台门东鸿大酒店。酒店出门走几步路就是美食一条街，也可以把船上捕来的鱼啊虾啊选个排挡加工。

第 3 天　龙头跳景区、黄荆寺、里岙民俗风物馆

退房带上所有行李出发，上午驱车前往龙头跳景区，下午参观游览黄荆寺、里岙民俗风物馆。

在龙头跳景区，观"小白龙"，钻古树林，玩沙滩，还可徒步山林小径，去老鹰嘴探险。

到黄荆寺，先享用美味的斋饭，再参观游览。寺内有一处书画展览地，这里展览的都是舟山或六横岛一些著名大师作品，很是值得欣赏。如果你觉得自己可与大师们决一高低，寺内免费给你提供写字画画的纸墨。

黄荆寺最高景点就是坐落在七峰山上的万佛宝塔。来六横玩一定要上去看个究竟，数数七峰山到底是哪 7 个峰组成。登上宝塔后，可以看看整个六横的全景面貌，顺便吹吹六横最高点的海风。

参观完黄荆寺后乘车前往六横里岙民俗风物馆。800 多平方米的展馆分 6 个展区，共有大小展品 2000 余件。这些展品摆放有致，赏心悦目，从几千年前的海洋生物到目前还流传的民俗，颇有六横地域特色。

至此，六横三日游活动结束，驾车到沙岙车客渡码头返回自己的家。

六横岛旅游景点（景区）和海上休闲项目较多，其实，三日游是玩不过来的。如果您还有兴致，就可像宁波朋友一样第二次再来六横岛玩，走遍岛上所有好玩的旅游景点（景区）。如悬山海洋牧场、漂流木之家、台门渔港海上人家、蓝翔生态农庄、六横海之蓝白枇杷基地等。

最后，值得一提的是，在旅游结束时，别忘了带一些六横精品海鲜回家孝敬长辈或礼赠好友。

第四篇 | 六横特色　海岛文化

　　千百年来，勤劳智慧的六横人为了更好地适应海岛生活，创造了许多具有六横特色的区域文化。随着时代的发展，特别是城乡一体化和经济全球化进程的推进，一些优秀传统文化正逐渐在人们的记忆中消失。传承弘扬千百年积淀下来的六横特色海岛文化，对提高年轻一代对家乡的认知度、增强海内外六横人对故乡的认同感、促进岛上新老居民的凝聚力都很有帮助。

翁州走书

　　在 20 世纪 70 年代前出生的六横本土人，小时候都喜欢听唱书，特别是每次休场时唱的那句"要紧关头停一停"，给人留下了难忘的记忆。这种当时百姓喜闻乐见的唱书，就是翁州走书。

　　翁州走书原名六横走书，又称舟山走书，是流传于舟山和镇海一带的地

图 4-1　翁州走书演唱

方曲种。它因六横系舟山群岛岛屿之一，而舟山曾在唐开元时期称翁山县而得名。2005 年，翁州走书被列入浙江省民族民间艺术资源保护名录；

2007年，列入第二批省级非物质文化遗产保护名录。

翁州走书发端于清嘉庆五年（1800）前后，至今已有200年左右的历史。当时，定海马岙以唱曲谋生的沃小安（艺名安阿小）得知宁波柴桥沃氏一脉在六横大支村定居繁族，就渡海卖唱到六横认亲、落脚。道光二十年（1840）前后，安阿

图4-2　翁州走书的一些道具

小招同村烂眼阿福为徒，阿福继承师父的演唱形式，即右手敲击竹制的竹扁鼓（后称"笃鼓"）左手手持两块光滑的竹板（称尺板），自敲自唱。这种既简便又生动的说唱形式很受当时群众的欢迎。至光绪年间（1875~1908），第三代的传人沃阿来拜阿福门下学艺，并首次对说唱艺术进行了改革：

1. 对演唱的曲目、内容做了增减修正。

2. 唱词、语句、吐词文字化。

3. 演唱形式由单档坐唱改为双档走唱，即一人主唱，一人敲击鼓板伴奏兼帮腔。

4. 吸取、运用戏剧表演中的手法、身段、台步于说唱中，把说唱艺术改为有说唱、有模拟人物动作语言表演的走书艺术。

这一改革奠定了翁州走书的基本格局，真正的"六横走书"从此正式形成。此后，翁州走书广受欢迎，艺人们不再是沿门卖唱，而是由听众邀至庭院、晒场中演唱；有时，还会收到大户人家邀请，为做寿、婚丧喜庆等大事助兴，成为渔农村中娱乐、庙会、游艺的主要内容之一。

1911年，翁州走书的第四代传人沃阿定跟从伯父沃阿来学艺。其间，叔侄俩渡过汀子港到宁波郭巨演唱，也颇受欢迎。六横走书也随之流传到柴桥、大碶、小港、镇海城关等地。时有郭巨汪康章向沃阿定拜师学艺，成为关门弟子。此后，六横走书为当地艺人吸收、丰富、发展，逐步演化

和形成宁波的"蛟川走书",并在那里生根开花。

沃阿来满师之后,在其几十年的演唱中系统地整理出了《金龙鞭》等20多部大型的翁州走书书目,同时编创了反映农村生活题材为主的现代曲目,特别是在1958年创作的《六横暴动》,此曲目是沃阿来根据自己在1929年六横农民为反抗政府苛捐杂税而暴发农民起义的经历编写的,深受听众欢迎。不仅在舟山有较高知名度,在镇海郭巨、鄞县咸祥、大嵩等地也有一定影响。加上他唱书嗓音洪亮、吐字清晰、表现生动逗人,当时就流传着这样一句顺口溜:"五角星,亮晶晶,阿定唱书最好听。"这是六横老百姓对翁州走书第四代传人沃阿定最好的褒奖。

1940年后,第五代传人虞定玉(艺名虞方舟师从沃阿定)改革原曲调,尝试加入二胡伴奏。1959年,定海艺人黄次生在全省曲艺会书中演唱《河伯娶妇》,扩大了六横走书的影响。1967年2月,盲艺人刘章成根据曲谱基调,首次用二胡为六横走书伴奏,其师兄虞定玉主唱并对其进行指导,效果很好;六横走书进入器乐伴奏阶段,即器乐和尺板双档伴奏。1970年起,曲调由翁州老调扩展并吸收宁波莲花文书、甬剧、绍剧的一些基本曲调,增加笛子、琵琶、扬琴等乐器伴奏,丰富和发展了曲调唱腔。张安心、乐松祥、唐海南等新人学会用二胡伴奏六横走书。六横走书的格局得以固定。1973年,曲目《筑海塘》参加省会演,六横走书改称"舟山走书",并开始在农闲、渔休时搭台演唱连台本中长篇走书,逐渐出入书场。

翁州走书曲目丰富,有《乌金记》《还金镯》《千金记》《双金钗》《黄金印》《双凤阁》《双玉燕》《玉莲环》《六月雪》《六美图》《百花台》《百香楼》《合同纸》《白蛇传》《单兰英》《送花楼台》《文武香球》《金龙鞭》《玉蝴蝶》等24部长篇传统曲目;还有《党的女儿》《红岩》《51号兵站》《六横暴动》《嫁祸于人》等多部以农村和革命历史题材为主的现代曲目。

翁州走书曲调典雅,有起板、高调、慢调、赋调(有急、慢之分)、秋日(类似吟诵调)、平湖及常用民间小调等;唱词以七言句为主,曲调大多属五声羽调式,句尾常以"五六工尺火(合)四上"为衬词的帮腔,悦耳动听,让人陶醉。

　　"文化大革命"期间，艺人搁琴歇唱，后继乏人。此后，曲调更动听、书目更丰富、表现力更强、艺人更年轻的宁波走书来舟山演唱，学者甚多，听者踊跃，翁州走书渐趋衰落。1983 年仅有六横艺人虞振飞、镇海艺人汪康章仍演唱。1986 年普查舟山曲艺现状时，能演唱者已为数寥寥。1990 年后，翁州走书退出演出市场。

　　翁州走书的衰落带给人们声声惋惜与不尽思索，愿所有关心、爱护民族优秀文化的有识之士以及爱好者继续关注、共同探索舟山民间艺术——翁州走书的发展之路。

佛渡马灯舞

过年时，每当听到"哎格楞登哟……"这句唱词，有人就会高喊"串马灯啦"，这时左邻右舍的人都会迎着声音跑出来看热闹。六横人说的"串马灯"，其实就是马灯舞，是浙江省流传甚广的一大传统舞蹈艺术，常用于春节迎新接福、庙会驱邪呈祥等民俗活动。2006 年 12 月，马灯舞被列入舟山市第一批非物质文化遗产保护名录。在六横人的记忆中，"串马灯"意为万马奔腾、马到成功，马灯串到谁家，就象征着谁家兴旺吉利。

对于"串马灯"，打小就听说这样一句话："舟山马灯看六横，六横马灯看佛渡。"佛渡马灯舞是舟山的骄傲，2018年 2 月 1 日（农历十二月十六），浙江卫视《我们的村晚》摄制组专程到舟山六横佛渡岛拍摄马灯舞等当地的一些非

图 4-3　六横佛渡"马灯"

遗文化表演，佛渡马灯舞也因此而名扬全省。

据有关史料记载，马灯舞起源于唐朝，至今已有 1000 多年的历史。明清年间传入六横佛度岛，成为当地人迎新年过春节的一种习俗。在传承过程中，经过数代民间艺人的创新，融入丰富的海洋元素，别具特色：

1. 佛渡的马灯都是"活马"，马头能旋转、会摆动。

2. 佛渡的马灯调，歌词丰富，目前已收集的歌词超 50 首。既有祈求

吉祥如意、风调雨顺的经典歌词，又有歌唱六横当今社会变化的新词。

佛渡"马灯"不仅在邻岛六横、湖泥一带活动，而且还到象山地区拜年贺岁。表演内容以古代戏曲人物和传说人物为主，如杨家将、岳家将、《三国》人物等，一般由12至二十几岁的青年男子扮演。马灯舞队的成员人数通常

图4-4　佛渡马灯走街串巷"闹"新春

在30人左右，分表演、乐队（演唱）、杂勤三大块。表演约15人左右（含大头和尚、替换人员）、乐队5人左右，其中打击乐2~3人，掌锣的能敲多面锣为高手，演唱者1~2人。常用曲调为《马灯调》《杨柳青》《紫竹调》等，现常唱越剧"四工调"，由二胡、笛子伴奏；行路时用唢呐吹奏《将军令》行进。另有值灯、持旗、吹号、挑香担、司账等若干。

佛渡马灯舞的传承和发展以人口较多的捕南村为盛，1984年庆祝新中国成立35周年，捕南村组织了一支24人的马灯队参加原六横区举办的大游行，以后又多次参加六横文化站组织的"迎新春彩灯大会串"活动。2006年普陀区第四届民间民俗大会，捕南村重新组建一支30人马灯队伍，以"一马当先"为主题。该节目在沿袭传统的基础上，将马灯的形体增高加大，并添上状如奔腾飞跃的四条腿，形同真马，显得威武神气。改传统戏曲人物为现代京剧《智取威虎山》中的英雄人物，配以气势磅礴的交响音乐，令人耳目一新。

佛渡与宁波郭巨隔海相望，鼓锣之声相闻，交往频繁，经济文化交流密切，因此，捕南村的马灯属宁波式马灯，表演时先用"挖四角"，即兜圈子成圆形绕场地，听响器节奏，细步行进，用"8"字形和对串队形表演；鼓声一停，琴声继起，一人高唱马灯调，歌词每段四句，响器敲小过门（过门即唱词前的音乐）；一段唱完，响器与音乐配合，敲大过门。接下来表演阵法，一般是梅花阵。旧时，马灯均由马将和马夫配对，马将脸

敷脂粉，手扬马鞭；马夫做牵马姿势，做疾升竹竿、跟斗满地等特技表演，将音乐、舞蹈、杂技、武术融合一起，具有较高艺术水平。

图 4-5　六一儿童节六横中心小学儿"非遗"传承马灯舞表演

　　为使马灯舞这一非物质文化遗产得以传承，现在佛渡村永胜经济合作社和六横中心小学联手，建立了马灯舞传承培训基地，并在每年的"六一儿童"节举办小学生马灯舞等非遗文化表演的庆祝活动。

渔民画

渔民画，确切地说舟山渔民画，起源于 20 世纪 80 年代，是舟山本土一帮爱好美术的渔家儿女在创作当地民间画的过程中创立起来的。主要由定海渔民画、普陀渔民画、岱山渔民画和嵊泗渔民画组成，目前以普陀渔民画为典型代表。1988 年 1 月，文化部命名舟山群岛定海、普陀、岱山、嵊泗 4 个县（区）为"全国现代民间绘画之乡"。历经 30 多年发展，舟山这一民间艺术已经成为舟山海洋文化的特色品牌和文化名片。

提到普陀渔民画，不得不提以下几位六横画家，他们都是普陀渔民画的领军人物。

一、傅誉杰：舟山渔民画的首作

傅誉杰，普陀年俗画代表性传承人、舟山市文学艺术界联合会工艺美术协会会员、国家级工艺美术大师。现任舟山市傅誉杰工艺美术馆馆长、舟山市傅誉杰工艺品有限公司总经理、舟山市定海区一友轩石刻画工作坊法人和非物质文化遗产普陀年俗画传承基地主任等职。

他的这些成就，都跟渔民画创作密不可分。

傅誉杰艺术之路的起步离不开母亲的引导。其母严云仙曾是一位小学美术老师，当地居民的眠床、开门箱、衣柜上所作的戏剧、人物、花卉、动物等寓意吉祥的传统民间画都出自她的手笔。受母亲影响，傅誉杰从小热爱绘画，从 7 岁上小学开始，家人就专为他准备了绘画簿和笔，在母亲的指点和鼓励下，他的美术天赋得以发挥。

1976 年，傅誉杰初中毕业跟师傅去学石匠，开始接触石刻画，这也为以后的雕刻奠定了基础。1977 年年初，他插队到洋山渔业队当渔民，渔休时，为渔业队新船绘船饰画和写字号，深得老大们的好评。并每画一艘船饰画都会有几百斤的大黄鱼、乌贼、带鱼等高档海产品的奖励。是年 12 月，傅誉杰招工进六横供销社当了一位美工，专门负责总社及下属几十个分社的店内装修设计和柜窗商品广告画及户外手绘广告。工作之余，还自习中国画和年俗画。那时"文革"刚结束，社会上很难见到可模仿学习的古画，每到休息

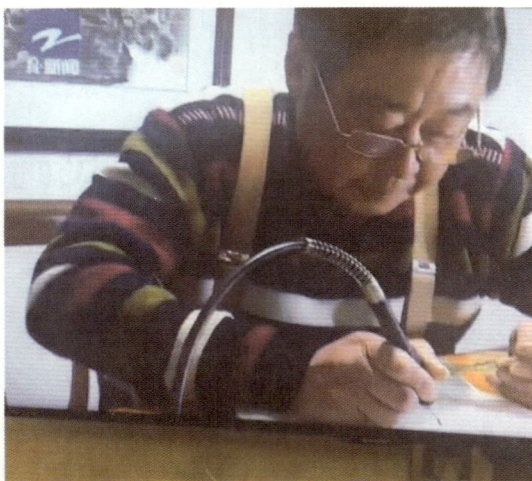

图 4-6　傅誉杰使用电动雕刻工具在玉石上创作渔民画/图片来自浙江电视台

日，就跑去宁波阿育王寺、天童寺观摩历朝历代的名画，并广交著名书画家郑玉浦、石臣、张伯舜、张性初等为师友。

80 年代初，傅誉杰首创舟山现代民间画（现称舟山渔民画）《夜泊》备受好评。此后，舟山普陀文化馆组织爱好绘画的渔家儿女开展现代民间绘画创作活动，当时在传统民间画方面颇有造诣的傅誉杰最先受到邀请。1984~1986 年，他每年定期半个月到普陀文化馆进行创作，并得到了朱仁民（潘天寿外甥）等老师的指

图 4-7　傅誉杰渔民画《夜泊》

点。此后，《拘秋》《晚归》和《起帆》等作品先后在市、省或国家美术馆展出并获奖。《夜泊》是舟山渔民画的第一幅作品，于 1987 年赴美国展

出；其他获奖作品也先后赴加拿大、澳大利亚、德国等国展览。在 1984～
1993 的 10 年间，傅誉杰共创作了 500 余件渔民画和年俗画作品，均被国
内外艺术品爱好者收藏。

渔民画创作成就了一番事业。1994 年，傅誉杰凭自身的一技之长下海经
商，创立舟山定海立新祥灯具厂，既任经理又当美工。设计出一款款样式新
颖、工艺独特的灯饰，深受消费者的好评，并成为舟山灯具大王。2001～
2018 年，分别中标定海晓峰岭隧道内千米灯光壁画（舟山渔民画）、舟山跨
海大桥、普陀滨港高架等上百项亮化景观照明工程，取得了较好的经济效益
和社会效益。2020 年 9 月，傅誉杰被浙江省照明学会评为优秀照明设计师。

事业上的成功圆了他的大师梦。2014 年，他在车间内无意间发现做灯
具剩下的 2 片扇形的西班牙云石，仔细一看，石板上的天然花纹有白云在
飘的动感，他就根据白云纹的走势做整体布局，采用舟山渔民画的风格和
篆刻的技法，使用电动雕刻工具刻了两对由大到小 4 艘绿眉毛机帆船，再
用丙烯颜料上色，来凸显"绿眉毛"扬帆启航、乘风破浪的动态美感，画
面的艺术效果超乎想象。此作品《开捕》在 2019 年 5 月获中国观赏石博
览会银奖。

图 4-8　傅誉杰渔民画作品《开捕》

有这样的成功案例之后，傅誉杰就大胆地将渔民画的创作手法应用于
工艺美术。近年来，他以玉石、云石、瓷砖等为材料，充分利用材料上的
天然俏色和图纹，运用各种不同的雕刻工具及篆刻手法，如单线刻为阴，
双线刻为阳，再经过修边倒角、上色封漆等工艺，创作出一幅幅形象生动
反映渔民生活、劳动、渔家趣事以及海岛民俗、民风等内容的工艺美术作

品，并最终形成了自己独创的艺术风格。在 2019 年一年间，作品在市、省或国家级获奖多达 3 金 5 银 1 铜。是年 12 月，傅誉杰被破格评为中级工艺美术师。2020 年 5 月，傅誉杰瓷砖雕刻画工艺技术获得国家实用新型发明专利。同年 11 月，他的瓷砖雕刻、书画作品《中国加油》又荣获第十二届中国（大连）轻工商品博览会"中轻万花杯"创新产品金奖。他的年俗画被区人民政府评为普陀第六批非物质文化遗产。对此，舟山晚报、百度、普陀电视台、舟山电视台、浙江电视台等新闻媒体都做了专题播报。傅誉杰也因此被历届中国工艺美术大师收录认证。

虽到退休年龄，但傅誉杰比年轻时更有闯劲。他说，在未来 3 年内，他还要办两件大事，一是在东港街道塘头社区兴建傅誉杰工艺美术馆、非物质文化遗产《普陀年俗画》传承基地，并开发用瓷砖雕刻的"普陀观音唐卡"，此项工作已顺利推进；二是将六横峧头坦岙故居改造成普陀年俗画展览馆，并创立大师工作室，传徒授艺，为家乡的文化旅游事业做点贡献。

二、刘云态：文化站长与渔民画

刘云态，六横镇文化站站长、舟山市美术家协会会员。自 1982 年参加工作以来，就一直在六横镇文化站工作。他对舟山渔民画情有独钟，1987 年，在六横举办的首期渔民画培训班上，他既当班主任又当学员。在练就绘画基本功以后，于 1999 年开始渔民画创作，他以舟山渔民生产生活、民俗民风等为题材，从明清时期的墙头画、灶头画、船饰画、门神画等绘画作品中汲取灵感，同时融入西方怪诞、夸张、抽象等绘画手法，用色大胆，造型夸张，贴近生活，其作品具有较强的观赏性。其中，《板罾》获"99' 中国当代民间绘画邀请展"三

图 4-9　刘云态渔民画作品《板罾》

等奖,《夜拾泥螺》获"2000年中国农民画联展"银奖,并被浙江美术馆收藏,同年获中国现代民间绘画优秀画家提名奖。20余幅作品分别在国家、省、市获奖,多幅作品先后赴日本、德国、澳大利亚、巴西等国展出。

三、郑红飞:渔民画里的金凤凰

郑红飞,在业内有着"金凤凰"的美誉。

自1987年,17岁的六横(双塘)姑娘郑红飞首次接触渔民画起,从此对渔民画产生了浓厚的兴趣。在老师的悉心指导与自己的勤奋努力下,郑红飞不仅熟知了舟山渔民画的特点,更对其画法有了深入的认识。

图4-10　郑红飞在创作渔民画

渔民画的特点:

1. 想象丰富,从多角度中汲取创作灵感。

2. 题材丰富,洋溢海洋气息。

3. 构思巧妙,有鲜明的地方特色。

4. 内涵深厚,有海洋风格。

5. 色彩对比鲜明夸张。

6. 造型大胆变形,不追求比例。

作法:

通常用点、线、面、色彩、构图等基本元素来构成画面,色彩填涂先填大面积空间,以确定基本色调,后填小面积区块以突出主题。作画步骤是:主题→构思→草图→精心绘制。

郑红飞的第一幅作品是《墙头上挂下来的长发》。灵感源自儿时跟奶奶去庙里,庙堂柱子上精美的雕画。这幅作品,后来被中国美术馆收藏。

2003年,舟山成功举办"首届中国舟山渔民画艺术节"。就在这一年,郑红飞成为舟山第一批渔民画画家,她告别六横,来到东港,成为普陀渔民画发展中心的专职书画师。她许多富有创意的作品与其他舟山渔民画优秀作品一起，频频走出国门，应邀赴美国、英国、法国、德国等地展出，作品纷纷被国内外爱好者收藏。2012 年 8 月，普陀渔民画入选第四批浙江省非物质文化遗产名录。这一年，郑红飞从渔嫂转身成为"中国现代民间绘画优秀画家"，因她的渔民画构图大胆，色彩明快，瑞士文化基金会的工作人员专请她创作反映舟山民俗的渔民画。

"每年来舟山的游客有 3000 万人次。"郑红飞从这个数据里看到商机，她把目光瞄准到渔民画衍生品开发。2015 年，她与同乡画友徐鲁合作，在东港开办普陀绘韵工作室，除出售渔民画，还研发特色衍生品，像渔家风情十足的靠枕、调味罐、叶脉书签、拖鞋、水杯以及陶盘，很受市场欢迎。

郑红飞还和画友大胆尝试，为本土一家餐厅做设计，将渔民画从画布移到餐

图 4-11　郑红飞渔民画作品《墙头上挂下来的长发》（1987 年）

图 4-12　郑红飞渔民画作品《渔家女》

厅空间，"文化瑰宝只有进入更多的生活空间，才有更强大的生命力"。

目前，郑红飞在普陀东港、鲁家峙开设了两家工作室，研发各种渔民画产品。通过微博、微信等营销渠道，吸引许多商家前来参观展品、咨询交流、洽谈业务。

图4-13　渔民画进校园，舟山渔民画传承基地——六横中心幼儿园儿童穿着绘有渔民画的体恤喜形于色

业余时间，郑红飞常为爱好渔民画的成人、中小学生等免费上课。面对笔者的专访，郑红飞自豪地说："30多年来，我一路见证舟山渔民画的成长和发展，现在是该做些力所能及的工作，让渔民画得到进一步传承。"

除了傅誉杰、刘云态、郑红飞，六横还有刘建国（作品《张网》《龙的故乡》）、张亚春（作品《怪无常》）、唐于清（作品《晒鱿鱼鲞》）等渔民画创作能人，他们的作品先后在全国各类画展中展出，或获奖，或出版，或被收藏。

目前，普陀区有近40名渔民画作者，近3000多名渔民画爱好者。

像海鲜一样，渔民画已成为舟山的一张名片。为促使渔民画可持续发展，2018年，舟山渔民画亮相中国义乌文化产品交易会，与小商品产业对接。一条以"互联网+舟山渔民画超大型IP+品牌化运营"为要素的渔民画产业路径正在形成。

六横人的习俗

习俗即习惯风俗，是一个民族或一个社会群体在长期的生产实践和社会生活中逐渐形成并世代相传、较为稳定的行为模式或规范。它对社会成员有一种非常强烈的行为制约作用。在此，就来讲讲六横人的习俗。

一、生产习俗

（一）贴春牛图

《春牛图》是旧时农家的一种简易农时历，常贴于门墙。图两边是十二生肖，上方为二十四节气，下方为潮水涨落时辰。每年《春牛图》各不相同，有牛倌手拉绳子牵着耕牛走，表示当年农时季节松，耕牛较空闲；有牛倌手执竹鞭在耕牛后面赶，含意当年农时季节紧，耕牛特别忙；有牛倌骑在牛背上吹笛，以示当年风调雨顺，年成看好等。

《春牛图》在六横人的心目中寓意着丰收的希望、幸福的憧憬以及对风调雨顺的祈求。其吉祥的图案，深受人们的喜爱。

（二）孵秧子

孵秧子即稻种催芽，俗称"秧子落缸（桶）"，是春耕种田第一关，是技术性较强的农活，全凭老农经验掌握温度、湿度。浸种的秧子桶上必盖一面竹筛，再放一张红纸，压一把镰刀，意谓"镇邪"，确保胚芽健壮。

（三）打散

旧时春耕插秧结束，东家请看牛团、亲友或帮工，吃一餐酒饭以示感谢。农忙看牛团辛苦，被邀坐上横头，东家并备一双白煮蛋送之。开饭前须有帮工头说几句吉利话："先吃蛋，谷子绽，先喝酒，年年有，吃饭开口笑，五袋一亩必定要。"新中国成立后，土地集体经营，"打散"改由生产队举行，逢"双夏"（夏收、夏种）结束，全队劳动力参与操办并聚餐。经费由集体开支，以示庆贺犒劳。俗称"拷瓦爿"，场面热闹非凡。

（四）积肥

旧时海岛农村很少有化肥，肥料主要靠平时积累，一般做法是：积人畜粪尿（粪缸）、削草皮煍焦泥、拾狗屎和猪牛粪、捻河泥、取阴沟泥、种秋花（紫云英）、草子（苜蓿）、兑草木灰等。

（五）驱鸟

从前，六横岛上麻雀成群，稻谷、麦子是它们最好的食物，其危害接近蝗虫。每当育秧或稻谷成熟就要开始驱鸟。驱鸟时，秧田或稻田中立稻草人，戴破帽、系破芭蕉扇，随风飘动，驱赶鸟雀。面积大的秧田、稻田，用细绳拉成网状，系上破布条或小响铃，由看管者随时拉动，发出响声，牵动布条，吓赶鸟雀。

（六）打厂笆

打厂笆即编扎篱笆，用小木桩与竹枝组成一圈篱笆墙，防止鸡鸭进入庄稼地。

（七）祭海

旧时渔船出海，先在船头祭祀神祇，烧化疏牒，俗称"行文书"。后由老大将杯中酒与盘中肉投掷于海，谓"酬游魂"，以求出海捕鱼平安无事。鱼汛结束后，渔船谢洋再祭称"散福"。

祭海是一种民间宗教信仰，其核心内容是对"海"的敬畏和崇拜，表达渔民祈求人福舟安、渔业丰收的愿望。这种习俗，至今在六横的一些渔村还在流行。

二、生活习俗

（一）拜师

学木匠、泥水匠、石匠、铁匠、裁缝等手艺，学徒要择吉（师傅生日）挑拜师羹饭，行拜师礼，接受师傅训诫。从师学艺一般以3年为期，第一年打杂，第二年始学艺，3年满师。学徒期间，师傅只管吃、住及给鞋袜钱，不付工资。做学徒要不怕苦累，除做好分内事外，还要帮师傅家干点杂活。就餐时给师傅倒酒盛饭，师傅动筷后方可吃饭。3年期满后，师傅会赠给学徒一副工具，学徒则要请师傅吃"满师酒"以作酬谢，师傅说些勉励话后就算"出师"了。

"一日为师，终身为父。"逢年过节徒弟当挑节敬师；春节拜岁，结婚见礼，师傅均在父母之前。但师傅不送贺礼，只赠红包、付茶钿；而新娘须送一双师傅鞋。

（二）起屋与上梁

六横人"起屋"实则就是建房，它是关乎一家几代人安居的大事。一般都要请风水先生选址、定向，然后择吉日动土、放基、上梁、进屋，整个过程分为6个环节。上梁是建房中的重中之重，要举行敬神、拜鲁班、祭祖等仪式。供品由女主人的娘家于上梁的头一天挑来，俗称挑"五牲"。挑来的路上娘家人要排成一队，年纪大的在前，年纪轻的在后，最后一般要挑一把大大的竹扫帚，意为将财气扫进新屋里来。当快到路口时，主人家出门迎接，谓之接财。除了挑五牲，娘家还必须送上两块黄布，两只黄布袋。黄布、黄布袋左右各一安放在横梁上，黄布袋一只装适量稻谷，一只扎成5段，每段装上花生、黄豆、米胖、窝豆、年糕片等，俗称"五谷袋"，寓意五代见面、五谷丰登。"上梁馒头"大多由其他亲戚挑送，以白米馒头、包子等居多。

上梁头一夜，主人要住在新屋里，每间房里都要烧芝麻秆和黄豆秆，意为旺子旺孙。上梁时，先敬神、拜鲁班，再安放正梁。放好正梁，主人请木匠或泥水匠师傅将预先准备好的馒头，从梁上抛向四周，给围观的亲朋好友，并由主人从梁上抛下"五谷袋"，主人抛下来的时候由儿子接住，意为"接代"，表示代代相传，人丁兴旺的意思；敬神结束后再祭祖，有些家庭还办上梁酒。待土建全部结束后，开始装修，装修毕，就要进屋。进屋的第一件家具是夜桶（从前夜桶在上梁的头一夜就放进屋了），后续家具可以随便，进屋那天要办进屋酒。

（三）坐火柜

火柜是六横的传统家具之一。因火柜具有取暖功能，每逢冬天，一家人或邻居、客人围坐火柜，谈天说地；或置放搁桌用餐，可谓暖洋洋、乐融融。

火柜一般长200厘米、宽120厘米、高56厘米，由上下两部分组成，上称上桩，高24厘米，围板以1尺半比5分的斜度，窄端朝下，顶部由宽

12厘米、厚3厘米的硬木板作柜面，俗称"火柜挺"，可坐人，亦有装饰意味；下桩，高32厘米，以1尺半比3分的斜度，窄端朝上，对接上桩，组成上下宽、中间狭的形状。床板由三块活动木板组成。其中第三块装有可掀盖的"小肩"，用于热源器具（多为铁锅）进出，调节温度或煨炖食物。床板可上下移动。夏天置于上桩与火柜挺平直，为凉爽的木板床，冬天移至下桩的拖圆（突出部位）上，供取暖，有利于产妇坐月子，阴雨天烘焙婴儿尿布。置于下桩一端的热源多为草木灰，加上碎木片、屑，延长供暖时间。

火柜由木质坚硬的松树制作，手艺熟练的木匠需耗工四五天。下桩也有用水泥、砖头切成。油漆多为棕红色，仅火柜挺的油漆上光。20世纪80年代火柜卖价400元左右。90年代起，火柜不再是嫁妆的必备物。

（四）留饭娘

旧时，六横居民崇尚节约，一日三餐，一干两稀。中午干饭不全吃完，留下一些冷饭做"饭娘"，掺入下餐米中，以提高出饭率。

（五）碗焖饭

从前，六横岛民自给自足，食大米较少，多以番薯干为主食，有客来家，先在锅底放米盖碗，后放薯干，不使米与薯干混合。用餐时，盛米饭待客人，主人自食薯干饭。

（六）煨罐米饭

六横有三绝，其中一绝就是一胎产五女。孩子生下来以后，个个都很瘦弱，母亲当时奶水不足，更是担心孩子养不大。月内大婴、四婴夭折，孩子母亲四处想办法，后来当地一位乡村医生给她出了个主意，让她用瓦罐盛米置于火缸中煨煲，把米放在瓦罐里用文火慢慢煨，直到米饭煨烂了给孩子吃。后来，余三女均健壮成长。煨罐米饭也流传下来了，特别适宜给孩子和老年病人食用。

（七）新灶倭豆

旧时砌新灶要拣吉日，付泥工师傅双工钱。灶成供灶君菩萨，并炒一镬"新灶倭豆"分送邻舍，祈求"豆豆顺溜"。

（八）药渣倒大路

家有病人，多服中药，药渣须倒路中央，任人踩踏，意谓大路上人气旺，行人踩踏药渣可以赶走霉运，让疾病早愈。

（九）糖蒲盏

酒盏（即小酒杯）两只一对，分别盛满米饭，然后复合在一起，去掉一只，于饭端放一小撮黄糖，这就成了"糖蒲盏"，亦称"相谅盏"。一般在婴儿出生后的第三天，祭"床公床婆"作贡品，祭毕，分送左邻右舍小孩食用。隐喻婴儿长大后能与邻里孩子和睦相处，即使发生不愉快，也能相互谅解。

（十）灵水安神

孩童在夜间或黑暗处易受惊吓而致病（表现为发热、眼神游离、半夜说胡话等症状），常采用灵水来安神。办法是：大人陪孩童坐在桌前，桌上放一杯水、一只碗（碗口蒙上一张毛边纸）和一支红烛，点燃红烛，一边喊"灯光亮来，阿拉某某（孩子的名字）回家来——"一边用手向蒙纸上滴水，如此重复数次，直到纸上的水滴呈两颗圆状，然后将透过蒙纸滴入碗中的水（古人称"灵水"或"安神水"）给孩子喝下，同时抚摸抚摸孩子的头连连说："阿拉某某胆子越吓越大来！阿拉某某胆子越吓越大来！"

三、时令习俗

（一）正月十四

吃菜米粥迎元宵节。每年正月十四，岛上家家户户都会煮上一锅菜米粥，大米加伴花生米、米仁、红枣、豆腐干、白菜等混煮成粥，加调料，意谓当年生活多"彩（菜）头"。

正月十四，庄户人家还有一项重要的活动——烧田埂杂草（六横话叫"煏田茎"）。他们在田塍地边发火烧虫，意喻"驱邪"。祈求灭杀虫卵，防治害虫滋生，确保作物苗壮成长。

当晚，农家的女孩子还有一项特别的活动——请"井潭姑娘"或"水缸姑娘"，以卜年成丰歉及婚姻大事。

（二）二月二

农历二月初二，传说是龙抬头的日子，在我国很多地方都流行"龙头节"的习俗。而在六横相传是绣花姑娘的生日。这一天，姑娘们用碎花布为布娃娃制作五颜六色的服饰，穿戴起来小巧玲珑，活泼可爱，俗称"烤花娘子"。

（三）三月三

六横有句俚语："三月三潮水落到铜锣甩，螺子螺孙爬上滩。"农历三月初三大潮汛，海水落差特别大，此时又值春暖时节，一些成螺都会爬上礁石进行产卵，是海涂岩礁拾螺的最好时机。

三月初三正当春，不少农家离海边远，则兴采挖萌生葱茏的野菜煮吃，据说该日吃野菜，利于肠胃排毒。

（四）五月五

五月初五端午节，作为一个传统节日，这一天，许多人家都会用菖蒲和艾草来驱邪。用刀将菖蒲叶切成尺把长，再从中间破开，拿另外一根叶子从中间插过，成 X 型，与艾草一起挂在家门口或门窗上，俗称"蒲剑斩千妖，艾旗招百福"。菖蒲有一种特殊的清香味，在过去，六横人喜欢将菖蒲根挖来，洗干净，将它削制成小孩形状，俗称"菖蒲人艾潭"，然后涂上雄黄酒，用红线串起来，悬挂在蚊帐外面床头两侧，就像"红孩儿"守护家园一样。据说这样有辟邪旺宅的作用，使睡在蚊帐里的人整个夏天都免受蚊虫的叮咬。一些会针线活的妇女，还用艾草制作香袋，系在孩子脖颈上，或给老人随身携带，清神益气、祛湿、驱虫、防疫。

端午节喝雄黄酒，喷酒在房屋墙角、犄角旮旯，说是可以驱赶害虫和一些"阴"的东西。大人们还要给小孩的耳背、额头、手指和脚趾缝涂上雄黄烧酒，并用五彩线编成辫形小绳，系于儿童手腕上（男左女右），俗称"长命线"，祈求除邪解毒。过端午节还有一件事不能忘，那就是买些粽子和乌馒头去孝敬父母。

这些年，六横端午民俗活动也丰富多彩，像五星村自 2012 年开始每年都举行赛龙舟活动。

（五）六月六

每当农历六月初六，爱淘古的六横人总会念叨"六月六，黄狗猫汏浴"这句俚语（话中的"汏"六横方言念"ja"，跟"强"字读音相近；"汏浴"即为洗澡）。这一天，许多大人都会给自己家的孩子洗澡，说是洗过后，小孩子就会像小狗小猫一样好养，无病无灾。另外，还有一种说法：无论大人还是小孩，在六月六这天，用太阳晒热的水洗澡，整个夏天就不会受凉感冒。

（六）七月七

农历七月初七，是传说中牛郎织女鹊桥会的日子。但旧时的六横，没有人会过这种类似"情人节"的节日。不过，在这一天，家家户户的女人都会用槿树叶洗头。据说，这天洗头效果特别好，不但能乌发，而且还能解除头脑中的一切情感烦恼。洗头时，先将采摘下来的槿树叶用水漂洗干净，放盆里搓揉，或用石臼将其捣烂；再用淘米篮将叶渣沥出，榨出来的绿色黏液可谓是一种纯天然的洗发露，掺些水就可洗头了。

七夕节的下午或傍晚，少妇、姑娘和男女孩童们，从自家天井、墙角院落或地头田边采来凤仙花（俗称满堂红），放于碗足底上，拌上稍许明矾或盐碱，细细捣烂，然后互相帮忙，把糊状的花泥薄薄地敷在指甲、脚指甲上，再用苎麻叶或夏布裹扎，以线扎牢。第二天早上，去掉包扎之凤仙花泥，会令人惊喜：纤纤素手染成点点豆蔻，红红指甲显得青春靓丽。

（七）八月初三

农历八月初三传说是灶君菩萨的生日。灶君亦称灶王，是我国古代神话中主管饮食之神，被玉皇大帝册封为"九天东厨司命灶王府君"。旧时，差不多户户灶间都设有"灶王爷"神位。八月初三这天，家家须用3种"时食"芋艿、花生、黄豆荚供奉灶神。用刚收获上来的"时食"敬神，尤显虔诚，能带来全家平安。

另有传说，每年腊月廿三，灶君菩萨要上天向玉皇大帝汇报下界人间的善恶功过。每当这一天，家家户户都行"祭灶"礼，祈求灶王爷说好话，以保全家老小平安吉祥。

（八）送年

送年又叫谢年，是海岛民间传统岁时节令中最隆重的庆典之一，是老百姓谢天地神明过去一年的恩赐，祈求来年风调雨顺，给家人更多的庇佑。六横有句老话："十二月送年炮仗嘞嘞响。"说的就是送年的情景。一般从农历十二月十二开始一直持续到廿九、三十为止。在这段日子里，一到涨潮时辰，满岛的鞭炮声甚是热闹。

每到十二月初，多数人家就开始采购送年用的物品，主要有：三牲福礼（2 条鲵鱼、1 刀猪肉、12 只或 13 只鸭蛋）、海鲜品（如乌贼、呛蟹、海蜇、蚶子）、糕饼（如状元糕、长生糕、骰子糕、芝麻糕）、水果（如苹果、柑橘、火龙果、甘蔗）、干果（如红枣、桂圆、荔枝、核桃）、蔬菜（如金针菇、黑木耳、油豆腐、冬笋）、主食品（如年糕、麸、长面、豆腐）等。送年的日子一般根据"五行"来选择，时辰一般选在涨潮吉时（可参照本书第二篇中的"六横岛潮汐表"）。送年时，堂屋里放一张八仙桌，在六横有"横供菩萨""直供祖宗"的说法；桌子最前面摆 12 只酒杯，逢闰月的摆 13 只酒杯；左手边再放 1 只盛满黄酒的锡制酒壶；最后面放一副蜡烛台；中间摆三牲福礼（鱼头朝里放，猪肉上插一把小刀）、主食（1 块豆腐和 1 叠年糕，有的人家还放 1 盆米饭）、海鲜、酱盐、糖、干果、蔬菜、糕饼、水果等。摆放次序可能在上下庄略有不同，盆数一般都是 16 或 18 盆。等涨潮时辰一到，先放 3 发炮仗，点蜡烛，上香，请菩萨；其间要敬 3 次酒，在供桌上有酒不用筷，也不用凳子；在酒过三巡后，香快点完时，则可送神，再放 3 发炮仗，送经忏（烧在干净的金属容器里，不要落地），同时把香烛都请到外面插好。礼仪结束时，把每种供品都割一点，放在酒杯里。像鸭蛋之类不能割的，就用刀在蛋壳上刮一些壳末，然后往上撒向空中，说是散余；也有人抛至屋顶，说是请屋上将军。

四、人生礼俗

人生礼俗即人生仪礼与习俗，指人在一生中几个重要环节上所经过的具有一定仪式的行为过程以及由此形成的习俗。包括生育礼俗、成年礼、婚嫁礼俗、寿诞礼俗、丧葬礼俗、祭祀礼俗等。

（一）做满月

婴儿出生满一个月或双满月，许多人家要举行庆祝活动，称为"做满月"。做满月是生育礼俗（包括求子、报喜、洗"三朝"、做满月、命名、抓周等内容）中的一种，有好几个事项。

一是剃满月头，即为婴儿剃除胎发（有的也称"血发"）。剃头时，小儿由祖父或亲友中有福分的人抱在怀里。剃完胎发后，用红纸包上加倍的理发工钱给理发师傅，有的还给理发师送上"红蛋"等礼品。婴儿的奶奶当即将胎发搓成小辫子，用红绸布将它包起来。剃满月头不能将婴儿的头发全部都剃光，而是在头顶前部中央留一小块"聪明发"，在后脑留一绺"撑根发"，眉毛则要全部剃光，其意就是祝愿小孩聪明伶俐、扎根长寿。

二是办满月酒。办酒筵时，先要敬神祭祖。外婆家要送"祝米"，即衣物、食品（长寿面、红糖、鸡蛋等）以及用彩线扎成的红包（俗称"铜钿牌"，要挂于婴儿胸前）。其中衣物和食品一般在孕妇临产前半个月内，预先送到女儿家，俗称"催生衣"和"催生糖"。

三是满月游走。戴狗头帽，穿一口钟、虎头鞋，由长辈托着，撑着伞，串街走巷兜一圈，邻人互抱相看，戏称"兜圈的男孩寻老婆、女孩寻老公"等等。让婴儿象征性地见见世面，以便将来能有出息、有胆识，成为一个精明能干的人。

（二）婚嫁礼俗

结婚是人生大事，六横人追求完美，对方方面面的事情都很有讲究。整个过程共有：托媒、说媒、订婚、放定、暖堂、剃新郎头（女方新娘子绞面）、享先、出嫁、送轿、接轿、拜堂、喝茶、出厨、唱十二杯酒、闹洞房、祭五代、回亲、拜外公外婆等 18 个环节。限于篇幅，在此详说几个较为重要的事项。

1. 托媒

"天上无云不下雨，地上无媒不成亲。"旧时，男到 20 岁，女到 15 岁左右，父母就开始为儿女张罗婚事，请媒人牵红线。托媒时，先要给媒人预付部分报酬，叫作买鞋钱（意思是请人跑腿要给鞋穿）；后又要给媒人送礼，请他喝酒，俗称"浇媒根"。媒人从物色门当户对的对象开始，直到把新娘子送进洞房为止，才算完成任务。有句民谚说得好："新人入洞房，媒人抛过墙。"

经媒人介绍、双方父母同意后，男女双方互换庚帖，帖上写明姓名、生辰八字等。然后，请算命先生"批八字"，这就是所谓的"合婚"。

2. 剃新郎头（女方新娘子绞面）

结婚头一天晚上，新郎官要剃头（洗头、理发、修面）。剃头时，两位侍郎各拿一台蜡烛分列在新郎两旁，侍郎一般由爹娘全备、比新人年轻、未婚的人担当。洗头面盆里放置红枣、花生等物品，寓意早生贵子、吉祥如意。新郎官的脖子上还要挂"铜钿牌"，剃头后，里面的铜钱就作为辛苦费交给理发师。晚上两个侍郎还要与新郎一起睡新床，意为"哄哄香"。

3. 绞面

绞面是一种古老的美容项目，俗称"开面"，即婚前两天闺女修容，将其脸颊上的汗毛拔去，寓意别开生面、婚姻幸福美满。绞面时，由堕婢嫂先在姑娘脸颊上扑香粉，再用一根棉纱线，挽成"8"字形的活套，右手拇指和食指撑着"8"字一头，左手捏住线的一端，用嘴咬住线的另一端，右手拇指一开一合，咬着线的嘴和左手配合右手，如此"8"字形套在姑娘脸上边压边滚动，以此绞掉汗毛。虽有疼痛，但能使姑娘容颜光彩照人，乐于忍之。

4. 享先

结婚日凌晨涨潮吉时，男家用大礼在厅堂供祭"天地君亲师"，祈求神灵保佑，俗称"享先"（见图4-14）。

享先时，中堂挂九星图或三星图，寓意福星高照。供桌由4张八仙桌和一张华桌拼合而成。供品主要由全副猪羊、五牲福礼及糕点、海味、果干等组成。

全副猪羊（全猪全羊各一只）斩杀后，用猪羊架驮着，头朝外尾朝里放在供桌两边，头上还分别盖着从它们体内取出来的板油，俗称"戴头篓"，以示牲畜的完整。猪羊嘴巴还各"咬"两根带根须的大蒜。

五牲福礼分别是2条鲍鱼、1只猪头、1刀猪肉、1盘五化羊、1只鹅、2只鸡（一雌一雄合盘）、24或26只鸭蛋。

其他供品：四糕、四饼、四水果、四海味、四鲜品、四干果、四主食和两内脏（猪肝和心花）等，共计36盆。若不是36盆，只要盆数成双、数字吉利都可以。

另还有赠盘：四调料（油盐酱糖）等。

供品的选择和摆放也有所讲究：如四水果最好分别选择春夏秋冬四季和来自东南西北不同方位，寓意四季发财和四向大利；四干果最好选用红枣、花生、桂圆和荔枝，并依次摆放，寓意早生贵子；四主食分别是米饭、年糕、麸和长面（其中米饭不算供品），寓意万（饭）年富（麸）；主食中的长面和调料中的油摆放一起，寓意加福加寿；供桌的最前排摆放

24 只酒杯（左右各 12 只，有闰月各 13 只，中间放 5 只茶杯，杯中放一些干茶），两边各放 1 只盛满黄酒的锡制酒壶和 1 包茶叶；供桌脚旁放 1 坛黄酒和 1 壶热水；最后排（华桌上面）摆放"五示香宝"。

享先开始，新郎父亲带着新郎来到堂屋，父子俩分左右前后（间隔一个身位）依次排列，同时跪拜；如爷爷还在世的话，爷爷也要和儿孙一起跪拜，以示代代相传。

现在独生子女家庭，女方也行"享先"礼。

5. 出嫁

据传，南宋小康王逃难来到明州（今宁波），金兵紧追其后，幸遇一姑娘相救，才逃过一劫。后做了皇帝来到明州寻找恩女无果，便下了一道诏令：从此凡明州姑娘出嫁可享半副銮驾。过去六横属宁波地区，也在

图 4-14　享先示意图

享誉之列。因此，六横的姑娘出嫁，可着凤冠霞帔，坐大红花轿，吹吹打打，阵容壮观，像似贵妃娘娘坐着半副銮驾出行。

但如果女方是二婚，那就不能再享受"半副銮驾"的待遇，只能穿新衣坐小轿出嫁。

出嫁时，由新娘的亲兄弟或表兄弟抱到堂屋拜祖宗，拜完再抱上轿。当闺女被抱出堂屋时，娘亲将女儿的洗脸水泼出门外，意为"嫁出门的姑娘，泼出门的水"不准回头。然后，关好大门，并在女儿的闺房里哭送。一般哭词是："囡阿囡，抬去好好管，进轿门，改三分，出轿门，改干净，在家应娘家，出嫁应夫家。"此时，新娘子头盖红头盖，上身内穿红娟衫，

外套圆领短袄，肩上挎个子孙袋，下身着红裙、红裤、红缎绣花鞋，一身红色，喜气洋洋地上花轿。并随带头巾一块，大红花球一个，火囱一只，里面奋着一半的柴灰和柴火，上面放置一块瓦片，瓦片上放着二株烧了一半的稻草根头，然后再用另一块瓦片盖上。火囱放于轿内新娘的脚边，意为"哄哄响"。

6. 拜堂

拜堂前，堂屋排放两张八仙桌和一张华桌，桌上摆 8 盆"贺郎果子"，如香烟、金柑、菩荠、喜糖等，其中香烟要 2 包。拜堂时，鸣放礼炮，在热烈的氛围中，证婚人先入席，然后，主婚人、介绍人、来宾代表（一男一女）、新郎新娘依次入席。接着，点燃花烛，正式开始拜堂。司礼的礼宾师高喊："吉日良辰到，新郎新娘拜堂成亲永结百年之好。一拜天地！"新郎新娘按照礼宾师的指令，挨肩并立向门外深深地鞠躬三拜。"二拜高堂！"新郎新娘向父母鞠躬叩拜。"夫妻对拜！"新郎新娘面朝对方鞠躬行礼。

以上"三拜"，寓意深厚。"拜天地"，寓意新人喜结连理，天长地久；"拜高堂"，以示敬重父母，孝敬长辈，不忘祖德，传宗接代；"夫妻对拜"，寓示夫妻双方互敬互爱，和谐幸福。

7. 喝茶

男方结婚酒宴过后，一般在酒席残局清理完毕后与晚餐前这段时间，新娘需要请宾客长辈喝茶。在大喜日子，客人长辈都在，通过敬茶、喝茶，相互有个认识交流的机会。

从堂屋到庭院纵排八仙桌，公公婆婆坐在上横头，新郎有叔叔的，叔叔夫妻也有和父母一起就座的，其他宾客论辈排序，分男女就座长桌两侧。桌上摆满瓜果、糕点、香烟等，茶水用新娘随嫁的麦片或饮料。"新婚三日无大小"，爱热闹的亲友可将事先准备好的道具（古装戏剧中的冠帽、火耙）等给公婆戴上，嬉称婆婆戴上高帽子开心，公公有机会"爬灰"，甚至在公婆脸上抹上锅灰，俗称"戴羊角尖"。虽然出言举止粗俗，但能为大喜日子增添欢乐和热闹，喜上加喜，绝不能生气。

新娘给公公婆婆敬茶是喝茶仪式的重头戏，众人可能会用一些涉黄的言语、动作来为难新娘，戏耍公公婆婆。完后，就给其他宾客长辈敬茶，新娘双手端茶，根据称呼说"舅舅（例）喝茶"，逐次类推。如称呼叫错，或被敬者有其他要求（如要新娘唱歌一首）没有满意，那新娘需用烟糖之类的物品代之受罚。当地人称这样的行为为"克香烟""克小糖"。

仪式结束，喝茶者往自己喝空的茶杯里根据关系程度塞上不等的茶钱，带走新娘送的礼物，如衣服、鞋子、被褥、烟、酒、糖等物品（物品也根据关系有区别）。

8. 唱十二杯酒

今夜唱酒到堂上，

眼见电灯点亮堂。

红绿对联分两旁，

楼上装起新郎房。

新娘子，学生有话要问侬，

不知你今夜唱酒喜欢否。

如果新娘子侬勿欢喜，

学生不唱也可以。

如果新郎新娘都欢喜，

十二杯酒唱落起……

"唱十二杯酒"是六横独有的非物质文化遗产，从老式绍兴文戏脱胎而来。

六横人结婚，婚宴得摆3天：第一天"拢场"做准备工作，第二天为正式婚宴，第三天喝"帮忙酒"。"唱十二杯酒"就设在第二天的晚上。

"唱十二杯酒"需要两人，一人主唱，唱时身穿长衫，一手持扇，一手拿帕；一人拉二胡伴奏。晚宴时，几张八仙桌在堂前拼拢，新郎新娘坐上位头，亲戚朋友围旁边，表演者则在新人身后的台上。

"唱十二杯酒"每句唱词多为七字句，结构分为开头、"十二杯酒"、结尾，"每一杯"酒都有一个独立的故事传说，有仙界神话、帝王将相等。"杯"与"杯"间又夹杂着不少独立小段，独立小段中有不少专考新娘子的考题，新娘子答不出，就要罚出"元宝"（糕点）、糖果、香烟，以飨宾客。

"黄龙睡雪地"（黄豆芽炒豆腐渣）、"一碗独角龙"（蚕豆）、"水牛过河"（豆腐汤——取"头浮"谐音）、"肩背桥板"（墨鱼）、"披头散发"（望潮），这些关于菜名的谜语，一个接着一个，何尝不是对新娘的考验。

"十二杯酒"中的故事和谜语，恰如助酒环节和参与环节，为晚宴烘托了浓烈的气氛。

9. 拜外公外婆

外甥婚后二三天内，小夫妻要挑一担十六大盒（碗）丰盛酒菜，专程拜谢外公外婆，外公外婆则相应回礼。回礼物品除食品外，必赠几块衣料。民间称衣料为"裁辅"，意谓"财富"。

（三）丧葬礼俗

丧葬是人类处理自身遗体的方法和礼仪。六横的丧葬礼仪较为烦琐，整个过程共分：送终、浴尸移尸、拜菩萨、报丧、破孝、念佛、守灵、入殓、出殡、入域、上堂等11个环节。其中，念佛又包括请水、发符、介慰、招佛、十供样、开库、串五放、赐福、放纱、焰口、殓度、过仙桥、拜方合、扫嗷、安神等15个事项。在此，也详说几个较为重要的环节。

1. 送终

老人弥留之际，家人先须行"送终"之礼，即聚集家属、亲友至床前以作诀别。家属环侍床前目送，小辈要跪在榻前，屋内保持安静，让老人安息。也有长子扶父跌坐，喂烟火饭（米粥3匙）。俗谚"晓得死，爬起坐"，谓坐着死去，死者坐化，灵魂可升天。送终以子女到齐为"福气好"，倘有儿子尚在途中未赶到，家人须设法"吊命"，有为临死者灌参汤，以延续时辰。待一断气，俗谓咽下最后一口"海底痰"，就立即点燃香烛，每人手持3支香号啕哭送，同时烧化锡箔，谓之送"盘缠"。

2. 守灵

孝堂，设祭桌，摆灵位（逝者神位牌），焚香燃烛，做"灵前羹饭"，拜忏诵经，念伴打醮。孝子等眷属，卧在尸侧头前草荐（草垫）上，谓之"陪尸"，到"大殓"（落材），再轮流守灵，直到"出丧"。

3. 出殡

出殡俗称出丧。分几种年龄段实施，一为"夜棺"。未满周岁的婴孩死亡后，用稻草或草席裹扎后，到傍晚时分，直接在山上挖个洞埋葬，土上放些石头。最短的生下后7天内死去，叫"七日疯"，这些丧葬叫"夜

201

棺材"。二是小鬼。凡是未结婚拜堂的人死去，皆称小鬼。在日常生活中，如遇有两人相吵，常可听到骂对方是小鬼，咒其短命，不能成人。未成年人死后，移尸至堂屋时，卧尸板不可横放，只能直放，其中含意无从佐证，大概是没有成亲及跪拜过列祖列宗的人死了后只能直立站着。

出丧又分3种类型。一是贫苦家庭，家人死后，只打板头辑，请10位妇女念经一天了之；二是一般家庭，家人死后，请1至2个道士拜忏念经一天一夜；三是富有人家，家人死后，丧事操办规格较高，称为念佛出丧。念佛出丧者，不少于5个道士念佛诵经一日一夜至三日三夜不等，还配有吹鼓手，场面大，形式多样，气氛热烈。有一句老话：看18岁姑娘妆，不如看80岁婆婆丧。念佛出丧的重头戏是醮杠和路祭，孝子贤孙、亲戚和同宗同辈及小辈族人都要向死者叩拜送别，尤以亲生女儿哭七七达到高潮。亲生女儿身穿白衣孝服，戴白帽，穿白鞋，跪在祭桌前恸哭，吹行人员用哭腔哭唱，从头七哭到七七，动情而又悲戚，催人泪下，引围观者也抹泪揩涕。路祭结束，起枢至墓地。从前，棺材用稻草包扎后在墓地安放3年，不可入坟，最后，扶魂牌回家上堂。如今殡葬改革后，另当别论。

六横因特殊的地理环境，在丧葬礼中还有"招魂"一事。招魂，是对海难者而言的。过去，尤其是旧社会，渔船小，气象莫测，海难常发，遇难者颇多，因此，招魂是丧事中的一项重要形式。死者家人在岙口处树一枝带有根须的毛竹插在一只石臼里，竹顶端挂一条纸幡，一只竹篮，篮内放一只公鸡，一面铜镜，3个青年人扶竹竿奔转，道士在旁边念咒语，亲人呼喊死者名字，唤其灵魂回家来。跑过几圈，3人同时放手，竹竿子仍在转动（其实这是惯性所致），说明鬼魂已招进，便可结束。

新中国成立以后，特别是殡葬制度改革以来，六横人移风易俗，逐步树立起了厚养薄葬的观念，越来越多的人开始接受骨灰树葬、海葬等节地生态的安葬方式。同时，丧葬礼仪也渐趋简化。随着科学知识普及、文化水平提高、法律法规实施和现代化进程加快，一些带有封建意识和迷信色彩的旧风陋习逐渐淡出或消弭，取而代之的是时代的新风貌、新习俗。

六横精品海鲜

六横地处舟山渔场，海鲜资源丰富，勤劳而又喜食海鲜的六横人用智慧烹制出丰富且美味的精品海鲜。

一、六横精品海鲜为什么这么好吃？

六横精品海鲜好吃，其实是舟山渔场的海鲜好吃，六横精品海鲜的原料（即鲜鱼）全部捕自舟山渔场，这是大自然的馈赠。

舟山渔场位于我国东海之滨的舟山群岛，其海域范围包括北纬29°31′~31°00′，东经120°30′~125°00′，面积约5.3万平方千米，是多种经济鱼类洄游的必经之地。水深一般在20~40米，海底以粉砂质软泥和黏土质软泥等细颗粒沉积混合物为主。气候特点为温带海洋性季风气候，常年四季分明，冬无严寒，夏无酷暑，陆地年平均气温16.4℃，海洋年平均水温18℃，为北半球黄金切割线气候带，为鱼的生活和繁殖提供了有利条件。岸上有长江、钱塘江、甬江入海口，沿岸流在南北两侧分别与台湾暖流、黄海冷水团交汇，形成强大的低盐水团，不仅带来了大量养分，而且使周围海水温差变小，喜温的和喜冷的很多鱼都在舟山附近汇合。

优厚的自然条件，让这里的水产资源格外丰富：共有鱼类365种、虾类60种、蟹类11种、海栖哺乳动物20余种、贝类134种、海藻类154种。主要捕捞对象：

鱼类有大黄鱼、小黄鱼、带鱼、鳓鱼（鲞鱼）、银鲳（鲳鳊鱼）、海鳗（鳗鱼）、蓝点马鲛（马鲛鱼）、黄姑鱼（黄婆鸡）、白姑鱼、褐毛鲿鱼（毛常）、棘头梅童（大头梅童）、石斑鱼、鲐鱼（青鲇）、蓝圆鲹（黄鲇）、舌鳎鱼、绿鳍马面鲀（马面鱼）、虫蚊东方鲀、红鳍东方鲀（河豚鱼）、鲻鱼、鲥鱼、黄鲫、鲚鱼、多鳞鱚鱼（烂船钉）、沙丁鱼、龙头鱼（虾潺）、白斑星鲨、双髻鱼、扁鲨、犁头鳐、弹涂鱼等。

甲壳类有三疣梭子蟹、哈氏仿对虾（滑皮虾）、鹰爪虾（厚壳虾）、葛氏长臂虾（红虾）、中华管鞭虾（大脚黄蜂）、中国毛虾（糯米饭虾、小白虾）、日本对虾（竹节虾）、细鳌虾（麦秆虾）、鲜明鼓虾（强盗虾）等。

头足类有曼氏无针乌贼（墨鱼）、中国枪乌贼（踞贡）、太平洋褶柔鱼（鱿鱼）等。

腔肠类有海蜇。

爬行类有海龟、棱皮龟。

哺乳类有海豚（拜港猪）。

其中，大黄鱼、小黄鱼、带鱼和乌贼被称为中国的"四大经济鱼类"。

图4-15　禁渔期禁止销售的8种活体海鲜

舟山渔场不仅水产资源丰富，且品质上乘。生活在这一海域的鱼类肉质是其他海域的鱼类所不能企及的。以带鱼为例，舟山带鱼表面银白，眼睛黑亮，身材均称，骨小体肥，背脊上无凸骨；不仅食来细腻可口，且营养值高，蛋白质丰富，易于消化吸收。

二、六横精品海鲜加工制作方法

六横精品海鲜好吃，还有一个重要的因素不可忽视，那就是加工制作的方法。六横精品海鲜加工制作的方法很多，常用的有剖晒、风吊、醉糟、腌制等几种。加工制作时，一定要注意设法去掉海鲜的腥味，并保持其原有的鲜度。

（一）剖晒鱼鲞

图 4-16　六横一些渔户分别在晒鱼鲞和虾潺烤

每到秋冬季节，六横的一些海鲜排档和渔户就开始剖晒鱼鲞。鱼鲞种类丰富，有黄鱼鲞、马鲛鱼鲞、鳗鱼鲞、马面鱼（绿剥皮）鲞、鱿鱼鲞、虾潺烤等。加工方法大致相同，一般都有六七道工序：清洗、劈剖、去脏、清洗、盐渍、翻晒、整形。但在一些细节上，处理的方法有所不同。如在劈剖前是否先进行清洗；在劈剖去脏后，先清洗还是先盐渍；清洗时，放在水中洗还是用自来水冲；盐渍时，用海水、盐水还是盐巴。这些细节问题，看似差距甚微，实则关乎着鱼鲞的口味与品质。

好吃的鱼鲞要当日晒干，咸淡适中，没有腥味。如果剖晒黄鱼鲞或鳗鱼鲞，那在剖前剖后需做两次清洗：剖前清洗是先削去鱼鳞，而后用抹布或毛巾擦去鱼皮上的腻涎（腻涎腥味很重），再用水清洗干净；剖后清洗是用自来水冲洗掉鱼肚内的残留物。剖后清洗以后方可用盐巴盐渍，根据各自的喜好来控制用盐量，一般每公斤鲜鱼用盐量为 0.25～0.3 千克；盐渍后可立即翻晒。需注意的是，晒虾潺烤不用盐渍，只要用海水或盐水洗一洗即可。

水能溶解很多物质，包括盐和鱼肉中带有鲜味的营养成分。如果将劈剖过的鱼浸在水中洗，后又泡在盐水里盐渍，那时间一长，鱼肉里的"鲜味"就会流失很多。

鱼鲞以剖面淡黄色（不发油）、肉厚坚实、形体完整无损、干度足者为上品。成品的鱼鲞需进行包装，在储藏过程中应注意防潮、防虫蛀等问题。

鱼鲞烤猪肉，是20世纪六七十年代最具地方特色的一道名菜，只有逢年过节或家里来客人时才会上桌；即使在物资丰富的今天，此菜依旧备受大家喜爱，这其中六横精品鱼鲞功不可没。

（二）风鳗吊带

六横有句俗话叫"风鳗吊带，鰳鱼呛蟹"。仅仅8个字概括了六横最出名的4种精品海鲜及其加工方法。

风鳗吊带指的是吊起来风晾而成的干鳗鱼、干带鱼。加工方法（包括有关细节）跟剖晒鱼鲞大致相同，一般也有六七道工序：清洗、剖肚、去脏、冲洗（鱼肚）、盐渍、风干、整形。

图 4-17　六横一渔户在台门渔港码头剖晒风鳗

风鳗、风带鱼一般在每年的秋冬季节加工。加工时，将盐渍过的鳗鱼或带鱼（鱼嘴扒开）串到竹竿或钢管上，吊挂于通风处晾干，另用牙签将鱼肚皮撑开，使之干得更快。

好吃的风鳗、风带鱼要在一二天内风干（不要曝晒，以防发油），咸淡适中，没有腥味。"清蒸风鳗"是六横的又一道传统美食，做法极易，参考如下：

原料：风鳗 2 段、姜片 4 片、料酒适量（可放可不放）、香菜适量

调味汁：生抽、醋、姜、蒜各适量

步骤：

1. 风鳗取出切成段，略微冲洗一下；

2. 放入盆中，放入姜片，淋入适量料酒；

3. 上锅蒸 20 分钟；

4. 风鳗皮起泡后取出；

5. 趁热撕成小块状；

6. 放入香菜点缀。

（三）糟鱼

元宵节前后，自家自制的酒酿里的酒喝得差不多时，家家户户会把春节期间吃剩的鱼晾干，准备做醉糟鱼了。

做醉糟鱼，要先准备一个口小点的陶缸。把陶缸洗净晾干后，先在缸底垫上一层酒糟打底，然后把一条条干鱼切成一块一块的，放到陶缸里；常常会在最下面一层放鱼头鱼尾，这是因为如果吃的时间长了，糟鱼要坏掉，头尾部分在下面，浪费不会很大；接着把鱼块放整齐，按严实，尽量少留缝隙，再放进酒糟，抚平，让酒糟渗透每一个缝隙。就这样，一层鱼块，一层酒糟，直到缸里八成满的时候，就无须继续放鱼了，而是要在上面放上厚厚的一层糟，再使劲地按实，抚平。最后在上面放上一层糟，如果鱼比较淡，也可放一点盐。然后把预先准备好的塑料薄膜盖在缸上，再蒙上厚纸或布，用麻绳扎紧，做到密闭、不透气，而后把糟鱼缸放到一个阴冷的角落里，静待 3 个月后，喷喷香的醉糟鱼就制作成功了。

糟鱼蒸熟后有一股天然的鲜甜味，撩拨人的味蕾，夹一块放在嘴里，一股醇香蔓延开来，肉烂骨酥，入口即化，十分下饭。

在那个没有冰箱的年代，六横渔民会将吃不完的鱼制成鱼鲞、风鱼、糟鱼。如今，虽然海鲜的冷藏技术已十分发达，但这些传统技艺制成的海味依旧受青睐。

（四）醉腌泥螺、蟹糊

出生沙际海洋洋，

无识无知无酌量。

敢于蛟龙争化雨，

肯同鱼鳖竞朝阳。

这是一首赞美泥螺的诗。六横人办酒席，菜桌上少不了的一道菜就是醉泥螺。

泥螺在我国沿海都有出产，是典型的潮间带底栖匍匐动物，多栖息在中低潮带泥沙或沙泥的滩涂上，在风浪小、潮流缓慢的海湾中尤其密集。六横的泥螺栖息的滩涂主要分布在龙头跳、平峧、杜庄、小湖等地。因为六横的泥沙有机质含量丰

图4-18　六横"龙头跳"品牌醉泥螺

富，所以本地出产的泥螺体大壳薄、足红口黄、满腹藏肉，较为出名。六横老百姓会将捡拾来吃不完的泥螺腌制，让人意外的是，腌制后的泥螺更加鲜美爽口，更有健脾胃、助消化等功能，所以被捧上宴席，成为当地的一道名菜。

醉泥螺的制作大致分6道工序：选料、去泥、腌制、分装、调味、密封。其中，去泥和调味两道工序最为重要，是决定醉泥螺品质好坏的关键所在。去泥时，先盐浸：将选好的泥螺放入桶中，加浓度为20%～23%的盐水，迅速搅拌均匀，直至产生泡沫为止。然后，静置3～4小时，再冲洗：将盐水浸泡过的泥螺捞起，摊放在筛上，用清水冲洗干净，稍微沥干。调味前，先制卤：将腌制泥螺的盐水倒入锅中，加适量茴香、桂皮、姜片等，煮沸10分钟，经冷却、过滤，即为卤汁。再加料：向分装泥螺的坛、罐中加入卤汁至淹没泥螺，并加入泥螺重量5%的黄酒。

目前，六横当地一家以"龙头跳"为品牌的海产品加工企业，采取六横人传统的腌制工艺，再加以祖传秘制配方调味，使该企业出品的醉泥螺

鲜香可口，独具六横味道。

"蔬菜一桌，不如蟹糊一垛。"在六横人口中还流传着这样一句老话，说明蟹糊也是一道具有地方特色的传统美食。六横人叫它"压饭榔头"，"格东西交关下饭，一眼眼（一点点）可以过一碗泡饭"。所谓"压饭榔头"，是浙东一带的老话，通俗点说，就是下饭神器了。

最高端的食材往往以最朴素的方式进行加工。六横渔民常用刚捕上来的红膏梭子蟹做蟹湖。先把蟹洗干净，去蟹壳、蟹爪、蟹脐、蟹鳃等，取出蟹膏；再将蟹身剪成小块，斩压成糊，放进蟹膏拌和；然后放上适量的食用盐、白酒、姜汁等调料，调拌均匀后保鲜3~4个小时就可以品尝了。做好的蟹糊，放在冰箱里冷冻，可存放半年之久。吃的时候，先从罐里分出少量，用筷子蘸

图4-19　蟹糊

取，每一啖，都能尝到蟹黄的肥美和蟹肉的清甜，绵软密实、入口即化，咸鲜的味道持久不散。若蟹糊蘸上些许米醋，那美味能更上一层。倘若，在吃过油腻的大鱼大肉后，上来一些鲜咸的蟹糊，顿觉口舌生鲜，神清气爽。

六横精品海鲜是舟山海鲜的重要组成部分。一些渔家子女靠它来创业致富，他们用父辈传授的经验来打造品牌，用现代的互联网技术来搞营销，成为渔业产业链新的"探路者"。

六横方言

在普通话普及的当下，年轻人会讲方言，成了一件难能可贵之事。而方言亦是一种文化，彰显着当地人独有的风土与人情。

一、六横方言及其特点

方言，是语言的地方变体，即一种语言（如汉语）中跟标准语（普通话）有区别的地方话。按分布区域，大致可分为七大类，即北方方言（官方方言）、吴方言、湘方言、客家方言、闽方言、粤方言、赣方言。

六横方言属吴语太湖片甬江小片的一个分支。因住民祖籍多源于邻近内陆沿海镇海、北仑一带，故与宁波方言较为相近。其特点是：

（一）语音方面，六横话向来以"石骨铁硬"著称

在一些场所，两个人大着嗓门对话，常被陌生人误会这两个六横人在吵架。这是因为：

第一，六横方言完好地保留了古汉语的入声字，也就是六横话里大多是发音短促的入声字。如"上庄、下庄，壮壮鱼覃过过粥（音 juào）"（庄和壮都读 juàng），在这句最能体现六横地方特征的方言里，每个字都读入声。

第二，无任何翘舌音。普通话里的所有翘舌音（如 zh/ch/sh），在六横话里都读平舌音（z/c/s）。如"纸（zi）""扎（za）""招（zao）""齿（ci）""撑（ceng）""事（si）""数（su）""生（seng）"等。有一些复韵母变成了单韵母，如"ian→i""an→i"。好多字在六横话里都变成了同音字，读音也更加短促。如"钱""缠""奇"都读"qi"，"剪""展""几"都读"ji"，"线""扇""细"都读"xi"，"联""离"都读"li"，"烟""衣"都读"yi"，"面""米"都读"mi"。因此，常把"联

合"说成"离合"，"尖刻"说成"饥渴"，"烟厂"说成"衣厂"，"面饭"说成"米饭"，等等。

第三，说话的语气、语调上也体现了"硬"的特质。

六横话语音方面的另一个特点是音变现象比较普遍而且复杂，见下表：

字	普通话拼音	六横话音变	实例
鸭	yā	ae（音如晏）或è	一只鸭（音 ae） 鸭（音è）蛋
猫	māo	音慢	一只猫（音慢）
牌	pái	音排 或办	门牌（音排） 扑克牌（音办）
娃	wá	音挽	男孩（小娃），六横话叫"小挽"，有人把他当作"小顽"，"顽"取顽皮义，其实"小挽"即小娃的音变
叔	shū	音缩 或宋	二叔（音缩），指二叔父 阿叔（音宋），指叔字辈的人称
伯	bó	音百 或浜	阿伯（音百，变入声），指伯父 阿伯（音浜，变平声），指丈夫的兄长
脚	jiǎo	音接 或将	脚（音接）骨 拐脚（音将）
虹	hóng	对雨后的彩虹地道的六横话不叫"虹"，叫鲎（音吼）	俗语有"东鲎日头西鲎雨""早鲎勿过昼，夜鲎晒开头"等说法，"鲎"本指鲎鱼，一种壳似坚甲尾似剑的海洋动物，本义与"虹"无关。鲎当虹讲，其实就是虹的音变
隘	ài	音尬	田岙王隘（音尬）、宁波邱隘，读尬有音理依据，隘从益得声，同声符的"溢"字六横话读"革"，如"水革出""老酒倒了革进革出"，可作旁证

（二）词汇方面，六横话词汇跟普通话甚至跟其他吴语都有较大差别

1. 有些复音词音节顺序跟普通话正好相反。如"人客"（客人）、"气力"（力气）、"牢监"（监牢）、"栏栅"（音辣色，栅栏）、"蛳螺"（螺蛳）、"欢喜"（喜欢）、"火着"（着火）、"闹热"（热闹）。

2. 六横话里还有一些类似古汉语偏义副词的词语，这些词语其中一个词素（或成分）只起陪衬作用，不表示意义。如"桌凳"（桌）、"雾露"（雾）、"要紧要慢"（要紧）、"溢（音革）进溢出"（溢出）、"缒（音住）上缒落"（缒落）。

（三）语法方面别具特点

语法包括词法和句法，汉语词法与句法大的格局（语素及其组合方式）具有一致性，这里重点说说六横方言词法方面的一些特点。

1. 名词类

（1）用"阿"作词头。亲属称谓名词前面大都可以加"阿"。如阿太、阿爷、阿娘（如"阿"音变为短音，则阿娘为母亲；如"阿"音变为长音，则阿娘为祖母）、阿爸、阿姆、阿叔、阿姑、阿姨、阿哥、阿嫂、阿姐、阿弟。

小名及兄弟姊妹排行也可加词头"阿"，如谢家谢忠明、谢忠良、谢忠科三兄弟可分别叫阿明、阿良、阿科，或阿大（音陀）、阿二、阿小。

（2）用"头"作词尾，使用范围比普通话广泛。有些普通话中不用"头"结尾的词，在六横话中用"头"，如"纸头"（纸）、"盖头"（盖子）、"讲头"（说法）、"做头"（做法）、"五元头"（五元）、"一斤头"（一斤）、"角落头"（角落）、"洋葱头"（洋葱）、"门口头"（门口）、"芋艿头"（芋艿）等；在普通话中用"子"或"儿"结尾的词，六横话也用"头"，如"鼻头管"（鼻子）、"被头"（被子）、"调头"（调子）、"滩头"（摊儿）、"瓶盖头"（瓶盖儿）；"头"还可用在部分形容词词尾，如"生头"（陌生的）、"老实头"（老实的）、"苦意头"（苦的）、"甜嫩头"（甜的）等。

（3）用"子"作词尾，常用在时间名词后面，如"旧年子"（去年）、"前日子"（昨天）、"明朝子"（明天）、"闲遭子"（以前）、"老底子"。

（4）方位名词中表示"上面"的用"顶（音登）""上顶"（上面）

或"头顶"（头顶上）；表示"下面"的用"底下"（下面）或"下底"（下面），如"地板顶"（地板上面）、"箱子顶"（箱子上面）、"书上顶"（书上面）、"眠床底下"（床下面）、"桌凳底下"（桌下面）、"抽斗下底"（抽屉下面）、"玻璃板下底"（玻璃板下面）。

2. 动词类

（1）单音节动词后面加上"记"再重叠，构成"V. 记 V. 记"格式（V. 指单音节动词，下同），表示动作的重复或某种情态，有不礼貌状。如"看记看记"（看一下看一下）、"摸记摸记"（东摸摸西摸摸）、"撞记撞记"（撞一下撞一下）、"嘴巴瘪记瘪记"［嘴巴抿一下抿一下（表示不悦情绪）］。这种格式中的两个动词也可以是字面不同的同义词或近义词，如"张记望记"（看一看，望一望）、"撮记引记"（时不时挑逗对方一下）。

（2）单音节动词还可与数词"三""四"或"七""八"构成"三 V. 四 V."或"七 V. 八 V."格式，表示动作的重复，后面常跟贬义补语。如"三弄四弄弄坏嘞"（一直弄反而弄坏了）、"三话四话话了造孽嘞"（一直说反而说得造孽了）、"三吃四吃吃醉嘞"［一直吃都吃醉了（"喝"也作"吃"）］、"七发八发甮（音 feng，意"不用"）发嘞"［一直发（也没弄出个名堂）不用发啦］、"七查八查查勒一场吭结果"（一直查也没查出个结果）、"七改八改反使改坏嘞"（一直改，反而改坏了）。

（3）单音节动词重叠后有时表示某一动作过去发生目前仍在持续。如"其（他）街里起起弗来了"（他一直在街上，逛不想回来了）。

（4）一些单音节动词重叠后还可以带宾语或补语，表示某个动作或行为持续的时间，如"写写书三年了"（写书写了三年了）、"爬爬起半日了"（起床有半天了）。

3. 形容词

（1）用"动"作形容词词尾。有些单音节形容词重叠后加上"动"就构成形容词，表示一种生动的情态，有"……的感觉""……的样子"等意思。如"晕晕动"（晕晕的感觉）、"戚戚动"（牵挂的感觉）、"拐拐动"（摇晃的感觉）。

（2）用"交"或"官"作形容词词尾。有些单音节形容词重叠后可以带词尾"交"或"官"，作音节助词，无具体实意。如"慢慢交""好好交""轻轻交""慢慢官""好好官""轻轻官"。

（3）用"吧啦"作形容词词尾。"吧啦"没有实际意义，但对前面的词根起到一个辅助的作用。如"泥腥（脏）吧啦""伤心吧啦""罪过（可怜）吧啦""危险吧啦"。

（4）一些形容词还可带"得"或"格楞敦""的剥落"等词尾，无具体实意，以构成四字格形容词。如"背时背得""大面大得""厚嘴后得""小格楞敦""硬的剥落""灰的剥落""黑的剥落"。

（5）有些形容词中还可插入"括（音骨）"或"括斯""得斯"等音节助词，以构成三字格或四字格形容词，并无具体实意，用来强调形容词的程度。如"冰括冷"（冷）、"雪括淡"（淡）、"贼括老"（老）、"冰括斯冷"（非常冷）、"雪括斯淡"（非常淡）、"贼括斯老"（非常老）、"血得斯红"（非常红）、"滚得斯圆"（非常圆）、"屁得斯轻"（非常轻）、"怪得斯酸"（非常酸）。

（6）单音节形容词前后一般可以加叠音成分，叠音成分加在前面表示程度加深，叠音成分加在后面表示程度较轻。如"滚滚圆"（非常圆）、"圆滚滚"（有点圆），"碧碧绿"（非常绿）、"绿映映"（有点绿），"雪雪淡"（非常淡）、"淡呵呵"（有点淡）。

（7）单音节形容词重叠后表示"比较……"的意思。如"该（这）人笨笨咯"（这人比较笨）、"事情多多咯"（事情比较多）、"车开慢慢咯"（车开得比较慢）、"雨落大大咯"（雨下得比较大）。

4. 数量词

（1）表示概数的方式多种多样。如：

"毛三十""三十弗到眼""三十横里""三十横横动""三十多眼"（都指 30 岁左右）。

（2）"头"和后面"两"等数词一起表示约数，有"将近……""……不到一点儿"的意思。"靠"用在"十""廿""百"等前，有"大约、将近"的意思。如"头两斤"（两斤不到点）、"头两个月"（两个月不到一点）、"头两千块"（两千块不到点儿）、"靠十斤"（十斤左右）、"靠廿岁"（二十岁左右）、"靠百块"（一百块左右）。

（3）量词重叠时可插入中加成分"打"，表示无一例外。如"个打个"（每一个）、"件打件"（每一件）、"回打回"（每一回）、"记打记"（每一次）。有时还可表示"一个一个地（一箩一箩地……）"的意思，如"西瓜只打只买弗上算咯，是箩打箩买便宜"（西瓜一个一个买不划算，一箩筐一箩筐地买便宜）。

5. 拟声词

六横话拟声词很丰富，说起来绘声绘色，十分生动，如"心里咕咕忖忖"（指心里有事放不下东想西想）、"米缸愁愁会浅落去"（指米缸里的米眼瞅着少下去）、"棉被晒勒轰轰响"（指被子晒过以后香喷喷、松松软软的状态）。

（1）双音节拟声词可重叠，可同韵推延，可加衬音，变化无穷。如：

嘀嗒　嘀嘀嗒嗒　嘀嗒嘀嗒　嘀力嗒勒

贴脱　贴贴脱脱　贴脱贴脱　贴力脱勒

叽咕　叽叽咕咕　叽咕叽咕　叽里咕噜

（2）单音节拟声词有的也有固定的衬音，待衬音后还可重叠。如：

别嗒　别嗒别嗒

骨嗒　骨咯骨嗒

督格　督格督格

格嘞　格嘞格嘞

二、六横方言常用词及短语

本文收录老年人常用、有特色的不同于普通话的常用称谓、常用词、常用短语，以传承六横方言词汇基本特征。

（一）常用称谓

六横方言的称谓喜带"阿"字，对子女小辈的爱称也喜去掉姓，并将名字的第一个字用"阿"代替。称谓中外公（外祖父）、外婆（外祖母）、姑嬷（父亲的姐姐）、姨娘（母亲的姐姐）、舅姆（舅父之妻）不加"阿"字。

1. 带"阿"字的称谓

阿爷：爷爷	阿兄、阿大：叔叔	阿姐：姐姐
阿娘：奶奶	阿婶（音新）：叔母	阿嫂：嫂嫂
阿爹：爸爸	阿姑：姑姑	阿妹：妹妹
阿姆：妈妈	阿哥：哥哥	阿弟：弟弟
阿伯（音八）：伯父		

2. 与普通话差异大的称谓

老成人（音宁）：老人	新妇：儿媳妇	老宁爿：已婚妇女
小挽（音弯）：男孩	俩家伴：婆媳	后生：男青年
小娘：女孩	老公：丈夫	小奶欢：婴儿
丈人（音宁）：岳父	老宁：妻子	太婆：曾祖母
丈母娘：岳母	双心老宁：孕妇	太公：曾祖父

3. 名词

①人体部位和状态：

子孔头：小孩子头顶骨未合时的孔（囟门）	外婆云：小孩子头上头发未出的一圈
头点星：头顶	脑克头：脑门
头颈梗：头颈	后司颈：后颈部位
颜面毛：眉毛	眼角落潭：眼角
白头管：鼻子	黄脓白头：浓鼻涕
净根牙：最迟出的大牙	好管：气管
胸管潭：胸脯	奶奶脯（音难难蒲）：乳房
背肘（音九）升：背部	肋格子下：腋下部位
借手：左手	顺手：右手

续表

腰婆骨：腰椎骨	饭包：胃
脚夹缝：大腿股沟	屁眼：肛门
脚壳头：膝盖	脚娘肚：小腿部位
脚卜落头：脚踝关节	脚趾末头：脚趾
卖相：容貌	烂茶水（音世）：涎水
馋吐：唾液	白头：鼻涕
好坨：哮喘	黄胖病：黄疸肝炎
老哑臭：狐臭	张面聋：其中一只耳朵失聪
粗子：麻疹	乌青：皮肤瘀血
胖洋活：淋巴结发炎产生肿块	大嘴疯：腮腺炎
买柴病：疟疾	割头番：齐耳短发（女子发型之一）

②各种人的称号

双心老宁：孕妇	屙毛头：婴儿
独养五子：独生子	二大糊：第二儿子
童子后生：男青年	祖宗大人：祖先
老三大人：传说中的"十三祖宗"	生头人：陌生人
聋彭：聋子	隔舌潭：口吃者
大白：智力低下的人	癫子：疯子
吭郎：傻瓜	喳尿扑：尿床者
贼骨头：小偷	绿壳：土匪别称

③物称

堂前：厅堂间	香火盏：祠堂里插香用器皿
灶跟：厨房	地文：门槛
道地洋：屋前场地	格步坦：台阶
耸塔埠头：路陡地方	眠床：床
滑子：草席	矮凳：木凳

续表

凹斗：木制有柄带嘴的水瓢	料勺：舀屎的器具
镬（音或）杠：蒸食用竹格子	挈（音切）档桶：提水用小桶
便桶：粪桶	团箕：一种圆盘形竹器
幢篮：多层叠放、盛送礼的篮	朗杆：晒衣用的竹竿
栚子：一种长方形晾晒竹器	朵支：挑担时配合扁担使用
叫子：哨子	沙剑：一种月牙形曲齿镰刀
汤锅：安放在灶膛处热水器具	脚踏车：自行车
定糖：冬天屋檐冰条	龙光煽（音仙）：闪电
鲎（音吼）：虹	火龙：轮船
注浪：晕船（非物称）	汰磺头：海边礁石处

④食品（包括动植物）

壮壮鱼罩：梅鱼	烂眼四张：小鱼苗
乌贼臊肠：墨鱼内脏	乌贼乱旺：墨鱼睾丸
明夫鲞：乌贼、墨鱼干制品	淡菜：鲐贝
虾蒲溚：虾蛄（富贵虾）	门蟹：雌的梭子蟹
蛎旺：牡蛎	长鳞婆子：一种大鲳鱼
鳗秧：鳗鱼苗	下饭：菜肴
汤世、拌小果：果品、闲食	包头：拜岁礼品
牛绳：麻花	格老倭豆：蚕豆煮年糕
老子（鼠）团：蕃干粉捏的形如小老鼠的团子	咸菌（音儿）：咸菜
饭瓜（音观）：南瓜	红毛番薯：土豆
山粉：番薯淀粉	芦稷（音儿）：高粱
六谷：玉米	灰蛋：咸蛋

⑤衣饰

添里布衫：内衣	预腥布襕：做家务用围裙

续表

下巴兜：婴儿衣兜	龙裤：渔民捕鱼时穿的裤子
戴头蒲：盖头的毛巾或布块	

⑥时间、日期

日（音聂，下同）头：太阳	日脚：日子
好日：结婚办喜事	几面：今天
明交：明天	前日子：前天
后日子：后天	天亮（音"帖让"）：早晨
昼过：中午	靠夜：傍晚
旧年子：去年	来年子：明年
刚里、刚上里：现在	早衣子：过去

⑦游戏

猜梅子：猜谜语	摆酒宽：小孩办酒席游戏
幽猫：捉迷藏	摸暗洞：蒙眼睛抓人游戏
张貌：逗引小孩左右看望	穿线棚：绳子游戏
忽拳：猜拳	虾痒趣趣：逗痒

4. 动词

㧯：捣。如"㧯年糕"	驼：拿。如"驼东西"
刮：用手掌打。如"刮耳朵光"	拷：敲。如"拷门"
灭：用手指捻搓。如"灭山粉"	溜：搅拌。如"溜芝麻糊"
按：摆。如"按桌凳"	杖：洗。如"杖衣裳"
郁：摺。如"郁纸头"	扒：撕开。如"扒橘子皮"
笃：戳。如"笃麻筋灰"	万：调节。如"万水龙头"
办：跨。如"办水缺潭"	跕：蹲下。如"他跕在地上"
距：跪。如"距拜"	纵：双脚并跳

续表

起：去。如"搭宁波起"（到宁波去）	熏：嗅。如"熏酱油、米醋"
辱：骂。如"辱人"	呕：喊、叫。如"呕名字"
话：讲、说。如"吾话拨侬听"	康：藏。如"康钞票"
幽：躲。如"她幽在门后背"	熯（音汉）：饭锅里蒸食物
燂（音谈）：用火烧煮。如"燂饭"	煞：熔化。如"冰煞掉嘞"
曲饭：吃饭	于饭：给小孩喂饭
值钿：疼爱	挪话：玩耍
大痒：搔痒	纠作：收拾、整理
按堆：放着	婆人（音宁）：绑人
侯性命：竭尽全力	打横：顺便或抽空办事、串门
打好汉：打呵欠	关肚仙：求巫婆
扯蛋：吹牛	造孽：吵架
应嘴：顶嘴	弗结：不知道（确不准）
倒梗：善意的为劝阻；恶意的为从中作梗、捣乱	起屋：造房子
撮烂肩：做事马虎，不负责	回头：辞退

5. 形容词

郎：稀疏	心焦：寂寞
出跳：有出息	登样：英俊
馋痨：嘴馋、贪吃	偎侮（音武）：难为情、害羞
擦白刷：捡便宜	亳嫂：催赶快行动
背木梢：上当受骗	勿上科：没有规矩、缺德
犯关：碰到不幸、倒霉的难事，含"糟""糟糕"之意	对百筋：全身筋肉抽搐痉挛，或喻办事处境异常困难
结棍：结实健壮有力，能负重	煞格：厉害，用于本领高、力气大、数量多、价格贵等

续表

侯面毛：刚刚好、正好	动伙：开心、高兴
半雌雄：言行打扮像个女人的男人或像个男人的女人	烂拖包：衣服穿着和身体臃肿不洁的人
腻腥：肮脏，不洁净	火油箱：喻生活作风不好、风骚女人
鞋蒲其：糊里糊涂，不负责任	食麦糕：信口开河，滔滔不绝
倒链：瓜过熟，瓜瓢倒下	横如横：作最坏打算

6. 代词

糯（音 nou）：你	吾、吾喽（音 ŋè lou）：我	其：他
你拉（音 n la）：你们	阿拉（音 è la）：我们	其拉：他们
阿里：哪里	堂眼：这里	该眼：那里
堂回：这一次	该回：那一次	抱时：第一二次
堂枪里：这段时间	过枪：过一段时间（非代词）	腾上：等一会
咋观：多少	咋什么（音毛）：怎么样	赫毛格：这么样
老扣：不多	摸六株：插秧耕田割稻都以六株为一行。代指种田和农民	

7. 量词

伢（音用）：两臂展开的长度	班：群
托：大拇指和中指展开的长度	梗：条
垯（音大）：趟、次	斞（音偷）：相当于幢、座，专用于房屋的量词

8. 副词

煞：表示程度：极或非常	足：表示程度：最多、到极点或足够
弗：不（用于否定）	莫：不要（对他人行为的劝阻）
活即：刚刚	派来：原来

续表

弄方：可能、恐怕	作兴：可能、或许
闲板：肯定、一定	小势：稍微、不多
由秀：马上、随即	扣扣好：刚刚好
老老：经常	蓝扮：偶尔
出格：越发	扣索：幸亏
偷盘、偷防：偷偷地	聚头：一齐、一道、一块
交关：非常或特别	官：比较。如"官多"即"比较多" 介官：这么。如"介官多"即"这么多" 着官：非常（有点出乎意料）。如"着官多"

9. 介词、连词、助词

搭：相当于和、同、跟、到、对、替等。可以作连词，也可作介词	拨：相当于给、被等
单超：只要	是话：如果
勒：相当于"得"	哦：相当于"吗"
唻：相当于"了"	

（二）熟语

1. 礼貌语

弗好意思：表示对不起或歉意。

呒告（音 m gào）：没什么、没关系。

2. 客气语

一念东西：一点点东西。这是六横人在分享食物或送礼时常说的一句话。

3. 招呼语

饭曲过哦：饭吃过吗？（六横人在吃饭时间相遇常用此话打招呼）

诺（音糯）搭阿里起：你到哪里去？（六横人在路上相遇常用此话打招呼）

4. 祝福语

拨侬脚骨健：给你腿脚健壮（也意味着身体健康）。六横还有一句熟语叫"脚娘肚当米缸"，说明腿脚健壮，能劳动可养家糊口。

拨侬运道好：给你运气好（暗示做工作、办事情有好人相会、贵人相助）。

5. 安慰语

弗搭界：不会有事、没关系。

莫难熬（偏如……）：不要难过（六横人常用"偏如……"来宽慰别人）。

船到桥门直：顺其自然，不用发愁。

打虎跳：当婴幼儿走路摔跤时，大人就说"打虎跳"，以此来鼓励孩子不要怕，自己爬起来。

讲呒夜乱话：当婴幼儿因某件事情哭闹时，大人用"讲呒夜乱话"来转移孩子的注意力并安抚他的情绪。

6. 讽刺语

小八赖四：小人物。

7. 骂人语

串风撬祸：搬弄是非，挑拨离间。

轻身泛起：举止轻浮。

热拆骨头：手脚不停，好摆弄并拆毁东西。

绞七廿三：不明事理，胡搅蛮缠。

余江蒲掉：四处游荡，不务正业。

死眼白起：如痴如呆，不爽直。

8. 形容语

肉割割：心疼，舍不得。

糊踏踏：（食物或环境）不洁、泥泞。

宁节节：（食物）有韧性，可口好吃。

燥夫夫：（食物）干燥不鲜嫩。

酸丢丢：（食物）带酸性。

汪蒲蒲：软、柔。

黄古古：黄色。

羊皮皮：小孩调皮不听劝。

木醒醒：做事情脑子反应不灵活。

前脚后跟：紧跟着，几乎同时。

心塞眼闭：心安理得无懊悔。

生头陌脚：从未见过或到过。

爹头娘脚：说话行事牛头不对马嘴。

呒准烂则：言行没准则。

头头烂节：爱管闲事，过于热心。

镂脓刮髓：喻出口伤人，语言恶毒或挖空心思。

咬紧苦赚：生活刻苦耐劳。

生苦铁咸：味特咸且苦涩。

草纸包老菱（音"轮"）：意同"纸包不住火"，比喻无法隐瞒。

轧乱捣浆：掺和、拥挤。

弯里结葛：交叉弯曲。

老木伶仃：老态龙钟。

精光滴滑：喻一点儿不剩或一无所有。

热脖鸡爪（音"找"）：燥热，如鸡抓搔的感觉。

放泼肆赖：行为放肆无顾忌。

牵丝汏白：扯三拉四，牵缠不清。

小货铜钿：私房钱。

铁丝克箩：过分精明。

对架挖开：一模一样。

血得斯红：鲜红。

碧得斯绿：青翠欲滴。

雪白粉嫩：皮肤白净、相貌超群。

墨里擦黑：黑上加黑。

异样骨得：言行与众不同，让人反感。

屙里拌糟：喻说话行事没有条理"一团糟"。

火热达达滚：滚烫。

含食糊掏：说话不清楚。

屙缸掏梅核（音活）：概率小，没希望。

茧子摸骨头：喻仔细、认真或挑剔找碴。

踢脚扳手：碍手碍脚。

死鸡塞硬屙：做事死板不灵活。

黄狗奔耗猫：为得好处或凑热闹奔来奔去。

（三）谚语

1. 关于婚姻家庭

少年夫妻老来伴。

夫妻恩爱，讨饭应该。

肚勿痛，肉勿亲。

猫生猫中意，狗生狗欢喜，自生自值钿。

三岁打娘娘会笑，廿岁打娘娘上吊。

梅时日头，晚娘拳头。

丈姆一声呕，鸡蛋一奋斗。

门前一条河，抬来媳妇像阿婆。

作物种勿着一季，老婆抬勿着一世。

长子勿得力，苦到脚骨直。

儿子像阿娘，银子好打墙。

像爹囡，吃勿完。

小人勿听大人话，眼泪流下巴。

光棍做人赛神仙，生起病来叫黄天。

2. 关于知识能力

教书欠通，讨饭欠穷。

怕痛怕痒，做勿来外科医生。

出道是侬早，运道是我好。

大蟹还是小蟹乖，小蟹打洞会转弯。

自个做做勿其，人家做做勿中意。

讲讲赵子龙，做做蹩脚疯。

讲讲像神仙阿伯，做做像死蟹吹白。

3. 关于为人处事

饭吃三碗，闲账不管。

手板挽进里，拳头打出外。

面孔老老，肚皮饱饱。

魂灵勿生，饭勿吃羹。

眼药瓶塞之，大缸盖开之。

扫地扫个地中央，揩面揩只鼻头梁。

隔壁做官，达（大）家喜欢。

人情叠如债，镬爿挈出卖。

舌头吭骨，随侬嚼法。

有借有还，再借勿难。

吃力勿讨好，阿王揉年糕。

一勿打黄胖，二勿打和尚。

人家事体头顶过，自家事体穿心过。

状元不考有下科，酒肉不吃要错过。

4. 关于健康养生

冬吃萝卜夏吃姜，长年勿用看医生。

冬补十进九，夏补随流汗。

5. 关于天气现象

夜开天，晴半年。

冬冷勿算冷，春冷冻煞犊。

吃了东五（端午）粽，还要冻三冻。

东鲎日头西鲎雨。

早鲎勿过昼，夜鲎晒开头。

港爿（海鸥）飞进呇，大水漫上灶。

6. 关于人生哲理

贪小失大，贪嘴落夜。

一勿赌力，二勿赌食。

带鱼吃肚皮，咸话讲道理。

爬到半天里，跌落屙缸里。

脚踏路中央，不怕路翻向。

来是人情去是债。

天怕雪后风，人怕老来穷。

前船后船眼，新船老船板。

7. 其他

老豆腐嚼勿落，小矮凳撩勿着。

上呒遮勒，下呒勾扎。

眼睛别别跳，不是打来就是吊。

勿怕势道大，只怕虱爬过。

好心呒好报，翻转一白刀。

呒设法，问菩萨。

要紧勿得慢，尿瓶挈脱甩。

种田割稻，哄人到老。

多少一个礼，馒头也是米。

三、六横歌谣

六横人用方言创作的歌谣，格调典雅，词语通俗流畅，富有浓郁的生活气息和地方色彩，读起来很有画面感。

1. 蚂蚁歌

蚂烘哎，快快来，

蓑衣笠帽穿勒来，

砧板薄刀背勒来，

前门后门关勒来……

2. 摇篮调

摇啊摇，摇到外婆桥；

外婆夸我好宝宝，叫我吃糖又吃糕。

摇啊摇，摇啊摇，

风勿吹，云勿飘，宝宝要睡觉。

摇啊摇，摇啊摇，

小鸟勿飞也勿叫，宝宝睡觉了。

227

摇啊摇，摇到外婆桥；

外婆屋里纺棉纱，舅妈坐勒懒泻茶。

舅舅上山摘枇杷，枇杷树上一根蛇，吓勒舅舅满山爬。

3. 小宝宝

小宝宝，侬要啥人抱？

我要阿爷抱，阿爷胡须捋捋困闲觉；

小宝宝，侬要啥人抱？

我要阿奶抱，阿奶腰骨呕勿倒；

小宝宝，侬要啥人抱？

我要阿爹抱，阿爹出门赚元宝；

小宝宝，侬要啥人抱？

我要阿姆抱，阿姆三件衣裳做做好；

小宝宝，侬要啥人抱？

我要阿叔抱，阿叔斫柴磨茅刀；

我要阿姑抱，阿姑三朵荷花绣绣好；

小宝宝，侬要啥人抱？

我要阿哥抱，阿哥看牛割青草；

小宝宝，侬要啥人抱？

我要阿姐抱，阿姐三根弄堂扫扫好；

阿啦宝宝呒人抱，只好摇篮里厢去困觉。

4. 一粒星

一粒星，格伦墩，

二粒星，挂油瓶；

油瓶漏，炒倭豆；

倭豆香，加生姜；

生姜辣，抲水獭；

水獭矮，抲只蟹；

蟹脚长，爬过墙；

蟹脚短，爬过碗；

碗底凸，抲只鸽；

鸽会飞，抲只鸡；

鸡生蛋，给外公外婆当下饭。

5. 子字歌

正月客人剥瓜子，二月小团放鹞子，

三月清明孵秧子，四月黄鱼来生籽，

五月端午裹粽子，六月笠帽当扇子，

七月放焰烧忏纸，八月丹桂摘柿子，

九月重阳挑团子，十月鸡娘抠蛋子，

十一月收账翻簿子，十二月送年烧课子。

6. 对花送郎

（女）

墙里开花墙外郎来攀，

只见才郎走进小妹房。

有什么花名，

要妹对郎说清爽。

（男）

什么花儿尖，什么花儿黄？

什么花儿做帐子相配什么床？

什么花儿做枕头相配什么花儿被？

什么花儿褥子被盖在阿哥郎身上？

（女）

蜡梅花儿尖，油菜花儿黄。

蝴蝶花儿做帐子相配茉莉床。

绣球花儿做枕头相配芙蓉花儿被。

牡丹花儿褥子被盖在阿哥郎身上。

（男）

情哥郎回头来，

望望小妹美裙衩。

近日阿哥出门做生意，

有什么心里话好对阿哥讲。

（女）

妹送才郎送到梳妆台，

梳妆台里拿出十元洋钿来。

五元给侬阿哥作盘费，

五元送侬阿哥买香烟。

（男）

多情侬恩小妹，

送我阿哥到天井边。

望望天井外老青天，

有意每日会落雨。

多情侬老天公公，

多留我才郎三两日。

（女）

妹送才郎送到大门外，

门外才郎不知几时来，

侬郎勿来书信总要来，

书信勿来害我相思挂心怀。

（男）

多情侬恩小妹，

送我阿哥到街坊上。

街坊上有一面太平旗，

太平旗上有六个字：

求荣华，享富贵，

富贵荣华万万年。

（女）

妹送才郎送到木簪牌，

木簪牌边有一朵茉莉香。

家花本是野花香，

野花虽香恐怕不久长。

（男）

多情侬恩小妹，

送我阿哥到六里棚。

小妹脚下一条大溪坑，

溪坑流落都是长江水。

我问侬小阿妹，

夫妻到头勿到头？

（女）

妹送才郎送到七字桥，

七字桥下自有浪来漂。

兄妹今日双双来过桥，

犹可比，牛郎织女渡鹊桥。

（男）

多情侬恩小妹，

送我阿哥到八里村，

八里村上做戏文，

抬头看戏文。

戏文会做啥戏文？

双阳公主追狄青。

（女）

妹送才郎送到九曲弯，

九曲弯上有枝好牡丹。

牡丹亭上自有一句话：

采花容易结子难。

（男）

多情侬恩小妹，

送我阿哥到十里亭。

十里亭上自有一座土地堂，

土地公婆对阿拉笑嘻嘻，

笑阿拉两夫妻，

初一月半去烧香。

（女）

妹送才郎再送一里亭，

十一里亭多送难为情。

做小妹袋里取出一条白丝巾，

礼物虽小送给阿哥一片心。

（男）

情哥郎回头来，

望望阿妹美裙衩。

又只见恩小妹，

为啥眼泪汪汪哭起来。

今日里阿哥出门做生意，

明日发财速到侬阿妹房中来。

国学大师陈寅恪先生说："中国的文化保存在语言中。"六横方言既是六横人的交际工具，同时又是地方文化的载体。它承载着世世代代六横人对生活对社会对自然的独特感悟，以及他们的乡情乡俗、经验教训、喜怒哀乐，等等。希望能有越来越多的人来加以保护和传承。

后 记

　　说来使人难以置信，竟然是女儿的一句话激发我写作的冲动。3 年前，女儿大学毕业，我叫她回六横来，她却对我说："六横这地方有什么好？我要留在宁波工作。"女儿的这句话深深地触动了我的心。

　　跟朋友谈起此事，方知六横有很多年轻人对自己家乡的看法都跟我女儿一样。为了让包括我女儿在内的六横年轻人，全面深入地了解六横及其祖辈们所创造的历史文化，激发他们的爱乡之情，我萌发了编写此书的念头。

　　本以为自己是一个土生土长的六横人，又经历了不惑之年，算是一个地地道道的"六横通"，编写一本宣传六横的书应该不成问题。然而，当列出提纲着手写作时，方才发觉自己对家乡的认知非常浅薄，好多事情还都是一知半解。如"翁州走书"，之前这么多年竟然不知它就是我们小时候听方舟先生唱的六横走书；还有"双屿港"，很早知道这个地名，但不清楚它在六横的位置以及曾经发生过的传奇故事，等等。为把书写出来，且写得深刻，我邀请多位合作者，他们中有刚编纂过《六横镇志》的老先生，也有正在亲历六横开发建设的年轻人。我还通过各种途径广泛收集资料，尤其是对于一些有争议的说法，采取实地调查的方法来加以确认。

　　为使书稿内容有较强的可读性，我们以原汁原味的"六横故事"为载体，将带有浓浓"海味"的六横区域文化和人文精神，以及与当地海洋产业、海岛居民生产生活有关的一些科普知识融于其中，并注重思想性、知识性和趣味性的完美结合。此书的创作经历了以下几个阶段：

　　1. 准备阶段（2017 年 7~8 月）。设置并优化读本的框架结构。邀请合作者，组成编创合作团队。

2. 撰写阶段（2017 年 9 月至 2019 年 7 月）。按目标要求，撰写各部分的书稿内容。

3. 审核、修正阶段（2019 年 8~10 月）。由编创合作团队和海洋科普专家（另请）组成读本内容审核组，对各部分的书稿内容进行审核。各位编创人员根据审核组的意见，对自己编写的书稿内容进行修正或补充。

4. 成书阶段（2019 年 10~12 月）。书稿汇总、校对、合成。

此书的编创工作历时 3 年零 5 个月，于 2019 年 12 月 3 日正式成书。全书约有 115000 字、200 幅图片。编创过程中，得到了六横管委会、区教育局、区科技局等有关部门和一些同事、朋友的热心帮助和大力支持，在此感谢管委会、教育局和科技局等有关领导！感谢林海峰、唐更华、刘全云、刘爱燮、俟庆之、乐科年、乐欢挺、刘云辉、唐海宏、唐挺、李汉科、姜继栋、王玲、王建军和王博华等 15 位合作者！感谢为我们提供信息和资料的各位同事和朋友！

此书在出版之前，我们向中国版权保护中心提交了作品著作权登记申请，通过审核，现已获得由国家版权局颁发的《作品登记证书》（登记号：国作登字—2020—L—01025554）。出版之后，希望此书能帮助更多的人真正地走进六横。

由于本书涉及内容广泛，加之编创者水平有限，书中难免有疏漏和不妥之处，敬请读者朋友批评指正。

2019 年 12 月